太平廣記鈔
태평광기초 7

〈지식을만드는지식 고전선집〉은
인류의 유산으로 남을 만한 작품만을 선정합니다.
읽을 수 없는 고전이 없도록 세상의 모든 고전을 출판합니다.
오랜 시간 그 작품을 연구한 전문가가
정확한 번역, 전문적인 해설, 풍부한 작가 소개, 친절한 주석을
제공합니다.

太平廣記鈔

태평광기초 7

풍몽룡(馮夢龍) 엮음
김장환(金長煥) 옮김

대한민국, 서울, 지식을만드는지식, 2024

편집자 일러두기

- 이 책은 명나라 천계(天啓) 간본을 저본으로 교점한 배인본 중에서 번체자본(繁體字本)인 웨이퉁셴(魏同賢)의 교점본[2책, 《풍몽룡전집(馮夢龍全集)》 8·9, 평황출판사(鳳凰出版社), 2007]을 바탕으로 하고 기타 배인본을 참고했습니다. 아울러 《태평광기》와의 대조를 통해 교감이 필요한 원문에 한해 해당 부분에 교감문을 붙이고, 풍몽룡의 비주(批注)와 평어(評語)까지 포함해 80권 2584조 전체를 완역하고 주석을 달았습니다. 《태평광기》는 왕샤오잉(汪紹楹)의 점교본[베이징중화수쥐(中華書局), 1961]을 사용했습니다.
- 《태평광기초》는 총 80권으로 되어 있습니다. 이 번역본에는 편의상 한 권에 원서 5권씩을 묶었습니다. 마지막권인 16권에는 전체 편목·고사명 찾아보기, 해설, 엮은이 소개, 옮긴이 소개를 수록했습니다.
제7권은 전체 80권 중 권31~권35를 실었습니다.
- 국내에서 처음으로 소개됩니다.
- 해설 및 주석은 독자들의 이해를 돕기 위해 모두 옮긴이가 붙인 것입니다.
- 옮긴이는 독자들이 이해하기 쉽도록 각 고사에는 맨 위에 번역 제목을 붙였고 그 아래에 연구자들이 작품을 찾아보기 쉽도록 원제를 한자 독음과 함께 제시했습니다. 주석이나 해설 등에서 작품을 언급할 때는 원제의 한자 독음으로 지칭했습니다.
- 옮긴이는 원전에서 제시한 작품의 출전을 원제 아래에 "출《신선전(神仙傳)》"과 같이 밝혔습니다. 또한 원문 뒤에는 해당 작품이 《태평광기》의 어느 부분에 실려 있는지도 밝혀 《태평광기》와 비교 연구할 수 있도록 했습니다.
- 본문에서 "미 : "로 표기한 것은 엮은이 풍몽룡이 본문 문장 위쪽에 단 미주(眉注)이고 "협 : "으로 표기한 것은 문장과 문장

사이에 단 협주(夾注)입니다. "평 : "으로 표기한 것은 풍몽룡이 본문을 읽고 자신의 평을 추가한 것입니다.
- 한글에 한자를 병기할 때 괄호 안의 말과 바깥 말의 독음이 다르면 [ ]를 사용하고, 번역어의 원문을 표시할 때는 ( )를 사용했습니다. 또 괄호가 중복될 때에도 [ ]를 사용했습니다.
- 고대 인명과 지명은 한자 독음으로 표기하고 현대 인명과 현대 지명은 국립국어원의 중국어 표기법에 따라 표기했습니다.

차 례

권31 전선부(銓選部) 직관부(職官部)

전선(銓選)

31-1(0787) 사장(謝莊) · · · · · · · · · · · · · 2779

31-2(0788) 고계보(高季輔) · · · · · · · · · · · 2780

31-3(0789) 적인걸과 장열(狄仁傑 · 張說) · · · · · · 2781

31-4(0790) 이지원(李至遠) · · · · · · · · · · · 2783

31-5(0791) 노종원(盧從願) · · · · · · · · · · · 2785

31-6(0792) 정고(鄭杲) · · · · · · · · · · · · · 2786

31-7(0793) 석포충(石抱忠) · · · · · · · · · · · 2787

31-8(0794) 당교(唐晈) · · · · · · · · · · · · · 2788

31-9(0795) 사봉관(斜封官) · · · · · · · · · · · 2789

31-10(0796) 이름을 풀로 붙여 가리다(糊名) · · · · 2795

31-11(0797) 정음과 최식(鄭愔 · 崔湜) · · · · · · · 2797

31-12(0798) 양국충(楊國忠) · · · · · · · · · · · 2801

31-13(0799) 이임보(李林甫) · · · · · · · · · · · 2804

31-14(0800) 배광정(裴光庭) · · · · · · · · · · · 2805

31-15(0801) 등갈(鄧渴) · · · · · · · · · · · · · 2807

31-16(0802) 이적지(李適之) · · · · · · · · · · · · 2808

직관(職官)

31-17(0803) 재상에 대한 고찰(宰相考) · · · · · · · 2811

31-18(0804) 소괴(蘇瓌) · · · · · · · · · · · · 2814

31-19(0805) 참작원(參酌院) · · · · · · · · · · 2816

31-20(0806) 여온(呂溫) · · · · · · · · · · · · 2817

31-21(0807) 이정(李程) · · · · · · · · · · · · 2819

31-22(0808) 잡설(雜說) · · · · · · · · · · · · 2820

31-23(0809) 오원(五院) · · · · · · · · · · · · 2822

31-24(0810) 어사에 대한 고찰(御史考) · · · · · · 2823

31-25(0811) 어사본초(御史本草) · · · · · · · · · 2826

31-26(0812) 어사에 대한 희학(御史謔) · · · · · · 2828

31-27(0813) 평사가 어사대로 들어가다(評事入臺) · · 2831

31-28(0814) 한고(韓皐) · · · · · · · · · · · · 2833

31-29(0815) 상서성(尙書省) · · · · · · · · · · 2835

31-30(0816) 최일지(崔日知) · · · · · · · · · · 2841

31-31(0817) 상서성의 다리(省橋) · · · · · · · · 2842

31-32(0818) 비서성(秘書省) · · · · · · · · · · 2844

31-33(0819) 사청(莎廳) · · · · · · · · · · · · 2846

권32 장수부(將帥部) 효용부(驍勇部)

장수(將帥)

32-1(0820) 이광필(李光弼) · · · · · · · · · · · · · 2849

32-2(0821) 마훈과 엄진(馬勛·嚴振) · · · · · · · 2852

32-3(0822) 온조(溫造) · · · · · · · · · · · · · · 2857

32-4(0823) 고병(高騈) · · · · · · · · · · · · · · 2860

32-5(0824) 장준(張濬) · · · · · · · · · · · · · · 2863

32-6(0825) 장경(張勍) · · · · · · · · · · · · · · 2867

효용(驍勇)

32-7(0826) 치구흔(甾丘訢) · · · · · · · · · · · · 2871

32-8(0827) 임성왕(任城王) · · · · · · · · · · · · 2874

32-9(0828) 환석건(桓石虔) · · · · · · · · · · · · 2876

32-10(0829) 양대안(楊大眼) · · · · · · · · · · · 2877

32-11(0830) 맥철장(麥鐵杖) · · · · · · · · · · · 2879

32-12(0831) 팽낙(彭樂) · · · · · · · · · · · · · 2882

32-13(0832) 고개도와 두복위(高開道·杜伏威) · · · 2883

32-14(0833) 울지경덕 등(尉遲敬德等) · · · · · · · 2885

32-15(0834) 시소의 동생(柴紹弟) · · · · · · · · 2888

32-16(0835) 가서한(哥舒翰) · · · · · · · · · · · 2890

32-17(0836) 신승사(辛承嗣) · · · · · · · · · · · 2891

32-18(0837) 이한지(李罕之) · · · · · · · · · · · 2892

32-19(0838) 송영문(宋令文) · · · · · · · · · · · · 2894

32-20(0839) 팽박통(彭博通) · · · · · · · · · · · · 2896

32-21(0840) 노신통(路神通) · · · · · · · · · · · · 2898

32-22(0841) 왕절과 왕배우(汪節 · 王俳優) · · · · · 2899

32-23(0842) 묵군화(墨君和) · · · · · · · · · · · · 2901

권33 편급부(褊急部) 혹포부(酷暴部)

편급(褊急)

33-1(0843) 시묘(時苗) · · · · · · · · · · · · · · · 2907

33-2(0844) 왕사(王思) · · · · · · · · · · · · · · · 2908

33-3(0845) 이응도(李凝道) · · · · · · · · · · · · 2909

33-4(0846) 황보식(皇甫湜) · · · · · · · · · · · · 2910

33-5(0847) 이반(李潘) · · · · · · · · · · · · · · · 2914

33-6(0848) 왕공(王珙) · · · · · · · · · · · · · · · 2916

혹포(酷暴)

33-7(0849) 마추(麻秋) · · · · · · · · · · · · · · · 2921

33-8(0850) 주찬 등(朱粲等) · · · · · · · · · · · · 2922

33-9(0851) 이희열(李希烈) · · · · · · · · · · · · 2924

33-10(0852) 독고장(獨孤莊) · · · · · · · · · · · 2925

33-11(0853) 무승사(武承嗣) · · · · · · · · · · · 2927

33-12(0854) 학상현(郝象賢) · · · · · · · · · · · 2929

33-13(0855) 주흥(周興) · · · · · · · · · · · · 2930

33-14(0856) 내준신(來俊臣) · · · · · · · · · · 2931

33-15(0857) 왕홍의(王弘義) · · · · · · · · · · 2942

33-16(0858) 색원례(索元禮) · · · · · · · · · · 2945

33-17(0859) 삼표(三豹) · · · · · · · · · · · · 2946

33-18(0860) 사우(謝祐) · · · · · · · · · · · · 2949

33-19(0861) 성왕 이천리(成王千里) · · · · · · · · 2951

33-20(0862) 양양의 표본 절도사(襄樣節度) · · · · 2953

33-21(0863) 사모(史牟) · · · · · · · · · · · · 2954

33-22(0864) 안도진(安道進) · · · · · · · · · · 2955

권34 권행부(權幸部) 첨녕부(諂佞部)

권행(權幸)

34-1(0865) 장역지 형제(張易之兄弟) · · · · · · · 2963

34-2(0866) 괵국부인(虢國夫人) · · · · · · · · · 2966

34-3(0867) 왕준(王準) · · · · · · · · · · · · 2968

34-4(0868) 이임보(李林甫) · · · · · · · · · · 2970

34-5(0869) 어조은(魚朝恩) · · · · · · · · · · 2973

34-6(0870) 원재(元載) · · · · · · · · · · · · 2975

34-7(0871) 노암(路岩) · · · · · · · · · · · · 2978

34-8(0872) 팔사마와 십사호(八司馬 · 十司戶) · · · · 2981

첨녕(諂佞)

34-9(0873) 조원해(趙元楷) · · · · · · · · · · · · 2985

34-10(0874) 이교(李嶠) · · · · · · · · · · · 2986

34-11(0875) 주흥과 부유예(周興·傅游藝) · · · · 2989

34-12(0876) 곽패(郭霸) · · · · · · · · · · · 2991

34-13(0877) 고원례(高元禮) · · · · · · · · · · 2993

34-14(0878) 종초객과 장급(宗楚客·張岌) · · · · 2996

34-15(0879) 최융 등(崔融等) · · · · · · · · · · · 2998

34-16(0880) 길욱(吉頊) · · · · · · · · · · · · 2999

34-17(0881) 장열(張說) · · · · · · · · · · · · 3001

34-18(0882) 정백헌(程伯獻) · · · · · · · · · · 3003

34-19(0883) 이임보(李林甫) · · · · · · · · · · 3004

34-20(0884) 이장(李璋) · · · · · · · · · · · · 3006

34-21(0885) 풍도명(馮道明) · · · · · · · · · · 3007

34-22(0886) 장준(張浚) · · · · · · · · · · · · 3009

34-23(0887) 이덕유(李德裕) · · · · · · · · · · 3011

34-24(0888) 왕승휴(王承休) · · · · · · · · · · 3013

권35 사치부(奢侈部) 탐부(貪部) 인부(吝部)

사치(奢侈)

35-1(0889) 운명대와 시황묘(雲明臺·始皇墓) · · · · 3027

35-2(0890) 한 성제(漢成帝) · · · · · · · · · · · · 3031

35-3(0891) 한 영제(漢靈帝) · · · · · · · · · · · · · 3035

35-4(0892) 제야(除夜) · · · · · · · · · · · · · · 3039

35-5(0893) 당 예종(唐睿宗) · · · · · · · · · · · · 3042

35-6(0894) 현종(玄宗) · · · · · · · · · · · · · · 3044

35-7(0895) 하간왕 원침(河間王琛) · · · · · · · · · 3048

35-8(0896) 안락 공주(安樂公主) · · · · · · · · · · 3052

35-9(0897) 동창 공주(同昌公主) · · · · · · · · · · 3055

35-10(0898) 곽황(郭況) · · · · · · · · · · · · · 3068

35-11(0899) 곽광의 처(霍光妻) · · · · · · · · · · 3070

35-12(0900) 한언(韓嫣) · · · · · · · · · · · · · 3072

35-13(0901) 허경종(許敬宗) · · · · · · · · · · · 3073

35-14(0902) 아장(阿臧) · · · · · · · · · · · · · 3074

35-15(0903) 위척(韋陟) · · · · · · · · · · · · · 3076

35-16(0904) 원재(元載) · · · · · · · · · · · · · 3079

35-17(0905) 양수(楊收) · · · · · · · · · · · · · 3091

35-18(0906) 우적과 이창기(于頔·李昌夔) · · · · · 3094

35-19(0907) 왕애(王涯) · · · · · · · · · · · · · 3095

35-20(0908) 이덕유(李德裕) · · · · · · · · · · · 3097

35-21(0909) 이 사군(李使君) · · · · · · · · · · · 3101

35-22(0910) 원광한(袁廣漢) · · · · · · · · · · · 3105

탐(貪)

35-23(0911) 배길의 고모부(裴佶姑夫) ･････････3109

35-24(0912) 엄승기(嚴升期) ･･･････････3111

35-25(0913) 하후표지(夏侯彪之) ･･････････3112

35-26(0914) 왕지음(王志愔) ････････････3114

35-27(0915) 장연상(張延賞) ･･････････3116

35-28(0916) 왕웅(王熊) ･････････････3118

35-29(0917) 정인개(鄭仁凱) ･･････････3120

35-30(0918) 위공간(韋公幹) ･････････････3121

35-31(0919) 용창예(龍昌裔) ･･･････････3124

35-32(0920) 안중패(安重霸) ･････････････3126

35-33(0921) 장건쇠(張虔釗) ･･････････3128

35-34(0922) 영남의 군목(嶺南郡牧) ･･････････3129

치생(治生) 부(附)

35-35(0923) 배명례(裴明禮) ･･･････････3133

35-36(0924) 두예(杜乂) ･･･････････3135

인(吝)

35-37(0925) 심준(沈峻) ････････････3143

35-38(0926) 이숭(李崇) ･･･････････3145

35-39(0927) 하후처신 등(夏侯處信等) ･･･････3147

35-40(0928) 유숭귀(劉崇龜) ・・・・・・・・・・・3150

35-41(0929) 왕악(王鍔) ・・・・・・・・・・・・3152

35-42(0930) 배거(裴璩) ・・・・・・・・・・・・3153

35-43(0931) 귀등(歸登) ・・・・・・・・・・・・3154

권31 전선부(銓選部) 직관부(職官部)

전선(銓選)

31-1(0787) 사장

사장(謝莊)

출《담수(談藪)》

송(宋 : 유송)나라의 사장은 자가 희일(希逸)이다. 사장은 안준(顔峻)을 대신해서 이부상서(吏部尙書)가 되었다. 안준은 용모가 엄숙하고 굳세서 늘 범접할 수 없는 기색을 지니고 있었다. 사장은 풍모가 온아하고 아름다웠으며 사람들이 시끄럽게 호소하더라도 항상 즐겁게 웃으면서 응답해주었다. 그래서 당시 사람들이 이렇게 말했다.

"안 이부(顔吏部 : 안준)는 눈을 부릅뜨지만 다른 사람에게 관직을 주는데, 사 이부(謝吏部 : 사장)는 웃으면서도 다른 사람에게 관직을 주지 않는다."

宋謝莊, 字希逸. 代顔峻爲吏部尙書. 峻容貌嚴毅, 常有不可犯之色. 莊風姿溫美, 人有喧訴, 常歡笑答之. 故時人語曰 : "顔吏部瞋而與人官, 謝吏部笑不與人官."

* 이 고사는 《태평광기》 권185 〈전선 · 사장〉에 실려 있다.

31-2(0788) 고계보

고계보(高季輔)

출《당회요(唐會要)》

[당나라] 정관(貞觀) 17년(643)에 이부시랑(吏部侍郞) 고계보가 관리 선발을 맡았는데, 그의 전형에 대해 당시 사람들은 모두 공평하다고 하면서 흡족해했다. 정관 18년(644)에는 그가 동도(東都:낙양)에서 홀로 관리 선발을 담당했다. 황상은 그에게 황금 거울 하나를 하사해 인재를 알아보는 훌륭한 안목을 표창했다.

貞觀十七年, 吏部侍郞高季輔知選, 凡所銓綜, 時稱允愜. 至十八年, 於東都獨知選事. 上賜金鏡一面, 以表淸鑒.

* 이 고사는 《태평광기》 권185 〈전선·고계보〉에 실려 있다.

31-3(0789) 적인걸과 장열

적인걸 · 장열(狄仁傑 · 張說)

출《당회요》출《현종실록(玄宗實錄)》

[당나라] 성력(聖曆) 연간(698~700)에 측천무후(則天武后)가 재상들에게 각각 상서랑(尙書郞) 한 명씩을 추천하라고 했는데, 적인걸이 유독 자신의 아들 적광사(狄光嗣)를 추천했다. 그래서 적광사는 지관원외랑(地官員外郞 : 호부원외랑)에 제수되었는데, 직무를 잘 수행한다는 명성을 얻었다.

중서사인(中書舍人) 장균(張均)이 관원의 업적 평가를 맡았을 때, 도성 관원의 업적 평가를 맡고 있던 그의 부친인 좌상(左相) 장열이 특별히 장균에 대해 이렇게 평가했다.

"아비가 자식에게 충성을 가르치는 것은 예로부터 훌륭한 교훈이다. [옛날 춘추 시대 진(晉)나라의] 기해(祁奚)가 [자신의 후임자로] 아들을 추천한 것은 그 뜻이 사사로움을 돌보지 않는 데 있었다. 장균은 어명을 다듬는 일에서 그 문장은 제기(帝紀)에 실리고, 그 도는 옛 전적에 견줄 만하니 이러한 일은 보통 공적을 뛰어넘는다. 삼가 듣건대 전현(前賢)들도 이러한 임무는 특히 어려워했다. 그러니 어찌 [내가 그의 아비임을] 꺼려서 감히 나라의 기강을 어지럽힐 수 있겠는가? 상하(上下)[1]로 평가한다." 미 : 장균은 나중에 결국 역적[안녹산]의 조정에서 신하가 되었으니, 충성을 가르친 것이 이와 같단 말인가? 양국공(梁國公 : 적인걸)의 공정함과 겸손함을 살펴보라.

聖曆中, 則天令宰相各擧尙書郞一人, 仁傑獨薦其子光嗣. 由是拜地官員外, 蒞事有聲.
中書舍人張均知考, 父左相張說知京官考, 特注曰:"父敎子忠, 古之善訓. 祁奚擧子, 義不務私. 至如潤色王言, 章施帝載. 道參墳典, 例絶常功. 恭聞前烈, 尤難其任. 豈以嫌疑, 敢撓綱紀? 考上下." 眉 : 均後竟臣賊, 敎忠者如是乎? 視梁公之公遜矣.

* 이 고사는 《태평광기》 권185 〈전선·적인걸〉과 권186 〈전선·장열〉에 실려 있다.

1) 상하(上下) : 관원의 업적 평가는 크게 상중하로 나누고 각각을 다시 상중하로 나누었다.

31-4(0790) 이지원

이지원(李至遠)

출《당회요》

[당나라] 여의(如意) 원년(692)에 천관낭중(天官郎中 : 이부낭중) 이지원은 임시로 시랑(侍郞)의 일을 맡고 있었다. 당시 관리 선발 대기자 중에 성이 조(刁)인 사람과 왕원충(王元忠)이라는 사람이 있었는데, 모두 임용에서 탈락되었다. 그러자 이들은 은밀히 영사(令史)와 짜고 성의 점과 획을 지워서 조(刁)를 정(丁)으로 고치고 왕(王)을 사(士)로 고쳤다가, 관직을 받은 후에 점획을 더해서 원래대로 만들려고 했다. 이지원은 명단을 보자마자 바로 알아차리고 말했다.

"올해 만 명을 전형하면서 그들의 성명을 모두 알고 있는데, 어디에 정씨와 사씨가 있었던가? 이것은 조 아무개와 왕 아무개다."

상서성(尙書省)에서는 그를 귀신처럼 총명하다고 여겼다.

如意元年, 天官郎中李至遠權知侍郞事. 時有選人姓刁, 又有王元忠, 並被放. 乃密與令史相知, 減其點畫, 刁改爲丁, 王改爲士. 擬授官後, 卽添成之. 至遠一覽便覺曰 : "今年銓覆萬人, 物¹識姓名, 安有丁·士者哉? 此刁某·王某也." 省內以爲神明.

* 이 고사는《태평광기》권185〈전선·이지원〉에 실려 있다.
1 물(物):《태평광기》에는 "총(惣)"이라 되어 있는데, 문맥상 보다 타당하다.

31-5(0791) 노종원

노종원(盧從願)

출《당회요》

[당나라] 경운(景雲) 원년(710)에 노종원은 이부시랑(吏部侍郎)이 되었는데, 맡은 일을 타당하게 처리하는 데 전심해 공평무사하다는 평가를 크게 받았다. 그는 남의 이름을 도용해 허위로 관리 선발에 응하거나 공적 문서를 허위로 덧붙인 자가 있으면, 모두 그 일을 적발해 냈다. 관리 선발을 맡은 지 6년 동안 그는 훌륭한 명성을 얻었다. 그래서 당시 사람들이 "앞에는 배(裴)·마(馬)가 있고 뒤에는 노(盧)·이(李)가 있다"라고 말했는데, 배는 배행검(裴行儉), 마는 마대(馬戴), 이는 이조은(李朝隱)을 가리킨다.

景雲元年, 盧從願爲侍郎, 精心條理, 大稱平允. 其有冒名僞選, 虛增功狀之類, 皆能摘發其事. 典選六年, 頗有聲稱. 時人曰: "前有裴·馬, 後有盧·李." 裴卽行儉, 馬謂戴, 李謂朝隱.

* 이 고사는《태평광기》권186〈전선·노종원〉에 실려 있다.

31-6(0792) 정고

정고(鄭杲)

출《당회요》

[당나라] 성력(聖曆) 2년(699)에 이부시랑(吏部侍郞) 정고가 한사복(韓思復)을 태상박사(太常博士)로, 원희성(元稀聲)을 경조부사조(京兆府士曹)로 임명했다. 그가 일찍이 사람들에게 말했다.

"올해 관리 선발을 담당하면서 한사복과 원희성 두 사람을 얻었으니, 이부는 조정을 저버리지 않았소."

聖曆二年, 吏部侍郞鄭杲, 注韓思復爲太常博士, 元稀聲京兆士曹. 嘗謂人曰 : "今年掌選, 得韓·元二子, 則吏部不負朝廷矣."

* 이 고사는《태평광기》권185 〈전선·정고〉에 실려 있다.

31-7(0793) 석포충

석포충(石抱忠)

출《어사대기(御史臺記)》

    검교천관낭중(檢校天官郎中 : 검교이부낭중) 석포충은 시랑(侍郎) 유기(劉奇)·장순고(張詢古)와 함께 관리 선발을 맡았다. 석포충은 평소에 신중하지 못했고, 유기는 오랫동안 청렴함과 공평함으로 이름나 있었으며, 장순고는 명문세족과 통혼했다. 그들이 장차 직무를 분담해 전형하려 할 때, 당시 사람들이 말했다.

    "돈 있는 사람은 석포충 밑에 있는 것이 좋고, 돈 없는 사람은 유기 밑에 있는 것이 좋으며, 사대부는 장순고 밑에 있는 것이 좋다."

石抱忠檢校天官郎中, 與侍郎劉奇·張詢古同知選. 抱忠素非靜愼, 劉奇久著淸平, 詢古通婚名族. 將分銓, 時人語曰: "有錢石下好, 無錢劉下好, 士大夫張下好."

*   이 고사는《태평광기》권255〈조초(嘲誚)·석포충〉에 실려 있다.

31-8(0794) 당교

당교(唐皎)

출《당회요》

[당나라] 정관(貞觀) 8년(634)에 당교는 이부시랑(吏部侍郞)에 제수되었다. 일찍이 임용 대상자를 불러 전형할 때 어느 지방이 편하냐고 물었는데, 어떤 사람이 집이 촉(蜀) 지방에 있다고 하자 곧장 그를 오(吳) 지방으로 발령했다. 또 어떤 사람이 부모님이 늙으셨고 선영이 강남에 있다고 하자 곧장 그를 농우(隴右) 지방으로 발령했다. 하삭(河朔) 지방에 발령되기를 바라는 어떤 신도(信都) 사람이 당교를 속여 강회(江淮) 지방으로 가고 싶다고 말하자, 즉시 그를 하북 지방의 한 현위(縣尉)로 발령했다. 이 때문에 많은 관리 선발 대기자들이 거짓말로 그를 속였다. 미: 어리석은 사람이 꾀를 쓰면 반드시 오히려 제 꾀에 당한다.

貞觀八年, 唐皎除吏部侍郞. 嘗引人入銓, 問何方穩便, 或云其家在蜀, 乃注與吳. 復有云親老先住江南, 卽唱之隴右. 有一信都人希河朔, 因紿云願得江淮, 卽注與河北一尉. 由是大被選人紿言欺之. 眉: 愚人用術, 必反爲術所中.

* 이 고사는 《태평광기》 권185 〈전선·당교〉에 실려 있다.

31-9(0795) **사봉관**

사봉관(斜封官)

출《조야첨재(朝野僉載)》

[당나라] 경룡(景龍) 연간(707~710) 미: 경룡은 당나라 중종(中宗)의 연호다. 경운(景雲)은 예종(睿宗)이다. 효화(孝和)는 바로 중종이다. 에 사봉(斜封)[2]으로 관직을 얻은 자가 200명이나 되었는데, 그들은 백정이나 장사꾼에서 높은 지위에 올랐다. 경운(景雲) 연간(710~712)에 [예종이] 즉위하자, 상서(尚書) 송경(宋璟)과 어사대부(御史大夫) 필구(畢構)가 상주해 사봉인(斜封人)의 관직을 정지시켰다. 그러나 송경과 필구가 퇴출된 후, 견귀인(見鬼人)[3] 팽군경(彭君卿)이 사봉인들의 뇌물을 받고 황제께 상주했다.

"[제가 돌아가신] 효화황제(孝和皇帝: 중종)를 뵈었더니, 화를 내시면서 '내가 수여한 관직을 무슨 연유로 빼앗는단

---

2) 사봉(斜封): 당나라 중종(中宗) 때 위후(韋后)와 안락 공주와 태평 공주 등이 모두 관부(官府)를 열고 백정이나 장사꾼들에게 돈을 받고 관직을 준 일을 말한다. 이렇게 해서 관직을 얻은 자를 사봉인(斜封人) 또는 사봉관(斜封官)이라 했다.

3) 견귀인(見鬼人): 궁중에서 축귀(逐鬼)·기도·점복의 일을 전담하는 관리.

말인가?'라고 말씀하셨습니다."

그래서 사봉인들은 모두 이전의 관직을 되찾았다. 미 : 정말로 귀신을 만났도다!

또 팽군경이 일찍이 어사(御史)에게 모욕을 당했는데, 훗날 [중종이 죽고 나서] 백관에게 거짓으로 효화황제의 칙명을 선독했다.

"어사가 감찰을 제대로 하지 않으니 건대(巾帶)를 벗기도록 하라."

즉시 어사의 건대를 벗기자 팽군경이 말했다.

"어사에게 곤장을 한차례 치라는 칙명이 있었소."

그러자 대사(大使)4)가 말했다.

"어사는 정식 칙명을 받들지 않으면 곤장형에 처하는 것이 합당하지 않습니다."

팽군경이 말했다.

"만약 합당하지 않다면 잠시 물러가 있으라는 칙명이 있었소."

어사는 머리를 싸맨 채 춤을 추고 감사의 절을 하며 물러갔다. 미 : 후안무치의 극이다!

측천무후(則天武后)가 혁명을 일으킨 뒤, 거인(擧人)에

---

4) 대사(大使) : 황제의 명을 받들어 일을 처리하는 정사(正使).

게 [시험도 치르지 않고] 모두 관직을 주었는데, 어사(御史)·평사(評事)·습유(拾遺)·보궐(補闕)로 벼슬을 처음 시작한 자가 셀 수 없을 정도로 많았다. 그래서 장작(張鷟:《조야첨재》의 찬자)이 노래를 지었다.

"보궐은 연달아 수레로 실어 나르고, 습유는 일률적으로 말[斗]로 되네. 갈퀴로 긁어모은 시어사(侍御史)에, 사발로 찍어 낸 교서랑(校書郞)이라네."

심전교(沈全交)가 그것에 이어서 네 구절을 지었다.

"평사는 율령을 읽지 않고, 박사는 장구(章句)를 연구하지 않네. 풀때기 같은 존무사(存撫使: 안무사)에, 눈 침침한 거룩하신 황제라네."

심전교는 결국 고무래로 긁어모은 어사 기선지(紀先知)에게 체포되어 좌대(左臺: 좌어사대)에서 대질 심문을 받았는데, 기선지는 그가 조정을 비방했다고 여겨서 국법에 회부할 것을 주청했다. 그러나 측천무후가 웃으며 말했다.

"만약 경들이 숫자만 채우는 관리가 아니라면 어찌 천하 사람들이 하는 말을 걱정하시오? 그에게 죄를 물을 필요 없으니 즉시 석방하는 것이 마땅하오." 미: 측천무후의 일처리는 사람을 아주 통쾌하게 하는 점이 있다.

이에 기선지는 크게 부끄러워했다.

평: 장작이 다음과 같이 말했다: 위주(僞周: 측천무

후)5)가 혁명을 일으켰을 때, 10도(道)6)에 사신을 보내 전국 각지에서 낙방한 명경(明經)과 시골에서 아동을 가르치는 선생들을 모두 찾아내서, 시험도 거치지 않고 모두에게 좋은 관직을 주었다. 이러한 일은 선비들의 품위를 욕되게 했지만 우둔한 자들의 환심을 샀다. 옛날 [진(晉)나라 조왕(趙王) 사마윤(司馬倫)은 제위를 찬탈했을 때, 천하의 효렴(孝廉)과 수재(秀才)에게 한꺼번에 관직을 주었으며, 저잣거리의 백정과 술장수나 도망자까지도 모두 남김없이 제후에 봉했다. 그러다 보니 태부(太府)7)에 있던 구리로 그들에게 관인(官印)을 다 만들어 주지 못해 [관인 대신] 흰 나무판을 받은 제후도 있었다. 조회 때 입는 관복에도 담비 꼬리를 장식한 자가 절반에 불과했기 때문에 민간에서 "담비 꼬리가 부족해 개 꼬리로 이었다네"라는 노래가 퍼졌다. 소인들은 다행으로 생각했으나 군자들은 치욕으로 여겼다. 무도한 조정이 어찌 이리도 서로 비슷한가!

---

5) 위주(僞周) : 측천무후가 천수(天授) 원년(690)에 국호를 주(周)로 바꾸었는데, 이를 정통 왕조로 인정하지 않아 '위주'라고 한 것이다.
6) 10도(道) : 태종(太宗) 정관(貞觀) 원년(627)에 전국을 관내(關內)·하남(河南)·하동(河東)·하북(河北)·산남(山南)·농우(隴右)·회남(淮南)·강남(江南)·검남(劍南)·영남(嶺南)의 10도로 나누었다.
7) 태부(太府) : 국가의 재용(財用)과 기물을 담당하는 관서.

景龍 眉: 景龍, 唐中宗年號. 景雲, 睿宗也. 孝和自中宗. 中, 斜封得官者二百人, 從屠販踐高位. 景雲踐祚, 尙書宋璟·御史大夫畢構奏停斜封人官. 璟·構出, 後見鬼人彭君卿受斜封人賄賂, 奏云: "見孝和, 怒曰: '我與人官, 何因奪却?'" 於是斜封皆復舊職. 眉: 眞是見鬼!

又君卿被御史所辱, 他日對百官, 詐宣孝和敕曰: "御史不存檢校, 去却巾帶." 卽去之, 曰: "有敕與一頓杖." 大使曰: "御史不奉正敕, 不合決杖." 君卿曰: "若不合, 有敕且放却." 御史裹頭, 仍舞蹈拜謝而去. 眉: 無恥極矣!

則天革命, 擧人例皆與官, 起家至御史·評事·拾遺·補闕者, 不可勝數. 張鷟爲謠曰: "補闕連車載, 拾遺平斗量. 把[1]推侍御史, 椀脫校書郞." 沈全交續四句曰: "評事不讀律, 博士不尋章. 麵糊存撫使, 眯目聖神皇." 遂被把推御史紀先知捉向右臺[2], 對仗彈劾, 以爲謗政, 請付法. 則天笑曰: "但使卿等不濫, 何慮天下人語? 不須與罪, 卽宜放却." 眉: 則天作用盡有絶快人處. 先知大慚.

評: 張鷟云: 僞周革命之際, 十道使人搜剔天下, 凡明經黜落, 及村童敎授, 不加試練, 並與美職. 塵黷士品, 誘悅愚心. 昔趙王倫之簒也, 天下孝廉·秀才, 一槪與官, 屠沽亡命, 封侯略盡. 太府之銅, 不供鑄印, 至有白版侯者. 朝會之服, 貂者大半, 故謠云"貂不足, 狗尾續". 小人多幸, 君子恥之. 無道之朝, 一何連類也!

* 이 고사는《태평광기》권186〈銓選·사봉관〉, 권283〈무(巫)·팽군경(彭君卿)〉, 권255〈조초(嘲誚)·장작(張鷟)〉에 실려 있다.

1 파(把):《태평광기》와《조야첨재》에는 "파(杷)"라 되어 있는데, 문맥상 타당하다. 이하도 마찬가지다.

2   우대(右臺):《태평광기》명초본과《조야첨재》에는 "좌대(左臺)"라 되어 있는데, 문맥상 타당하다. 측천무후 때 어사대를 좌대와 우대로 나누었는데, 좌대는 백관(百官)과 군대를 감찰하고 우대는 주현(州縣)과 풍속을 감찰했다.

31-10(0796) 이름을 풀로 붙여 가리다
호명(糊名)

출《국사이찬(國史異纂)》

측천무후(則天武后)는 이부(吏部)에서 선발한 사람이 대부분 명실상부하지 못하다고 생각해서 시험 보는 날 응시자에게 자신의 이름을 보이지 않도록 붙이게 한 뒤, 무기명으로 답안을 검사해서 등급을 정하도록 했다. 이름을 붙이고 평가하는 것은 이때부터 시작되었다. 또 [투서함에] 투서하는 자 중에 간혹 사실을 적지 않고 조롱하는 말을 써넣은 자가 있자, 관리를 두어 먼저 그 상주문을 검열한 연후에 투서함에 넣도록 했다. 궤원(匭院)8)에 담당 관리를 둔 것은 이때부터 시작되었다.

武后以吏部選人多不實, 乃令試日自糊其名, 暗考以定等第. 判之糊名, 自此始. 又投匭者, 或不陳事, 而有嘲謔之言, 於是乃置使, 先閱其書奏, 然後投之. 匭院有司, 自此始.

---

8) 궤원(匭院): 정치의 득실, 사건의 진위, 비밀 음모를 밝히는 것을 담당하는 관서. 동서남북에 네 개의 궤짝을 설치해 투서하게 한 데에서 비롯했다.

* 이 고사는 《태평광기》 권185 〈전선·호명〉에 실려 있다.

31-11(0797) 정음과 최식

정음 · 최식(鄭愔 · 崔湜)

출《조야첨재》

 당(唐)나라의 정음이 이부시랑(吏部侍郎)이 되어 관리 선발을 관장했는데 뇌물 비리가 난무했다. 그가 전형할 때 어떤 관리 선발 대기자가 가죽신 끈에 돈 100냥을 묶고 있었는데, 정음이 그 까닭을 물었더니 그가 대답했다.

 "오늘날의 관리 선발에서는 돈이 아니면 되는 일이 없습니다."

 정음은 묵묵히 말이 없었다. 당시 최식도 이부시랑이 되었는데, 제멋대로 탐욕을 부렸다. 그의 형은 아우의 힘에 기대고 부친은 아들의 위세를 믿고서 모두 청탁을 받았으며, 부정하게 뇌물을 받고 더러운 짓을 난잡하게 했다. 그의 부친 최읍(崔挹)이 국자사업(國子司業)으로 있을 때 관리 선발 응시자의 돈을 받았는데, 최식은 그 일을 모르고 있었다. 그 사람이 장명(長名)9)에서 탈락하자 최식에게 하소연했

---

9) 장명(長名) : 장명방(長名榜) 또는 장방(長榜)이라고도 한다. 당나라에서 관리를 선발할 때, 자격과 경력 및 고과(考課)에 따라 순위를 정해 놓은 관리 후보자의 명단을 말한다.

다.

"공의 친척이 뇌물을 받아 갔는데, 어찌하여 관직을 주지 않습니까?"

최식이 말했다.

"친척이 누구란 말이오? 내가 그 사람을 잡아다가 매질해 죽이겠소!"

그 사람이 말했다.

"매질해 죽이면 부친상을 당하게 될 것입니다."

최식은 몹시 화나고 부끄러웠다. 또 어떤 관리 선발 대기자가 말했다.

"저는 교관(翹關)10)과 부미(負米)11)에 능합니다."

최식이 말했다.

"그대가 그렇게 힘이 세다면 왜 병부(兵部)의 관리 선발에 참여하지 않는가?"

그가 대답했다.

"바깥 사람들이 모두 말하길, 최 시랑(崔侍郎 : 최식) 밑에서는 힘만 있으면 된다고 했습니다."

---

10) 교관(翹關) : 무과(武科) 시험 과목 가운데 하나로, 성문의 빗장을 들어 올리는 것을 말하는데, 다섯 번 들어 올리면 통과되었다.

11) 부미(負米) : 무과 시험 과목 중 하나인 부중(負重) 또는 거중(擧重)의 한 가지로, 무거운 쌀가마니를 짊어지는 것을 말한다.

평 : 정음은 처음에 내준신(來俊臣)에게 붙었는데, 내준신이 주살되자 곧장 장역지(張易之)에게 붙었고, 장역지가 주살되자 곧장 위 서인[韋庶人 : 위후(韋后)]에게 붙었으며, 나중에 초왕[譙王 : 이중복(李重福)]에게 붙었다가 결국 주살되었다. 최식은 장역지(張易之)를 모시며 아첨하다가, 장역지가 무너지자 또 무삼사(武三思)에게 붙었다. 나중에는 다시 태평 공주(太平公主)에게 붙어서 풍자도(馮子都)12)·동언(董偃)13)과 같은 총애를 받았지만, 결국 현종(玄宗)에게 주살되었다. 두 사람의 간사함과 탐욕이 어찌 이렇게 똑같은가? 또 한번은 주상이 최식의 부친이 연로하다며 참외가 막 익었을 때 특별히 한 알을 하사했는데, 최식은 그 참외

---

12) 풍자도(馮子都) : 한나라 무제(武帝)·소제(昭帝)·선제(宣帝)에 걸쳐 대신을 지낸 곽광(霍光)의 감노(監奴 : 노비의 우두머리)로, 용모가 매우 준수했다. 곽광이 죽은 후 과부가 된 곽광의 처 곽현(霍顯)이 그를 총애해 음행을 저질렀다.

13) 동언(董偃) : 한나라 무제의 고모인 관도 공주(館陶公主)의 총애를 받은 미소년. 일찍이 어머니와 함께 진주를 팔러 다니면서 공주의 저택을 출입하다가 공주의 눈에 들어 총애를 받았다. 당시 과부였던 공주는 50세가 넘었고 동언은 18세에 불과했다. 귀족들도 모두 그와 교유하면서 그를 동 군(董君)이라 불렀다. 후에 동방삭이 그를 "음수(淫首)"라고 간언해 점차 총애를 잃었다.

를 첩에게 주고 부친에게 주지 않았기에 조야(朝野)에서 그를 비난했다.

唐鄭愔爲吏部侍郎掌選, 贓汚狼藉. 引銓有選人繫百錢於靴帶上, 愔問其故, 答曰:"當今之選, 非錢不行." 愔默然. 時崔湜亦爲吏部侍郎, 貪縱. 兄憑弟力, 父挾子威, 咸受囑求, 贓汚狼籍. 父挹爲司業, 受選人錢, 湜不知也. 長名放之, 其人訴曰:"公親將賂去, 何爲不與官?" 湜曰:"所親爲誰? 吾捉取鞭殺!" 曰:"鞭卽遭憂." 湜大怒慙. 有選人云:"能翹關負米." 湜曰:"君壯, 何不兵部選?" 答曰:"外邊人皆云, 崔侍郎下, 有氣力者卽得."

評: 鄭愔初附來俊臣, 俊臣誅, 卽附張易之, 易之旣戮, 卽附韋庶人, 後附譙王, 被誅. 崔湜諂事張易之, 易之敗, 又附武三思. 後復附太平公主, 有馮子都·董偃之寵, 竟爲玄宗所誅. 二人姦貪, 何一律也? 又主上以湜父年老, 瓜初熟, 特賜一顆, 湜以遺妾, 不及其父, 朝野誚之.

* 이 고사는 《태평광기》 권185 〈전선·정음최식〉, 권258 〈치비(嗤鄙)·최식〉, 권240 〈첨녕(諂佞)·정음〉과 〈최식〉에 실려 있다.

31-12(0798) 양국충

양국충(楊國忠)

출《당속회요(唐續會要)》

[당나라] 천보(天寶) 10년(751)에 우승상(右丞相)으로서 이부상서(吏部尙書)를 겸직하고 있던 양국충은 양경(兩京 : 장안과 낙양)에서의 관리 선발을 황제께 주청한 뒤 전형하는 날 곧바로 임용자와 탈락자를 결정했는데, 젊은 사람이나 나이 든 사람을 막론하고 모두 자신의 집으로 불러들여 선임했다. 괵국부인(虢國夫人 : 양귀비의 언니)의 자매는 주렴을 쳐 놓고 그 뒤에서 관리 선발 과정을 구경했는데, 간혹 늙고 병들어 누추한 자가 있으면 모두 그 이름을 손가락질하면서 비웃었으며 사대부라 할지라도 치욕을 당했다. 또 그 자질이나 경력은 묻지 않고 키가 작은 사람은 제도참군(諸道參軍)이라 하고,[14] 구레나룻 수염[胡]이 난 사람은 호주문학(湖州文學)이라 하면서[15] 주렴 아래에서 크게 웃었

---

14) 키가 작은 사람은 제도참군(諸道參軍)이라 하고 : '제(諸)'는 난쟁이를 뜻하는 '주(侏)'와 발음이 같기 때문에 이렇게 말한 것이다.
15) 구레나룻 수염[胡]이 난 사람은 호주문학(湖州文學)이라 하면서 : '호(胡)'가 '호(湖)'와 발음이 같기 때문에 이렇게 말한 것이다.

다. 미 : 나랏일을 가지고 노리갯감으로 삼았으니 나라가 어지럽지 않을 수 있겠는가?

평 : 배준경(裴遵慶)이 재상을 그만두고 관리 선발을 맡게 되자, 조정에서는 그의 나이와 덕망을 높이 여겨 그의 집에서 관리 선발 일을 처리하게 했다. 선평방(宣平坊)에서부터 명단에 오른 응시자들이 동시(東市)의 두 거리까지 이어졌는데, 당시에 이를 성대한 일이라고 일컬었다. 하지만 파격적으로 현자를 우대하는 것은 군자가 취하지 않는 바이니, 하물며 총애받는 자의 한 번의 웃음을 얻기 위한 것임에랴! 이 때문에 집에서 관리 선발을 처리하다가 당나라가 어지러워졌고, 서호(西湖)에서 정사를 처리하다가 송나라가 망했다.

天寶十載十一月, 楊國忠爲右相, 兼吏部尙書, 奏請兩京選人, 銓日便定留放, 無少長各於宅中引注. 虢國姊妹垂簾觀之, 或有老病醜陋者, 皆指名以笑, 雖士大夫亦遭斥恥. 又不問資序, 短小者通¹道參軍, 胡者云湖州文學, 簾下大笑. 眉 : 以國事爲戲具, 不亂得乎?
評 : 裴遵慶罷相知選, 朝廷優其年德, 令就第注官. 自宣平坊榜引士子以及東市兩街, 時稱爲盛事. 然破典以優賢, 君子無取焉, 況以博寵幸一笑乎! 是故宅中注選而唐亂, 西湖聽政而宋亡.

* 이 고사는《태평광기》권186〈전선·양국충〉과〈배준경(裴遵慶)〉,

권250 〈회해(詼諧)·양국충〉에 실려 있다.
1 통(通) :《태평광기》명초본에는 "제(諸)"라 되어 있는데, 문맥상 보다 타당하다.

31-13(0799) 이임보

이임보(李林甫)

출《국사보(國史補)》

 이임보가 관리 선발을 맡게 되자, 영왕[寧王 : 이헌(李憲)]이 사적으로 이임보를 찾아와서 말했다.

 "한 사람을 선발해 주길 청합니다."

 이임보는 방문에 이렇게 적었다.

 "그의 서판(書判)에 근거하면 본시 임용되는 것이 합당하지만, 영왕에게 부탁했기 때문에 일단 탈락시켰다가 동집(冬集)16)에서 다시 평가하기로 한다." 미 : 이임보는 천자도 안중에 없었는데 하물며 영왕임에랴!

李林甫知選, 寧王私謁林甫曰 : "就中乞一人." 林甫榜云 : "據其書判, 自合得留, 緣屬寧王, 且放冬集." 眉 : 林甫且不有天子, 況寧王乎!

* 이 고사는 《태평광기》 권186 〈전선·이임보〉에 실려 있다.

16) 동집(冬集) : 임기가 만료된 관리가 규정에 따라 겨울에 도성에 모여 관리 선발에 참가하는 것을 말한다.

31-14(0800) 배광정

배광정(裵光庭)

출《당회요》

　[당나라] 개원(開元) 18년(730)에 소진(蘇晉)이 이부시랑(吏部侍郞)이 되었는데, 시중(侍中 : 문하성의 장관) 배광정(裵光庭)은 과관(過官)17)할 때마다 탈락시켜야 할 자가 있으면, 단지 붉은 붓으로 [해당자의 이름에] 점을 찍었다. 그러나 소진은 선원(選院 : 이부)에서 임용자를 발표할 때, 문하성(門下省)에서 붉은 점을 찍은 자를 다시 관리로 임명했다. 배광정은 소진이 자신을 모욕한 것이라고 여겨 불쾌해했다. 당시 문하성의 주사(主事) 염인지(閻麟之)는 배광정의 심복으로 이부(吏部)의 과관을 주관했는데, 매번 염인지가 결정하면 배광정은 그의 말대로 적었다. 그래서 당시 사람들이 말했다.

　"염인지의 입은 배광정의 손이다."

---

17) 과관(過官) : 당나라 때 이부와 병부에서 6품 이하의 문무 관원을 임명할 때 반드시 문하성의 심사를 거쳐야 했는데 이를 '과관'이라 했다.

開元十八年, 蘇晉爲侍郎, 而侍中裴光庭每過官, 應批退者, 但以朱筆點頭. 晉遂榜選院, 門下點頭者, 更引注擬. 光庭以爲侮己, 不悅. 時有門下主事閻鱗之, 爲光庭腹心, 專主吏部過官, 每鱗之裁定, 光庭隨口下筆. 時人語曰: "鱗之口, 光庭手."

* 이 고사는 《태평광기》 권186 〈전선·배광정〉에 실려 있다.

31-15(0801) 등갈

등갈(鄧渴)

출《당회요》

[당나라] 홍도(弘道) 원년(683)에 이부시랑(吏部侍郞) 위극기(魏克己)가 관리를 전형하면서 물의를 일으켜 폄적되었다. 중서사인(中書舍人) 등현정(鄧玄挺)이 위극기를 대신했는데, 그는 인재를 알아보는 감식력이 없었고 소갈병(消渴病 : 당뇨병)까지 앓았기에 관리 선발 대기자들은 그를 "등갈"이라 불렀다.

弘道元年, 侍郞魏克己銓綜招議, 被貶. 中書舍人鄧玄挺替焉, 又無藻鑒之目, 及患消渴, 選人因號"鄧渴".

* 이 고사는《태평광기》권185〈전선·등갈〉에 실려 있다.

31-16(0802) 이적지

이적지(李適之)

출《독이지(獨異志)》

이적지는 출사해 현승(縣丞)과 주부(主簿)를 거치지 않고 바로 별가(別駕)가 되었고, 양기(兩畿: 장안과 낙양의 경기 지역)의 관리를 거치지 않고 바로 경조윤(京兆尹)이 되었으며, 어사(御史)나 중승(中丞)을 거치지 않고 바로 대부(大夫)가 되었고, 양성(兩省: 문하성과 중서성)의 급사(給事)나 사인(舍人)을 거치지 않고 바로 재상이 되었으며, 자사(刺史)를 거치지 않고 바로 절도사(節度使)가 되었다.

李適之仕不歷丞簿, 便爲別駕, 不歷兩畿官, 便爲京兆尹, 不歷御史及中丞, 便爲大夫, 不歷兩省給舍, 便爲宰相, 不歷刺史, 便爲節度使.

* 이 고사는 《태평광기》 권494 〈잡록·이적지〉에 실려 있다.

직관(職官)

31-17(0803) 재상에 대한 고찰

재상고(宰相考)

출《국사보》

무릇 재상 임명의 예(禮)는 일반 반차의 행렬을 뛰어넘었다. 부(府)와 현(縣)에서는 모래를 실어다가 길을 메워 재상의 저택에서부터 자성(子城 : 내성)의 동쪽 거리까지 이르렀는데, 이를 "사제(沙堤)"라고 했다. 재상이 상중이거나 병을 앓을 경우 백관이 재상의 저택으로 가면, 담당 관리가 관직의 고하에 따라 막차(幕次 : 임시 장막)를 설치했다. 정월 초하루와 동짓날에는 의장대를 세우고 고관들이 모두 가산(珂傘 : 옥으로 장식한 산개)을 준비했으며 늘어선 등촉이 500~600개나 되었는데, 이를 "화성(火城)"이라 했다. 재상의 화성이 도착할 때가 되면 모두들 불을 끄고 물러났다. 재상이 사방의 일을 처리하는 곳에는 "도당(都堂)"[18]이 있고, 백관의 일을 처리하는 문서에는 "당첩(堂帖)"[19]이 있었으며,

---

18) 도당(都堂) : 당나라 때는 상서성이 가운데에 있고, 그 동쪽으로 이부·호부·예부가 있고 서쪽으로 병부·형부·공부가 있었으며, 상서성의 좌우복야가 각 부를 총괄했는데, 이를 도성(都省)이라 했고 공무를 보는 곳을 '도당'이라 했다.

서찰의 말미[20]에 서명하는 것을 "화압(花押)"[21]이라 했다. 미 : '화압'이라는 명칭이 여기에서 비롯했다. 황칙(黃敕 : 황색 종이에 쓴 황제의 칙서)이 내려지고 나서 이와는 약간 다른 재상의 첩지는 "황첩(黃帖)"이라 했다. 재상들은 서로를 "당로(堂老)"라고 불렀다. 이전에 백관이 아침 조회에 참석할 때는 반드시 건복문(建福門)과 망선문(望仙門) 밖에 말을 세워 놓고 기다렸지만, 재상은 광택방(光宅坊)에서 수레에 탄 채로 비바람을 피하며 기다렸다. 그러다 [당나라] 원화(元和) 연간(806~820) 초에 비로소 대루원(待漏院 : 백관들이 새벽에 모여 조회를 기다리던 장소)을 설치했다.

凡拜相禮絶班行. 府縣載沙塡路, 自私第至於子城東街, 名曰"沙堤". 有服假, 或問疾, 百僚就第, 有可設幕次排班. 元日·冬至立仗, 大官皆備珂傘, 列燭有五六百炬, 謂之"火城". 宰相火城將至, 則皆撲滅以避. 宰相判四方之事有都

---

19) 당첩(堂帖) : 당나라의 정사는 주로 중서성과 문하성에서 나왔는데, 재상이 정사를 돌보던 곳을 정사당(政事堂)·도당·중서당이라고 불렀고, 그곳에서 나온 공문서를 '당첩'이라 했다.
20) 서찰의 말미 : 원문은 "불차(不次)". 서신의 말미에 사용하는 상투어로, 상세히 말하지는 않는다는 뜻이다.
21) 화압(花押) : 문서나 서찰의 끝에 초서(草書)로 서명하거나 서명 대신 사용하는 특정한 부호를 말한다.

堂, 處分百官有堂帖, 不次押名曰"花押". 眉：花押之名始此. 黃敕旣下, 小異同曰"黃帖". 宰相呼爲"堂老". 初百官早朝, 必立馬建福·望仙門外, 宰相則於光宅車坊以避風雨. 元和初, 始置待漏院.

* 이 고사는《태평광기》권187〈직관·재상〉에 실려 있다.

31-18(0804) 소괴

소괴(蘇瓌)

출《담빈록(談賓錄)》

[당나라] 경룡(景龍) 3년(709)에 소괴는 상서우복야(尙書右僕射 : 재상에 해당함)에 제수되었다. 당시에는 공경 대신들이 처음 관직에 임명되면 관례에 따라 황제께 음식을 올리는 것이 허락되었는데, 이를 "소미(燒尾)"[22]라고 했다. 그런데 소괴가 끝내 소미를 하지 않아 황제가 그 이유를 물었더니 소괴가 아뢰었다.

"신이 듣건대 재상은 음양을 주관하고 천자를 도와 만물을 다스린다고 했습니다. 지금 곡식값이 폭등해 백성은 먹을 것이 부족합니다. 신이 보았더니 숙위병 중에 사흘 동안 밥을 먹지 못한 자도 있었습니다. 이에 신은 어리석어서 재상의 직책에 적합하지 않으므로 감히 소미를 하지 못했습니다."

---

22) 소미(燒尾) : 과거에 합격하거나 고관으로 승진했을 때 이를 축하하기 위해 벌이는 성대한 연회를 말한다. 본래는 꼬리를 태운다는 뜻인데, 호랑이가 사람으로 변해도 꼬리는 그대로 남아 있으므로 그 꼬리를 태워 없애야 완전한 사람이 된다고 한 데에서 비롯했다. 또는 잉어가 용문(龍門)에 올라 용이 될 때 번개가 내리쳐 잉어의 꼬리를 태워 없애야 비로소 용이 된다고 한 데에서 비롯했다고도 한다.

景龍三年, 蘇瓌除尙書右僕射. 時公卿大臣初拜官者, 例許獻食, 名曰"燒尾". 瓌竟不燒尾, 帝問之, 瓌奏曰:"臣聞宰相者, 主陰陽, 助天理物. 今粒食踊貴, 百姓不足. 臣見宿衛兵, 至有三日不得食者. 臣愚不稱職, 所以不敢燒尾."

* 이 고사는 《태평광기》 권187 〈직관・소괴〉에 실려 있다.

31-19(0805) 참작원

참작원(參酌院)

출《국사보》

  [당나라] 장경(長慶) 연간(821~824) 초에 목종(穆宗)은 형법을 중요하게 여겼다. 그래서 매번 큰 옥사가 있을 때마다 담당 관리가 죄를 판결하고 나면, 다시 [문하성의] 급사중(給事中)과 [중서성의] 중서사인(中書舍人)에게 참작해 적절한 형벌을 정하게 했는데, 백관이 이를 "참작원"이라 불렀다.

長慶初, 穆宗以刑法爲重. 每大獄, 有司斷罪, 又令給事中・中書舍人參酌出入之, 百司呼爲 "參酌院".

* 이 고사는 《태평광기》 권187 〈직관・참작원〉에 실려 있다.

31-20(0806) 여온

여온(呂溫)

출《가화록(嘉話錄)》

 통사사인(通事舍人)이 조서를 선독(宣讀)할 때, 예전에는 습유(拾遺)에게 파마(把麻)23)를 하게 했는데, 대개 통사알자(通事謁者 : 통사사인)가 글을 몰라서 구두점을 잘못 끊어 읽는 경우가 많았기 때문에 습유에게 낮은 목소리로 구를 끊어서 조서 읽는 것을 도와주게 했다. 그런데 여온은 습유로 있을 때 파마를 하라고 소환되었지만 가려 하지 않았는데, 이것이 마침내 관례가 되었다. 습유가 파마를 하지 않는 것은 여온에게서 시작되었다. 미 : 여온은 옳지 않다. 당시 유종원(柳宗元)이 여온을 놀리며 말했다.

 "문자를 조금이라도 알았다면 어찌하여 그를 위해 파마하지 않았겠는가?"

---

23) 파마(把麻) : 당송 시대에 왕후장상(王侯將相)을 봉하거나 면직시키는 등의 중대한 사건이 있으면, 흰 마지(麻紙)에 조서를 적고 조서를 선독할 때 한 사람을 지정해 그 옆에서 끊어 읽는 것을 도와주도록 했는데, 이를 '파마'라고 했다.

通事舍人宣詔, 舊命拾遺團句把麻者, 蓋謁者不知書, 多失句度, 故使低摘聲句以助之. 及呂溫爲拾遺, 被喚把麻, 不肯去, 遂成故事. 拾遺不把麻者, 自呂始也. 眉 : 呂溫不是. 時柳宗元戲呂云 : "幸識一文半字, 何不與他把也?"

* 이 고사는 《태평광기》 권187 〈직관 · 여온〉에 실려 있다.

31-21(0807) 이정

이정(李程)

출《전재(傳載)》

    한림학사(翰林學士)는 계단 앞의 벽돌에 비치는 해그림자를 보고 관서로 들어갔는데, 이정은 천성이 게을러서 매번 꼭 해그림자가 여덟 번째 계단 벽돌을 넘어갈 때 들어갔기 때문에 "팔전학사(八磚學士)"라 불렸다.

翰林學士以階前磚日影爲入候, 李程性懶, 每入必逾八磚, 故號爲"八磚學士".

*   이 고사는 《태평광기》 권187 〈직관·이정〉에 실려 있다.

31-22(0808) 잡설

잡설(雜說)

출《국사보》

 양성(兩省 : 문하성과 중서성)의 관원들은 서로를 "각로(閣老)"라 불렀고, 상서성(尙書省)의 승랑(丞郞)들은 서로를 "조장(曹長)"이라 불렀으며, 원외랑(員外郞) · 어사(御史) · 습유(拾遺)는 서로를 "원장(院長)"이라 불렀고, 시어사(侍御史)는 서로를 "단공(端公)"이라 불렀다.

 간원(諫院)은 소장(疏章 : 상소문) 때문에 근심과 걱정이 대체로 같았다. 어사대에서는 탄핵하는 일에 힘썼고, 상서성에서는 업무가 많아서 의견이 일치하지 않았다. 그래서 이런 말이 생겨났다.

 "유보(遺補 : 습유와 보궐)[24]들은 서로를 아끼고, 어사들은 서로를 미워하며, 낭관(郞官)들은 서로를 깔본다."

兩省相呼爲"閣老", 尙書丞郞相呼爲"曹長", 員外郞 · 御史 · 拾遺相呼爲"院長", 侍御史相呼爲"端公".

24) 유보(遺補) : 습유(拾遺)와 보궐(補闕). 당나라 때는 습유와 보궐이 모두 간관(諫官)으로서 그 업무가 같았기 때문에 병칭했다.

諫院以章疏之故, 憂患略同. 臺中則務糾擧, 省中多事, 旨趣不一. 故言:"遺補相惜, 御史相憎, 郎官相輕."

* 이 고사는 《태평광기》 권187 〈직관·잡설〉에 실려 있다.

31-23(0809) 오원

오원(五院)

출《상서고실(尙書故實)》

어사대(御史臺)는 의례상 대부(大夫) 이하부터 감찰(監察)에 이르기까지를 통칭해서 "오원어사(五院御史)"[25]라고 했다. 국조(國朝 : 당나라)에서 오원을 역임한 사람은 모두 세 명인데, 이상은(李尙隱)·장연상(張延賞)·온조(溫造)다.

臺儀, 自大夫已下至監察, 通謂之"五院御史". 國朝歷跋五院者共三人焉, 李尙隱·張延賞·溫造也.

* 이 고사는 《태평광기》 권187 〈직관·역오원(歷五院)〉에 실려 있다.

---

25) 오원어사(五院御史) : 어사대에 소속된 어사대부(御史大夫)·어사중승(御史中丞)·시어사(侍御史)·전중시어사(殿中侍御史)·감찰어사(監察御史)를 말한다.

31-24(0810) 어사에 대한 고찰
어사고(御史考)

출《국사보》

　어사대의 규정에 따르면, 대조회(大朝會) 때는 감찰어사(監察御史)가 압반(押班)[26]하고 감찰어사가 부족하면 그 아래의 어사에게 조회 때 상주하는 자를 관리하게 했다. 상참(常參)[27]할 때는 전중시어사(殿中侍御史)가 분반(分班 : 반차를 정렬함)하고, 입각(入閣)[28]할 때는 시어사(侍御史)가 감주(監奏)[29]했다. 대개 함원전(含元殿)은 가장 멀기 때문에 8품관인 감찰어사를 썼고, 선정전(宣政殿)은 그다음으로 멀기 때문에 7품관인 전중시어사를 썼으며, 자신전(紫宸殿)은 가장 가깝기 때문에 6품관인 시어사를 썼다. 전중시

---

26) 압반(押班) : 문무백관이 조회할 때 반차(班次 : 반열의 순차)를 감찰하는 일을 말한다.

27) 상참(常參) : 신하들이 매일 편전에서 황제를 알현하는 것을 말한다.

28) 입각(入閣) : 신하들이 초하루와 보름에 편전에서 황제를 알현하는 것을 말한다.

29) 감주(監奏) : 신하들 가운데 실례를 범하는 자가 없는지 감찰하는 것을 말한다.

어사는 화전(花磚 : 꽃무늬 벽돌 계단)에 서 있을 수 있었고 녹색 관복에 자색의 안석 깔개 등을 사용했기 때문에 "칠귀(七貴)"라 불렸다. 감찰원(監察院 : 찰원)30)의 원장과 감찰원의 관원들은 예의상 거리를 두었다. 무릇 당(堂)에 오르면 말하며 웃는 것을 금했는데, 웃음을 참을 수 없을 경우 잡단(雜端) 미 : 시어사 중에서 잡사를 맡은 자를 잡단이라 하고, 잡사를 맡지 않은 자를 산단(散端)이라 했다. 이 실소(失笑)하면 온 좌중이 모두 웃었는데 이를 "홍당(烘堂)"이라 했으며, 홍당은 벌을 내리지 않았다.

평 : 어사대의 문은 북쪽으로 열려 있는데, 이는 대개 엄숙하고 음산하다는 뜻을 취한 것이다.

御史故事, 大朝會則監察押班, 監察不足, 則使下御史因朝奏者攝之. 常參則殿中分班, 入閤則侍御史監奏. 蓋含元殿最遠, 用八品, 宣政其次, 用七品, 紫宸最近, 用六品. 殿中得立花磚, 綠衣用紫案褥之類, 號爲"七貴". 監察院長與同院禮隔. 凡上堂絶言笑, 有不可忍, 雜端 眉 : 凡侍御知雜事者謂之雜端, 非知雜者曰散端. 失笑, 則合座皆笑, 謂之"烘堂", 烘堂不罰.

---

30) 감찰원(監察院) : 찰원(察院)을 말한다. 대원(臺院)·전원(殿院)과 함께 어사대에 소속된 삼원(三院) 가운데 하나다.

評 : 御史臺門北開, 蓋取肅殺就陰之義.

* 이 고사는 《태평광기》 권187 〈직관・어사〉와 〈압반(押班)〉에 실려 있다.

31-25(0811) 어사본초
어사본초(御史本草)
출《조야첨재》·《어사대기》

당(唐)나라의 호부랑(戶部郎) 후미허(侯味虛)가 《백관본초(百官本草)》를 지어 어사(御史) 항목에 대해 기록했다.

"매우 뜨겁고 독이 있다. 주로 위선을 제거하고 간사함을 막으며, 억울함을 갚아 주고 과도한 월권을 제지하며, 독직(瀆職)과 부패를 치료하는 데 특히 뛰어나며, 크고 작은 관리를 막론하고 모두 체포한다. 옹주(雍州)와 낙주(洛州)의 여러 현에서 나오는데, 그 밖의 주에서 나오는 것이 특히 쓸 만하다. 햇볕에 말려 딱딱해진 것31)이 좋다. 이것을 복용하면 정신이 신장하고 아첨이 감퇴하며, 오래 복용하면 사람을 차갑고 날카롭게 만든다."

가언충(賈言忠)이 《감찰본초(監察本草)》를 지어 말했다.

"[어사대의] 이행(裏行)32)과 시원외랑(試員外郎)은 합구

---

31) 햇볕에 말려 딱딱해진 것 : 어사로서 고난과 역경을 많이 경험하는 것을 비유한다.
32) 이행(裏行) : 어사대의 속관으로, 정식 관원이 아니고 정해진 인원수도 없었다. 어사이행(御史裏行)·시어사이행(侍御史裏行)·전중이

초(合口椒 : 입을 다문 산초)로 독성이 가장 강하다. 감찰어사(監察御史)는 개구초(開口椒 : 입을 연 산초)로 독성이 다소 약하다. 전중시어사(殿中侍御史)는 나복(蘿蔔 : 무)으로 생강(生薑)이라고도 하며, 맵기는 하지만 해가 되지는 않는다. 시어사(侍御史)는 취리(脆梨 : 아삭한 배)로 먹을수록 맛이 좋다. 원외랑으로 승진하는 것은 감자(甘子 : 감귤)로 오래 복용해도 좋다."

唐戶部郎侯味虛著《百官本草》, 題御史曰 : "大熱, 有毒. 主除邪佞, 杜姦回, 報冤滯, 止淫濫, 尤攻貪濁, 無大小皆搏之. 出於雍洛州諸縣, 其外州出者尤可用. 日炙乾硬者爲良. 服之長精神, 減姿媚, 久服令人冷峭."
賈言忠撰《監察本草》云[1] : "裏行及試員外者爲合口椒, 最有毒. 監察爲開口椒, 毒微歇. 殿中爲蘿蔔, 亦曰生薑, 雖辛辣而不爲患. 侍御史爲脆梨, 漸入佳味. 遷員外郎爲甘子, 可久服."

* 이 고사는 《태평광기》 권255 〈조초(嘲誚)·후미허(侯味虛)〉와 〈가언충(賈言忠)〉에 실려 있다.

1 운(云) : 저본에는 이 자가 없지만 문맥상 필요하므로 《태평광기》에 의거해 보충했다.

행(殿中裏行)·감찰이행(監察裏行) 등이 있었다.

31-26(0812) 어사에 대한 희학
어사학(御史謔)
출《어사대기》

어사는 여러 관서의 관리들을 규찰하므로 사람들이 꺼려서 어사를 차갑고 날카롭다고 욕했다. 돌궐(突厥)에서는 어사를 "토둔(吐屯)"이라고 불렀다. 측천무후(則天武后) 때 외국의 사신이 내조(來朝)했는데, 토둔은 혼자 서서 사신의 반열에 들어가지 않았다. 유덕(諭德)33) 장원일(張元一)은 해학으로 유명했는데, 그가 외국의 사신에게 물었다.

"저기 혼자 서 있는 사람은 누굽니까?"

역관(譯官)이 말했다.

"토둔이라 하는데 이곳의 어사에 해당합니다."

그러자 장원일이 말했다.

"사람들은 우리 조정의 어사들이 유독 차갑고 날카롭다고 하더니, 이 외국의 어사도 아주 차갑고 날카롭습니다."

온 조정의 관리들이 크게 웃었다.

당(唐)나라 효화황제(孝和皇帝 : 중종) 때 좌우대어사

---

33) 유덕(諭德) : 당나라 때 설치된 황태자의 속관으로, 풍간(諷諫)과 권계(勸誡)를 깨우쳐 주던 벼슬이다.

(左右臺御史) 중에서 남성(南省 : 상서성)으로 전임되어서도 여전히[仍] 내공봉(內供奉)을 맡은 자가 세 명 있었고, 묵칙(墨敕 : 천자의 친필 칙명)을 받은 자가 다섯 명 있었는데, 어사대에서는 이들을 두고 "오묵삼잉(五墨三仍)"이라 비꼬았다. 좌대어사는 우대어사를 "고려 승(高麗僧)"이라 불렀는데, 이는 고려 승이 중국 스님을 따라 재(齋)를 올리면서 축원하거나 찬불하지도 않고 그저 음식을 먹고 시주를 받는 것에 빗대어 한 말이었다. 즉, 우대어사가 어사대 밖의 일만 관장하고 도성에서 아무런 탄핵도 하지 않으면서도 받는 봉록은 [좌대어사와] 같음을 풍자한 것이었다. 우대어사에서 좌대어사로 전임되면 "출번(出蕃 : 열악한 변방에서 벗어남)"이라 불렀고, 좌대어사에서 우대어사로 전임되면 "몰번(沒蕃 : 열악한 변방에 처박힘)"이라 불렀다. 그들은 매번 만나면 반드시 서로 비웃고 조롱하기를 멈추지 않았다. 미 : 왜 그랬는가?

御史糾察群司, 爲衆所忌, 嘗御史爲冷峭. 而突厥號御史爲"吐屯". 則天朝, 蕃使來朝, 而吐屯獨立, 不入班. 諫德張元一以詼諧見稱, 問蕃使曰 : "此獨立者爲誰?" 譯者曰 : "吐屯, 此御史." 元一曰 : "人言我朝御史獨冷峭, 此蕃御史亦甚冷峭." 擧朝喧笑.
唐孝和朝, 左右臺御史有遷南省, 仍內供奉者三, 墨敕授者五, 臺譏之爲"五墨三仍". 左臺呼右臺爲"高麗僧", 言隨漢僧赴齋, 不咒願嘆唄, 但飮食受嚫而已. 譏其掌外臺, 在京輦無所彈劾, 而俸祿同也. 自右臺授左臺, 號爲"出蕃", 自左臺授右臺, 號爲"沒蕃". 每相遇, 必相嘲謔不已. 眉:何謂?

* 이 고사는 《태평광기》 권250 〈회해(詼諧) · 시어사(侍御史)〉와 권254 〈조초(嘲誚) · 좌우대어사(左右臺御史)〉에 실려 있다.

31-27(0813) 평사가 어사대로 들어가다

평사입대(評事入臺)

출《어사대기》

    [당나라] 측천무후(則天武后)는 형법을 좋아해서 형조(刑曹)의 명망이 구시(九寺)34)의 으뜸이 되었다. 이 때문에 많은 평사(評事)35)가 어사대로 들어왔는데, 요정조(姚貞操)와 후승훈(侯承訓) 이후로 계속 끊이지 않아서 나중에는 마침내 관례가 되었다. 당시 속담에 기위(畿尉 : 경기 지역의 현위)에 여섯 가지 길이 있다고 했는데, [기위에서] 어사가 되는 것은 불도(佛道)에 드는 것이고, 평사가 되는 것은 선도(仙道)에 드는 것이며, 경위(京尉)가 되는 것은 인도(人道)에 드는 것이고, 기승(畿丞)이 되는 것은 고해도(苦海道)에 드는 것이며, 현령(縣令)이 되는 것은 축생도(畜生道)에 드는 것이고, 판사(判司)가 되는 것은 아귀도(餓鬼道)에 드

---

34) 구시(九寺) : 구경(九卿)의 관서. 즉, 태상시(太常寺)·광록시(光祿寺)·위위시(衛尉寺)·종정시(宗正寺)·태복시(太僕寺)·대리시(大理寺)·홍려시(鴻臚寺)·사농시(司農寺)·태부시(太府寺)를 말한다.

35) 평사(評事) : 대리시(大理寺) 소속 관원으로, 형옥(刑獄)의 평결을 담당했다.

는 것이라고 했다.

自則天好法, 刑曹望居九寺之首. 以此評事多入臺, 姚貞操·侯承訓而後, 相繼不絕, 後遂爲例. 俗語畿尉有六道, 入御史爲佛道, 入評事爲仙道, 入京尉爲人道, 入畿丞爲苦海道, 入縣令爲畜生道, 入判司爲餓鬼道.

* 이 고사는 《태평광기》 권250 〈회해·요정조(姚貞操)〉에 실려 있다.

31-28(0814) 한고

한고(韓皋)

출《전재》

한고는 어사중승(御史中丞)으로 있을 때 늘 황제께 진언할 일이 있으면 반드시 자신전(紫宸殿)에서 백관을 마주 대하고 주청했으며 한 번도 편전(便殿)으로 찾아가지 않았다. 어떤 사람이 한고에게 말했다.

"건원(乾元) 연간(758~760) 이래로 황제께 아뢸 일이 있으면 모두 연영전(延英殿)으로 갔는데, 공만은 외정(外庭)에서 주청하니 신중하지 못한 처사가 아닙니까?"

그러자 한고가 말했다.

"어사는 천하에서 가장 공평해야 합니다. 강한 것을 누르고 굽은 것을 바로 펴는 일은 오직 공개적으로 해야 하니, 사람들을 피한 채 은밀히 말씀드려 국가의 법을 사사로이 하는 것은 옳지 않습니다. 또한 연영전은 숙종(肅宗) 황제께서 묘진경(苗晉卿)이 연로해 거동이 어려웠기 때문에 설치한 것입니다. 훗날의 신료들이 편전으로 찾아가는 것은 대부분 자신들의 사사로움을 팔아 황제의 총애를 구하기 위함이니, 어찌 그것을 따라 하겠습니까!"

韓皋爲御史中丞, 常有所陳, 必於紫宸殿對百寮而請, 未嘗詣便殿. 或謂皐曰:"自乾元已來, 啓事皆詣延英, 公獨於外庭, 無乃非愼密乎?" 韓曰:"御史天下之持平也. 摧剛直枉, 唯在公共, 不宜避人竊語, 以私國家之法. 且延英之置也, 肅皇以苗晉卿年老艱步, 故設之. 後來臣僚得詣便殿, 多以私自售, 希求恩寵, 奈何效之!"

* 이 고사는 《태평광기》 권187 〈직관・한고〉에 실려 있다.

31-29(0815) 상서성

상서성(尙書省)

출《국사보》·《양경기(兩京記)》

　낭관(郞官)의 규정에 따르면, 이부낭중(吏部郞中)의 두 청사(廳事)에서는 먼저 소전(小銓)36)을 하고 다음으로 격식(格式 : 관원의 직권 등에 관한 법규)을 살폈으며, 원외랑(員外郞)의 두 청사에서는 먼저 남조(南曹)37)의 일을 처리하고 다음으로 관원의 존폐(存廢)를 결정했다. 형부(刑部)는 사복[四覆 : 형부·도관(都官)·비부(比部)·사문(司門)]으로 나누었고, 호부(戶部)는 양부[兩賦 : 전부(田賦)와 공부(貢賦)]로 나누었는데, 그 제도는 이미 오래되었다. 옛말에 따르면, 이부에서는 [낭관을] "성안(省眼 : 이부낭중의 별칭)"이라 했고, 예부(禮部)에서는 "남성사인(南省舍人 : 예부낭중의 별칭)"이라 했으며, 고공(考功)38)과 탁지(度支)39)는

---

36) 소전(小銓) : 당나라 때는 낭관이 유외(流外 : 9품 이하의 낮은 벼슬아치)를 직접 뽑을 수 있었는데, 이를 '소전' 혹은 유외전(流外銓)이라 했다.

37) 남조(南曹) : 당나라 때 상서성의 이부와 병부에 소속된 관서. 이부와 병부의 원외랑 한 명이 남조의 일을 맡아 관리의 선발과 공적 등을 심사해 상부에 보고했다.

"진행(振行 : 고공원외랑과 탁지랑에 대한 별칭)"이라 했고, 비부(比部)40)에서는 낭하(廊下)에서 식사할 수 있고 배석해 함께 식사하던 자를 "비반(比盤 : 비부낭중과 비부원외랑에 대한 별칭)"이라 했다. 이십사조(二十四曹)41)에서는 좌우사(左右司)42)를 "도공(都公)"이라 불렀다. 상서성 안에서 이런 말이 있었다.

"후행(後行)43)의 사둔(祠屯 : 예부의 사부와 공부의 둔

---

38) 고공(考功) : 상서성 이부의 속관으로, 관리의 공적을 감찰했다.

39) 탁지(度支) : 상서성 호부의 속관으로, 국가의 재정 업무를 담당했다.

40) 비부(比部) : 상서성 형부에 소속된 관서로, 형부 사사(四司) 가운데 하나다.

41) 이십사조(二十四曹) : 당나라 때 상서성에 소속된 6부(部)의 각 기구에 대한 총칭으로, 이부(吏部)·사봉(司封)·사훈(司勳)·고공(考功), 호부(戶部)·탁지(度支)·금부(金部)·창부(倉部), 예부(禮部)·사부(祠部)·주객(主客)·선부(膳部), 병부(兵部)·직방(職方)·가부(駕部)·고부(庫部), 형부(刑部)·도관(都官)·비부(比部)·사문(司門), 공부(工部)·둔전(屯田)·우부(虞部)·수부(水部)를 말한다.

42) 좌우사(左右司) : 당나라 때 상서성에 좌사와 우사를 설치해서 6부의 일을 나누어 관리하게 했는데, 좌사는 이·호·예 3부 12사(司)의 일을 관리하고, 우사는 병·형·공 3부 12사의 일을 관리했다. 그 책임자는 좌승(左丞)과 우승(右丞)이었고 그 밑에 낭중과 원외랑이 있었다.

43) 후행(後行) : 당송대에는 상서성에 소속된 6부를 전행(前行)·중행(中行)·후행(後行)으로 나누었는데, 병부·이부·좌우사는 전행, 형

전)은 중행(中行)의 도문(都門 : 형부의 도관과 사문)과 바꾸지 않고, 중행의 형부와 호부는 전행(前行)의 가고(駕庫 : 병부의 가부와 고부)와 바꾸지 않는다."

상서랑(尙書郎)은 양한(兩漢) 이후부터 그 관리를 엄선했으며, [당나라] 무덕(武德) 연간(618~626)과 정관(貞觀) 연간(627~649) 이래로 더욱 그 관직을 중시했다. 이부와 병부는 전행으로, 가장 중요하고 업무가 번잡했다. 후행으로부터 [중행이나 전행으로] 전임되면 모두 훌륭한 인선으로 여겼다. 고공원외랑(考功員外郎)은 과거 응시생의 시험을 전담하는 직책으로, 원외랑 중에서 가장 선망하는 것이었다. 사문원외랑(司門員外郎)44) · 도관원외랑(都官員外郎)45) · 둔전원외랑(屯田員外郎)46) · 우부원외랑(虞部員外郎)47) ·

부 · 호부는 중행, 공부 · 예부는 후행에 속했으며, 매 행마다 각각 4사(四司)를 두었다.

44) 사문원외랑(司門員外郎) : 형부의 속관으로, 문적(門籍) · 관진(關津) · 교량 등의 경계를 관장했다.

45) 도관원외랑(都官員外郎) : 형부의 속관으로, 도성의 불법적인 일을 관장했다.

46) 둔전원외랑(屯田員外郎) : 공부의 속관으로, 둔전의 행정 명령을 관장했다.

47) 우부원외랑(虞部員外郎) : 공부의 속관으로, 산택(山澤)을 관장했다.

수부원외랑(水部員外郞)48)·선부원외랑(膳部員外郞)49)·주객원외랑(主客員外郞)50)은 모두 후행에 속하며, 한가해서 일이 없었다. 그래서 당시 사람들이 말했다.

"사문원외랑과 수부원외랑은 상서성에 들어가도 그 수를 치지 않는다."

각저희(角抵戲)에서 이부영사(吏部令史)와 수부영사(水部令史)로 분장한 인물이 서로 만나 갑자기 함께 넘어졌다가 한참 후에 일어나서 말했다.

"냉기와 열기51)가 서로 부딪치니 결국 이런 병이 생기는구면."

선천(先天) 연간(712~713)에 왕상객(王上客)이 시어사(侍御史)로 있었는데, 그는 스스로 자신의 재주와 덕망으로 상서성에 들어가리라고 여기면서 늘 전행으로 전임되길 바랐다. 그러나 뜻밖에 선부원외랑(膳部員外郞)에 제수되자

---

48) 수부원외랑(水部員外郞) : 공부의 속관으로, 진량(津梁)·거량(渠梁)·조운(漕運) 등의 일을 관장했다.
49) 선부원외랑(膳部員外郞) : 예부의 속관으로, 연회·향음(鄕飮)·희생(犧牲)·어선(御膳) 등의 일을 관장했다.
50) 주객원외랑(主客員外郞) : 예부의 속관으로, 여러 번국(藩國)을 초빙하는 일을 관장했다.
51) 냉기와 열기 : 냉기는 한직인 냉관(冷官), 즉 수부영사를 비유하고, 열기는 세도 있는 열관(熱官), 즉 이부영사를 비유한다.

다소 실망하며 한탄했다. 그러자 이부낭중 장경충(張敬忠)이 그를 놀리며 이렇게 읊었다.

"병부도 마땅치 않게 여기고, 오로지 고공원외랑이 되기만 바랐네. 누가 알았으랴 발을 잘못 디뎌, 하마터면 상서성 담장 동쪽으로 떨어질 뻔한 줄을."

선부는 상서성에서 가장 동북쪽 구석에 있었기 때문에 이런 구절을 쓴 것이다.

郎官故事, 吏部郎中二廳, 先小銓, 次格式. 員外郎二廳, 先南曹, 次廢置. 刑部分四覆, 戶部分兩賦, 其制尚矣. 舊說, 吏部爲"省眼", 禮部爲"南省舍人", 考功·度支爲"振行", 比部得廊下食, 以飯從者, 號"比盤". 二十四曹呼左右司爲"都公". 省中語曰: "後行祠屯, 不博中行都門, 中行禮部¹, 不博前行駕庫."

尙書郎, 自兩漢已後, 妙選其人, 武德·貞觀已來, 尤重其職. 吏·兵部爲前行, 最爲要劇. 自後行改入, 皆爲美選. 考功員外專掌試貢擧人, 員外郎之最望者. 司門·都門²·屯田·虞·水·膳部·主客, 皆在後行, 閑簡無事. 時人語曰: "司門·水部, 入省不數." 角牴之戲, 有假作吏部令史與水部令史相逢, 忽然俱倒, 良久起云: "冷熱相激, 遂成此疾." 先天中, 王上客爲侍御史, 自以才望當入省, 常望前行. 忽除膳部員外郎, 微有悵惋. 吏部郎中張敬忠戱咏之曰: "有意嫌兵部, 專心取考功. 誰知脚踡蹬, 幾落省牆東." 膳部在省中最東北隅, 故有此句.

* 이 고사는《태평광기》권187〈직관·상서성〉과 권250〈회해·상서

랑〉에 실려 있다.
1 중행예부(中行禮部) : 예부는 후행에 속하므로 착오가 있는 것으로 보인다. 한편 《당국사보(唐國史補)》 권하에는 "하행형호(下行刑戶)"라 되어 있는데, 형부와 호부는 중행에 속하므로 이 역시 착오가 있는 것으로 보인다. 따라서 "중행예부"에서는 "예부"가 잘못되었고, "하행형호"에서는 "하행"이 잘못되었으므로, 일단 "중행형호(中行刑戶)"로 고치기로 한다.
2 문(門) : "관(官)"의 오기로 보인다.

31-30(0816) **최일지**

최일지(崔日知)

출《국사이찬》

　　최일지는 조정과 지방의 관직을 두루 지냈지만, 팔좌(八座)52)에 오르지 못한 것을 한스러워했다. 나중에 태상경(太常卿)이 되었을 때 도시(都寺: 태상시의 별칭)의 청사 뒤에 누대 하나를 세웠는데, 바로 상서성(尙書省)과 마주 보고 있었다. 그래서 당시 사람들이 그 누대를 "최공망성루(崔公望省樓: 최 공이 상서성을 바라보는 누대)"라고 불렀다.

崔日知歷職中外, 恨不居八座. 及爲太常卿, 於都寺廳後起一樓, 正與尙書省相望. 時人謂之"崔公望省樓".

* 이 고사는《태평광기》권187〈직관·최일지〉에 실려 있다.

---

52) 팔좌(八座): 조정의 8대 고관으로, 당나라 때는 육부상서(六部尙書)와 좌우복야(左右僕射)를 지칭했다.

31-31(0817) 상서성의 다리
성교(省橋)
출《인화록(因話錄)》

　　상서성(尙書省) 동남쪽 모퉁이의 큰길에 작은 다리가 하나 있는데, 사람들은 이 다리를 "요항교(拗項橋: 목을 빼게 하는 다리)"라고 한다. 이는 시어사(侍御史)나 전중시어사(殿中侍御史)로 오랫동안 근무한 자가 이곳에 이르면 반드시 목을 빼서 남궁(南宮: 상서성의 별칭)을 바라본다는 뜻이다. 도당(都堂: 재상의 정사당) 남문(南門)의 동쪽 길에 오래된 홰나무가 있는데, 아주 넓게 그늘을 드리우고 있다. 전하는 이야기에 따르면, 한밤중에 이 홰나무에서 악기 소리가 들리면 성랑(省郞: 상서성의 낭중과 원외랑) 가운데 재상으로 입각하는 자가 나왔기에 민간에서 이를 "음성수(音聲樹: 소리 나는 나무)"라고 불렀다고 한다. 사부(祠部)53)를 "빙청(冰廳)"이라 불렀는데, 사부의 맑고 깨끗함을 말한 것이다.

---

53) 사부(祠部) : 예부에 속한 관서로, 제사·천문(天文)·의약(醫藥)·승니(僧尼) 등의 일을 관장했다.

尙書省東南隅通衢有小橋, 相承目爲"拗項橋". 言侍御史及殿中久次者至此, 必拗項望南宮也. 都堂南門東道有古槐, 垂陰至廣. 相傳夜深聞絲竹之音, 省郞有入相者, 俗謂之"音聲樹". 祠部呼爲"冰廳", 言其淸且冷也.

* 이 고사는《태평광기》권187〈직관·성교〉에 실려 있다.

31-32(0818) 비서성
비서성(秘書省)
출《양경기》

 당(唐)나라 초에 비서성은 단지 문서를 베끼거나 도서를 저장하거나 교감하는 일을 주관했을 따름이었다. 이때부터 비서성의 문을 열어 놓아도 찾아오는 사람이 드물었기에 권문귀족의 자제들은 대부분 이 관직을 좋아하지 않았다. 민간에 떠도는 말에 따르면, 비서감(秘書監)은 재상(宰相)의 병방(病坊)[54]이고, 비서소감(秘書少監)은 급사중(給事中)과 중서사인(中書舍人)의 병방이며, 비서승(秘書丞)과 저작랑(著作郞)은 상서랑(尙書郞)의 병방이고, 비서랑(秘書郞)과 저작좌랑(著作左郞)은 감찰어사(監察御史)의 병방이라고 했다. 대개 번잡하고 중요한 업무를 감당하지 못하는 자는 당연히 이 비서성으로 전임되었다. 하지만 비서성의 직무는 도서와 역사 전적을 살피는 데 있었기에 더 이상 하찮고 낮은 지위가 아니었다. 그래서 학문을 좋아하는 군자

---

54) 병방(病坊) : 본래는 가난하고 병든 백성을 거두어 돌봐 주는 곳이란 뜻인데, 여기서는 병약한 관리가 한가롭게 지내는 곳이란 뜻으로 쓰였다.

중에서 세상의 이권을 다투고 명리를 추구하는 일에 염증이 난 자들은 또한 이 관직을 맡고자 했다.

唐初, 秘書省唯主寫書貯掌勘校而已. 自是門可張羅, 權貴子弟, 率不好此職. 流俗以監爲宰相病坊, 少監爲給事中·中書舍人病坊, 丞及著作郎爲尙書郎病坊, 秘書郎及著作左郎爲監察御史病坊. 凡不任繁劇者, 當改入此省. 然其職在圖史, 非復喧卑. 故好學君子厭於趨競者, 亦求爲此職焉.

* 이 고사는 《태평광기》 권187 〈직관·비서성〉에 실려 있다.

31-33(0819) 사청

사청(莎廳)

출《문기록(聞奇錄)》

경조부(京兆府)의 두 청사는 일이 많았다. 동사조청(東士曹廳)은 당시에 "염주청(念珠廳)"이라 불렸는데, 대개 처리해야 할 사안이 108개나 되었기 때문이다. 서사조청(西士曹廳)은 "사청"이라 불렸는데, 청사 앞에 사초(莎草)가 10여 장(丈)이나 빙 둘러 펼쳐져 있었기 때문이다. 하중부(河中府)의 사록청(司錄廳)에도 녹사(綠莎)가 있었는데, 예전에는 일 벌이기를 좋아하는 사람들이 계속해서 늘 이곳에 물을 댔지만, 천우년(天祐年)(904) 이후로 일 벌이기를 좋아하지 않는 사람들이 녹사를 제거해 버렸다.

京兆府兩廳事多. 東士曹廳, 時號爲"念珠廳", 蓋判案一百八道. 西士曹廳爲"莎廳", 廳前有莎, 周廻可十餘丈. 河中府司錄廳亦有綠莎, 昔好事者相承常漑灌, 天祐已後, 爲不好事者除之.

* 이 고사는 《태평광기》 권187 〈직관·사청〉에 실려 있다.

권32 장수부(將帥部) 효용부(驍勇部)

장수(將帥)

32-1(0820) 이광필

이광필(李光弼)

출《담빈록》

    이광필은 사사명(史思明)을 토벌하기 위해 야수도(野水渡)에 군사를 주둔시켰다가 저녁이 되자 병졸 1000명을 남겨 둔 채 회군하면서 옹호(雍顥)에게 말했다.

    "적장 고휘(高暉)・이일월(李日越)・유문경(喩文景) 등은 모두 만 명을 대적할 만한 장수이니, 사사명은 틀림없이 그중 한 사람을 보내 나를 잡으려 할 것이다. 나는 잠시 떠날 것이니 그대는 여기에서 병사들을 통솔해 적을 기다리고 있다가, 적이 닥치더라도 전투를 벌이지 말고 그들이 투항해 오면 함께 오도록 하라."

    그날 사사명은 과연 이일월을 불러 말했다.

    "이 군(李君:이광필)이 군사를 이끌고 야수도에 당도했으니, 이제 그를 사로잡을 수 있게 되었다. 너는 철기병을 데리고 밤에 강을 건너가서 나를 위해 그를 잡아 오너라."

    그러면서 명했다.

    "반드시 이 군을 잡아 와야 할 것이며, 그러지 못하면 돌아오지 마라!"

    이일월은 기병 500명을 이끌고 새벽에 옹호의 군대를 급습했다. 그러나 옹호는 해자를 사이에 두고 병사를 쉬게 하고는 시를 읊으며 이일월을 바라보았다. 이일월은 이상해하면서 옹호에게 물었다.

"태위(太尉 : 이광필)는 계시오?"

옹호가 말했다.

"밤에 떠나셨소."

이일월이 말했다.

"병사는 몇 명이오?"

옹호가 말했다.

"1000명이오."

이일월이 말했다.

"장군은 누구요?"

옹호가 말했다.

"옹호요."

이일월은 한참을 깊이 생각하다가 부하들에게 말했다.

"나는 반드시 이 군을 잡아 오라는 명을 받았는데, 지금 옹호를 잡아가더라도 그 바람에 부응하지 못하므로 틀림없이 해를 입을 것이니, 투항하는 것만 못하다."

그러고는 마침내 투항을 청하자, 옹호는 그와 함께 이광필이 있는 곳으로 갔다. 이광필은 또 일찍이 하양(河陽)에 군대를 매복시키고 해를 넘겨 사사명과 대치하고 있었다. 사사명에게는 병마 1000필이 있었는데, 그는 매일 강 남쪽에서 말을 씻기면서 그 수가 많음을 과시했다. 이광필은 여러 군영을 조사해 암말 500필을 끌고 와서 사사명의 말들이 물가에 오기를 기다렸다가 암말들을 모두 그곳으로 내몰았다. 망아지가 성안에 매여 있었기에 암말들이 쉬지 않고 울어 대자, 사사명의 병마가 모두 헤엄쳐 강을 건너왔다. 이광필은 그 말들을 모두 군영으로 몰아넣었다.

李光弼討史思明, 師於野水渡, 旣夕, 還軍, 留其卒一千人, 謂雍顥曰: "賊將高暉·李日越·喩文景, 皆萬人敵也, 思明必使一人劫我. 我且去之, 子領卒待賊於此, 至勿與戰, 降則俱來." 其日, 思明召日越曰: "李君引兵至野水, 此成擒也. 汝以鐵騎宵濟, 爲我取之." 命曰: "必獲李君, 不然無歸!" 日越引騎五百, 晨壓顥軍. 顥阻濠休卒, 吟嘯相視. 日越怪之, 問曰: "太尉在乎?" 曰: "夜去矣." "兵幾何?" 曰: "千人." "將謂誰?" 曰: "雍顥也." 日越沉吟久, 謂其下曰: "我受命必得李君, 今獲顥, 不塞此望, 必見害, 不如降之." 遂請降, 顥與之俱至. 光弼又嘗伏軍守河陽, 與史思明相持經年. 思明有戰馬千匹, 每日洗馬於河南, 以示其多. 光弼乃於諸營檢獲牝馬五百匹, 待思明馬至水際, 盡驅出之. 有駒縶於城中, 群牝嘶鳴, 無復間斷, 思明戰馬, 悉浮渡河. 光弼盡驅入營.

* 이 고사는《태평광기》권189〈장수·이광필〉에 실려 있다.

32-2(0821) 마훈과 엄진

마훈 · 엄진(馬勛 · 嚴振)

출《담빈록》·《건손자(乾馔子)》

당(唐)나라 덕종(德宗)이 양주(梁州)와 양주(洋州)로 몽진하려 하자, [산남서도절도사(山南西道節度使)] 엄진은 병사 5000명을 주질현(盩厔縣)으로 보내 천자의 남쪽 행차를 기다리게 했다. 그런데 그의 부장(部將) 장용성(張用誠)이 은밀히 배반을 모의해 이회광[李懷光 : 주차(朱泚)와 연합해 모반한 반장(叛將)]에게 귀순하자, 조정에서 이를 우려했다. 때마침 양주(梁州)의 장군 마훈이 왔기에 황상이 평대(平臺)로 나가 그와 함께 사태를 논의하자 마훈이 말했다.

"신이 청하건대 날짜를 헤아려 산남도(山南道)로 가서 절도사(節度使)의 부절로 장용성을 불러들이고자 합니다. 만약 그가 절도사의 부름을 받아들이지 않는다면 신이 마땅히 그의 목을 베어 와서 보고하겠습니다."

황상이 기뻐하며 말했다.

"며칠이면 도착할 수 있겠소?"

마훈이 시일을 약정해서 아뢰자 황상은 그를 위로하고 보냈다. 마훈은 엄진의 부절을 받고 나서 장사 50명과 함께 걸어서 낙곡(駱谷 : 주질현의 서남쪽에 있는 계곡)을 나섰다. 장용성은 자신이 배반한 사실을 마훈이 아직 알지 못한다고 생각해 수백 명의 기병을 이끌고 마훈을 마중했다. 마훈은 장용성과 함께 객사로 갔는데, 장용성의 좌우 군졸들이 삼엄하게 경계를 서고 있었다. 마훈이 말했다.

"날씨가 차가우니 일단 쉬도록 합시다."

좌우의 군사들이 모두 물러나자, 마훈이 사람을 시켜 많은 건초를 태워 유인했더니 군사들이 다투어 불 주위로 몰려들었다. 마훈은 사람들을 조용히 시키더니 품속에서 부절을 꺼내 보이며 말했다.

"대부[엄진]께서 그대를 불러들이라고 하십니다." 미 : 장군감이다.

장용성이 깜짝 놀라 벌떡 일어나서 달아나려고 하자, 장사들이 등 뒤에서 그의 손을 묶어 사로잡았다. 그때 뜻밖에 장용성의 아들이 뒤에 있다가 칼을 빼서 마훈을 베었는데, 마훈의 좌우 사람들이 급히 그의 팔을 붙잡아서 칼이 그다지 깊숙이 박히지 않고 마훈의 머리에 약간의 상처만 났다. 마침내 장용성의 아들을 쳐서 죽이고, 장용성을 땅에 쓰러뜨린 뒤 장사들로 하여금 그의 배에 걸터앉게 해서 칼날로 목을 겨누며 말했다.

"소리 지르면 죽이겠다!"

마훈이 급히 장용성의 군영으로 달려갔더니 병사들이 이미 갑옷을 걸치고 무기를 들고 있었다. 이에 마훈이 큰 소리로 말했다.

"너희들의 부모와 처자가 모두 양주(梁州)에 있는데, 그들을 버리고 역적 놈을 따라 반역하다니, 장차 너희 가족들을 죽게 할 작정이더냐? 대부께서 내게 장용성을 잡아 오되, 너희들의 죄는 묻지 않는다고 하셨다."

사람들은 두려워하면서 엎드려 죄를 빌었다. 마훈이 장용성을 포박해 양주(洋州)로 압송하자, 엄진은 그를 장형에 처해 죽였다. 마훈은 직접 머리에 난 상처를 약으로 봉하고 나서 보고하러 왔는데, 약속한 시일에서 약 반나절이 지났다.

덕종의 어가(御駕)가 양주(梁州)와 양주(洋州)로 행차했을 때 중서사인(中書舍人) 제영(齊映)이 호위를 맡았다. [양주(洋州)의] 청원천(靑源川)으로 내려가다가 보았더니 깃발들이 들판을 가득 덮고 있자, 황상은 마음속으로 놀라며 주차(朱泚)의 군사가 요로를 막고 있다고 의심했다. 잠시 후에 보았더니 양수(梁帥 : 산남서도절도사. 치소는 양주) 엄진이 활집을 찬 채로 어마(御馬) 앞에서 절한 뒤, 군신(君臣) 간에 난리를 만난 상황을 말하면서 눈물을 흘리며 오열했다. 황상은 크게 기뻐하며 구두로 칙명을 내려 그를 칭찬했다. 제영이 엄진에게 명했다.

"마땅히 지존을 위해 말을 인도하고 어선(御膳)을 위해 담당 관리를 배치하시오."

잠시 후에 황상은 양주(洋州)의 행재소(行在所)에 도착하자, 제영을 불러 유생(儒生)은 때의 변화에 잘 대처하지 못한다고 질책하면서, 전화의 연기와 먼지가 일어날 때는 모름지기 장수를 잠시 쉬게 해 줘야 한다고 했다. 제영이 엎드려 아뢰었다.

"산남도의 백성은 단지 엄진이 있는 것만 알 뿐 폐하께서 계심을 알지 못합니다. 지금 천자께서 친히 납시었으니, 파촉(巴蜀)의 백성에게 천자의 존엄함을 알게 하는 것은 또한 신하 된 자의 도리를 다하기에 충분합니다."

황상은 매우 칭찬하며 감탄했다. 엄진도 그 말을 듣고 제영에게 특별히 감사의 절을 올렸다. 미 : 제영만 훌륭할 뿐만 아니라 엄진도 더욱 훌륭하다.

唐德宗欲幸梁澤[1], 嚴振遣兵五千至螯屋以俟南幸. 其將張用誠陰謀叛背, 輸款於李懷光, 朝廷憂之. 會梁州將馬勛至, 上臨軒與之謀, 勛曰:"臣請計日至山南, 取節度符召之. 卽不受召, 臣當斬其首以復命." 上喜曰:"幾日當至?" 勛剋日時而奏, 上勞遣之. 勛旣得振符, 乃與壯士五十人偕行出駱谷. 用誠以爲未知其叛, 以數百騎迓勛. 勛與俱之傳舍, 用誠左右森然. 勛曰:"天寒且休." 軍士左右皆退, 勛乃令人多焚其草以誘之, 軍士爭附火. 勛乃令人從容, 出懷中符示之曰:"大夫召君." 眉:是將才. 用誠惶駭起走, 壯士自背束其手而擒之. 不虞用誠之子居後, 引刀斫勛, 勛左右遽承其臂, 刀不甚下, 微傷勛首. 遂格殺其子, 而仆用誠於地, 令壯士跨其腹, 以刃擬其喉曰:"聲則死之!" 勛馳就其軍營, 士已被甲執兵. 勛大言曰:"汝等父母妻孥皆在梁州, 棄之從人反逆, 將欲滅汝族耶? 大夫使我取張用誠, 不問汝輩." 衆譬伏. 於是縛用誠, 遣送洋州, 振杖殺之. 勛以藥自封其首, 來復命, 惣約半日.

駕之幸梁洋也, 中書舍人齊映爲之御. 方下靑源川, 見旌旗蔽野, 上心駭, 疑泚兵有要路者. 俄見梁帥嚴振具櫜鞬, 拜御馬前, 具言君臣亂離, 嗚咽流涕. 上大喜, 口勅升獎. 映令振:"合與至尊導馬, 御膳自有所司." 頃之, 上次洋州行在, 召映責以儒生不達時變, 烟塵時, 須姑息戎帥. 映伏奏曰:"山南士庶, 祗知有嚴振, 不知有陛下. 今者天威親臨, 令巴蜀士民知天子之尊, 亦足以盡振爲臣子之節." 上深嘉嘆. 振聞, 特拜謝映. 眉 : 不惟映妙, 振尤妙.

* 이 고사는 《태평광기》권192 〈효용(驍勇)·마훈〉과 권190 〈장수·엄진〉에 실려 있다.

1 택(澤) : 《태평광기》에는 "양(洋)"이라 되어 있는데 타당하다.

32-3(0822) 온조

온조(溫造)

출《왕씨견문(王氏見聞)》

[당나라] 헌종(憲宗) 때 융족(戎族)과 갈족(羯族)이 중원을 어지럽히자, 사방에서 군사를 모집해 변방의 근심을 안정시키고자 했다. 그래서 남량주(南梁州)에 조서를 내려 병사 5000명을 소집해 관하(關下)로 가게 했다. 군대가 막 출발하려고 할 때 군중이 반란을 일으켜 장수를 쫓아냈으며, 또한 조정의 토벌을 두려워해서 함께 단결해 황명을 거부한 지 한 해가 지났다. 헌종은 이를 매우 걱정해서 오랫동안 그곳으로 보낼 장수를 고르고 있었는데, 경조윤(京兆尹) 온조가 가겠다고 청하자 헌종이 그에게 필요한 병력과 비용을 물었더니 온조가 말했다.

"병사 한 명이나 무기 하나 청하지 않고 가겠습니다."

온조가 그곳 경계에 도착했는데, 남량주의 사람들이 엿보고서 유생 한 명뿐임을 알고 모두 서로 축하하며 말했다.

"조정에서 틀림없이 죄를 묻지 않을 것이니, 더 이상 무엇을 걱정하겠는가!"

온조는 단지 안무(安撫)한다는 조칙만을 선포했고, 남량주에 도착한 뒤에 아무것도 묻지 않았다. 그러나 남량주의 사람들은 험준한 지형에 의지해 출입할 때면 모두 무기를 놓지 않았는데, 온조는 또한 이를 경계하지 않았다. 나중에 온조는 격구장에서 연회를 베풀고 삼군(三軍)에 명을 내려, 병사들에게 마음대로 활과 검을 가지고 오게 했으며 긴 회랑 아래에서 식사를 하게 했다. 온조는 사람들이 연회석에 앉기 전에 계단 남쪽에서 북쪽으로 두 줄로 긴 줄을 매달아 두어 군졸들에게 각자 앞에 있는 줄 위에 활과 검을 걸어 놓고 식사하게 했다. 얼마 후 술이 몇 순배 돌았을 때 북소리가 시끄럽게 한 번 울리자, 양쪽에서 일제히 줄을 잡아당겨 활과 검이 땅에서 3장(丈) 정도 높이로 올라갔다. 군졸들은 크게 어지러워졌으며 무용(武勇)을 쓸 방법이 없었다. 이렇게 된 연후에 문을 닫고 참수하니 5000여 명 중에 살아남은 사람이 하나도 없었다. 미 : 너무 잔인하다! 남량주 사람들은 이후로 대대로 감히 다시는 반란을 일으키지 못했다.

憲宗之代, 戎羯亂華, 四方徵師, 以靜邊患. 詔下南梁, 起甲士五千人, 令赴關下. 將起, 衆作叛, 逐其帥, 又懼朝廷討伐, 因團集拒命者歲餘. 憲宗深以爲患, 擇帥者久之, 京兆尹溫造請行, 憲宗問其兵儲所費, 溫曰 : "不請寸兵尺刃而行." 至其界, 梁人覘知止一儒生, 皆相賀曰 : "朝廷必不問其罪. 復何患乎!" 溫但宣詔敕安存, 至則一無所問. 然梁人負固, 出入者皆不捨器仗, 溫亦不誡之. 他日, 球場中設樂, 三軍下士[1], 並任執帶弓劍赴之, 遂令於長廊之下就食. 坐筵之前, 臨階南北兩行, 懸長索二條, 令軍人各於面前索上掛其弓劍而食. 遂巡, 行酒至, 鼓噪一聲, 兩頭齊抨其索, 則方²劍去地三丈餘矣. 軍人大亂, 無以施其勇. 然後闔戶而斬之, 五千餘人, 更無噍類. 眉:太狠! 南梁人自爾累世不敢復叛.

* 이 고사는 《태평광기》 권190 〈장수·온조〉에 실려 있다.
1 사(士):《태평광기》 명초본에는 "영(令)"이라 되어 있는데, 문맥상 보다 타당하다.
2 방(方):《태평광기》에는 "궁(弓)"이라 되어 있는데, 문맥상 보다 타당하다.

32-4(0823) 고병

고병(高騈)

출《북몽쇄언(北夢瑣言)》

[당나라] 함통(咸通) 연간(860~874)에 남만(南蠻)이 서천(西川)을 포위하자, 조정에서는 태위(太尉) 고병에게 명해 천평군(天平軍)에서 성도(成都)로 옮겨 가 진수(鎭守)하게 했다. 병거(兵車)가 도착하기 전에 고병은 먼저 비단 위에 군호(軍號)를 쓰고 부절 하나를 써서 역참을 통해 전달하게 해서 군대의 사기를 높였다. 남만의 왕은 교지(交阯 : 지금 베트남의 북부)에서의 패배에 혼쭐이 났던 터라 멀리서 이를 보자마자 도망갔다. 이전에 성도부에는 성곽이 없어서 남만이 쳐들어오면 그대로 잿더미가 되었기에, 백성은 오랫동안 편안히 살아갈 방도가 없었다. 고병은 이를 보고 지도를 그려 판축(版築)55) 공사를 했다. 고병은 삼태기와 삽으로 공사를 시작하려고 할 때, 남만의 정후(亭堠 : 망루)56)에서 경계를 할까 봐 우려해서 곧바로 문승(門僧) 경선(景仙)

---

55) 판축(版築) : 판자를 양쪽에 대고 그 사이에 흙을 넣어서 단단하게 다져 담이나 성벽 등을 쌓는 토목 공사를 말한다.
56) 정후(亭堠) : 적의 동태를 살피기 위해 변경에 쌓은 망루.

에게 사명을 받들고 남조(南詔)로 들어가서 자신이 직접 변경을 순시하겠다고 선포하게 했다. 고병이 성을 쌓기 시작한 날로부터 남만에서는 봉화를 올려 곧장 대도하(大渡河)까지 이르렀으며 93일 동안 망루가 몹시 소란스러웠지만 군대의 깃발은 결국 움직이지 않았다.

나중에 희종(僖宗)이 촉(蜀)으로 행차했을 때 남만인들이 걱정거리가 될까 봐 깊이 염려해서 공주를 시집보내기로 허락했다. 남만 왕은 대국(大國)인 당나라와 혼인을 맺게 되었으므로 크게 기뻐하며 재상 조융미(趙隆眉)·양기곤(楊奇鯤)·단의종(段義宗)에게 명해 행재소(行在所)로 가서 천자를 알현하고 공주를 영접하게 했다. 그때 고 태위(高太尉:고병)가 회해(淮海)에서 급히 장주(章奏)를 올렸다.

"남만 왕을 보필하는 심복은 오직 이 몇 사람뿐이니, 청컨대 이들을 머물게 해서 짐주(鴆酒)로 독살하십시오."

희종이 도성으로 돌아갈 때까지 남방에서 아무런 탈이 없었던 것은 고 공(高公:고병)의 계책을 썼기 때문이었다.

咸通中, 南蠻圍西川, 朝廷命太尉高騈, 自天平軍移鎭成都. 戎車未屆, 乃先以帛書軍號其上, 仍書一符, 於郵亭遞之, 以壯軍聲. 蠻酋懲交阯之敗, 望風而遁. 先是府無羅郭, 南寇纔至, 遽成煨燼, 士民無久安之計. 騈窺之, 畫地圖版築焉. 慮畚鍤將施, 亭堠有警, 乃命門僧景仙奉使入南詔, 宣言躬自巡邊. 自下手築城日, 擧烽直至大渡河, 凡九十三日, 樓櫓蠱然, 旌旆竟不行.

後僖宗幸蜀, 深疑蠻人作梗, 乃許降公主. 蠻王以連姻大國, 喜幸逾常, 因命宰相趙隆眉·楊奇鯤·段義宗來朝行在, 且迎公主. 高太尉自淮海飛章云:"南蠻心膂, 唯此數人, 請止而鴆之." 迄僖宗還京, 南方無虞, 用高公之策也.

* 이 고사는 《태평광기》 권190 〈장수·고병〉과 〈남만(南蠻)〉에 실려 있다.

32-5(0824) 장준

장준(張濬)

출《옥당한화(玉堂閑話)》

　재상 장준은 권모와 지략은 풍부했지만 본래 병법을 알지 못했다. 소종(昭宗) 때 그는 어가를 호위하는 육사(六師: 천자의 군대)를 직접 통솔해 태원(太原)을 토벌하러 갔는데, 결국 군율(軍律)을 지키지 않아서 부장인 시랑(侍郞) 손규(孫揆)를 잃고 말았다. 장준은 군대를 거느리고 돌아올 방법을 모색하던 중 평양군(平陽郡)을 지나게 되었다. 평양군은 포주(蒲州)의 속군으로 목수(牧守)가 장씨(張氏)였는데, 그는 바로 포수[蒲帥: 하중절도사(河中節度使). 치소는 포주] 왕가(王珂)의 대교(大校: 비장)였다. 왕가는 변덕이 심하고 속임수를 잘 써서 의중을 헤아릴 수 없었기 때문에 장준은 군대를 이끌고 지나가다가 그의 간사한 계략에 빠질까 봐 걱정했다. 그래서 먼저 몇 정(程: 역참과 역참 사이의 거리)을 가서 평양군의 역참 객사에 머물렀다. 그런 다음에 육군(六軍: 육사)이 차례대로 음지관(陰地關)을 통해 들어갔다. 장준은 진목(晉牧: 장 목수. 당나라 때 평양군을 진주라고도 불렀음)을 매우 꺼렸지만 또한 감히 그를 제거하지 못했다. 장 목수가 1사(舍: 30리. 군대가 하루 동안 이동하는 거리) 정도 떨어진 교외에서 장준을 맞이하자, 장준은 역정(驛亭)에 도착하고 나서 장 사군(張使君 : 장 목수)에게 대청으로 오르게 해서 차와 술을 차렸는데, 장 사군이 다 먹고 났더니 다시 차와 술을 내오게 해서 그를 잠시도 일어나지 못하게 했다. 장준은 계속 그를 붙잡아 저녁 식사까지 하게 했는데, 식사를 마쳤더니 이미 포시(哺時 : 오후 3시~5시)가 되었는데도 또 그를 일어나지 못하게 했다. 그러고는 다시 차 몇 잔을 마시고 나서 등을 켤 때가 되어서야 떠나는 것을 허락했다. 아침부터 저녁까지 두 사람은 한마디 말도 나누지 않았지만, 입 속에서 음식을 씹고 있었기에 멀리서 보면 마치 이야기를 나누는 모습처럼 보였다. 미 : 장준이 간계(間計 : 이간질)를 쓴 것이다. 왕가는 의심이 많은 성격이어서 툭하면 주변을 감시하고 동정을 살폈는데, 당시 염탐꾼이 이미 그에게 은밀히 보고했다.

"칙사(敕使 : 장 목수)가 상국(相國 : 장준)과 저녁까지 밀담을 나누었습니다."

왕가는 과연 의심해서 장 목수를 불러 물었다.

"상국과 그대는 아침부터 저녁까지 무슨 얘기를 했는가?"

장 목수가 대답했다.

"한마디 말도 나누지 않았습니다."

왕가는 그 말을 전혀 믿지 않고 협 : 정말로 믿기 어려웠을 것이다. 그가 진실하지 못하다고 생각해서 죽였다. 육사는 길을 빌려 도성으로 돌아가는 동안 전혀 걱정이 없었다. 나중에 장준이 국가의 대계를 맡았을 때 여러 도(道)에서 각각 화려한 비단 등을 예물로 보내왔지만, 장준은 하나도 받지 않고 그 예물을 군비로 바꿔서 충당하라고 명했다. 미∶유용한 인재다. 그래서 10만의 군대를 이동하는 동안 필요한 물건에 부족함이 없었다. 후량(後梁)의 태조[太祖∶주온(朱溫)]가 장준을 꺼려서 몰래 자객을 보내 장수장(長水莊)에서 그를 살해했다.

張相浚[1]富於權略, 素不知兵. 昭宗朝, 親統扈駕六師, 往討太原, 遂至失律, 陷其副帥侍郎孫揆. 尋謀班師, 路由平陽. 平陽卽蒲之屬郡也, 牧守姓張, 卽蒲帥王珂之大校. 珂變詐難測, 浚慮軍旅經過, 落其詭計. 乃先數程而行, 泊於平陽之傳舍. 六軍相次, 由陰地關而進. 浚深忌晉牧, 又不敢除之. 張於一舍郊迎, 旣駐郵亭, 浚令張使君升廳, 茶酒設食畢, 復命茶酒, 不令暫起. 仍留晚食, 食訖, 已晡時, 又不令起. 卽更茶數甌, 至張燈, 乃許辭去. 自旦及暮, 不交一言, 口中咀少物, 遙觀一如交談之狀. 眉∶浚用間. 珂性多疑, 動有警察, 時偵事者尋已密報之云∶"敕使與相國密話竟夕." 珂果疑, 召張問之曰∶"相國與爾, 自旦至暮, 所話何?" 對云∶"並不交言." 王殊不信, 夾∶眞難信. 謂其不誠, 戮之. 六師乃假途歸京, 了無纖慮. 後判邦計, 諸道各致紈綺之類, 並不受, 乃命以此物改充軍費. 眉∶有用之才. 於是軍行十萬, 所要無闕. 梁祖忌之, 潛令刺客殺之於長水莊上.

* 이 고사는 《태평광기》 권190 〈장수·장준〉에 실려 있다.
1 준(浚) : 《태평광기》에는 "준(濬)"이라 되어 있는데 타당하다. 이하도 마찬가지다. 《구당서》와 《신당서》의 〈장준전〉에도 "준(濬)"이라 되어 있다.

32-6(0825) 장경

장경(張勍)

출《북몽쇄언》

[오대십국] 위촉(僞蜀: 전촉)의 선주(先主) 왕건(王建)은 성도(成都)를 포위했지만 3년 동안 함락시키지 못했다. 왕건의 심복 부하로 무뢰하고 죽음을 가볍게 여기는 용맹한 자 100명이 있었는데, 왕건이 한번은 달콤한 말로 그들을 달래며 말했다.

"서천(西川)은 '금화성(錦花城)'이라고 부르니, 일단 차지하기만 하면 그곳의 옥백(玉帛)과 여자들은 너희 마음대로 해도 좋다."

진경선(陳敬瑄)과 전영자(田令孜)가 성을 바치고 항복하자, 왕건은 다음 날 부중(府中)으로 들어가서 부하들에게 미리 경고하며 말했다.

"나는 너희들과 여러 해 동안 전투하면서 생사를 함께했으니, 앞으로 우리는 한 가족이 될 것이다. 성에 들어간 후에 재물은 취해도 되나 제멋대로 난동을 피워서는 안 될 것이다. 나는 방금 장경을 참작마보사(斬斫馬步使: 군령을 지키지 않는 자를 참살하는 관리)로 파견했으니, 너희들은 죄를 범해서는 안 된다. 만약 붙잡혀서 내 앞으로 온다면 용서해 줄 수 있지만, 혹시라도 장경에게 잡히면 참수될 것이니 내가 구해 줄 수 없다."

부하들은 경고를 듣고 각자 자신을 단속하는 데 힘썼다.

僞蜀先主王建圍成都, 三年未下. 其紀綱之僕, 有無賴輕生勇悍者百輩, 建嘗以美言啖之曰: "西川號爲'錦花城', 一旦收克, 玉帛子女, 恣兒輩快活." 及陳敬瑄·田令孜以城降, 翌日赴府, 預戒諸子曰: "我與爾累年戰鬪, 出死入生, 來日便是我一家也. 入城以後, 但管富貴, 卽不得恣橫. 我適來差張勍作斬斫馬步使, 汝輩不得輒犯. 若把到我面前, 足可矜恕, 或被當下斬却, 非我能救." 諸子聞戒, 各務戢斂.

* 이 고사는 《태평광기》 권190 〈장수·장경〉에 실려 있다.

효용(驍勇)

32-7(0826) 치구흔

치구흔(菑丘訢)

출《오월춘추(吳越春秋)》

주(周)나라 때 동해(東海) 가에 치구흔이라는 사람이 있었는데, 용맹함으로 천하에 이름이 알려졌다. 한번은 신천(神泉)을 지나면서 노복에게 말에 물을 먹이게 했더니 노복이 말했다.

"이곳에서 말에 물을 먹이면 말이 반드시 죽습니다."

치구흔이 말했다.

"[너는 걱정 말고] 내 말대로 말에 물이나 먹여라."

그러나 말이 과연 죽었다. 그러자 치구흔은 옷을 벗고 칼을 빼 들고서 신천으로 들어가더니 사흘 밤낮이 지난 뒤에 교룡 두 마리와 용 한 마리를 죽이고 나왔다. 뇌신(雷神)이 뒤따라 그를 공격해 열흘 밤낮을 싸운 끝에 그의 왼쪽 눈을 멀게 만들었다. 요이(要離)라는 사람이 그 이야기를 듣고 치구흔을 만나러 갔는데, 그때 치구흔은 다른 사람의 출상(出喪)을 도와주고 있었다. 요이가 묘소로 가서 치구흔을 만나 말했다.

"뇌신이 그대를 공격해 그대의 왼쪽 눈을 멀게 했소. 대저 하늘의 원한은 기일을 넘기지 않고 사람의 원한은 발걸음을 돌리지 않는 법인데, 그대는 지금까지 보복하지 않고 있으니 무슨 까닭이오?"

요이는 치구흔을 꾸짖고 떠났으며 돌아가서 사람들에게 말했다.

"치구흔은 천하의 용사요. 오늘 내가 여러 사람 앞에서 그를 모욕했으니 틀림없이 나를 죽이러 올 것이오."

요이는 저녁에 대문을 잠그지 않고 잠잘 때도 방문을 잠그지 않았다. 과연 치구흔이 한밤중에 찾아와 칼을 빼서 그의 목을 겨누며 말했다.

"그대에게는 세 가지 죽을죄가 있으니, 여러 사람 앞에서 나를 모욕한 것이 첫째 죽을죄이고, 저녁에 대문을 잠그지 않은 것이 둘째 죽을죄이며, 잠자면서 방문을 잠그지 않은 것이 셋째 죽을죄요."

그러자 요이가 말했다.

"그대는 내가 하는 말을 들어 본 뒤에 나를 죽이시오. 그대가 와서 인사도 하지 않은 것이 첫째 못난 점이고, 칼을 빼 들고서도 찌르지 않은 것이 둘째 못난 점이며, 먼저 칼을 들이대고 나중에 말을 한 것이 셋째 못난 점이오. 그대가 나를 죽일 수 있는 방법은 독약으로 죽이는 것뿐이오."

치구흔은 칼을 거두고 떠나면서 말했다.

"아! 천하에서 내가 미치지 못하는 자는 오직 이 사람뿐이다!"

周世, 東海之上, 有鄐丘訢, 以勇聞於天下. 過神泉, 令飮馬, 其僕曰: "飮馬於此者, 馬必死." 丘訢曰: "以丘訢之言飮之." 其馬果死. 丘訢乃去衣拔劍而入, 三日三夜, 殺二蛟一龍而出. 雷神隨而擊之, 十日十夜, 眇其左目. 要離聞而往見之, 丘訢出送有喪者. 要離往見丘訢於墓所曰: "雷神擊子, 眇子左目. 夫天怨不旋日, 人怨不旋踵, 子至今不報, 何也?" 叱之而去, 歸謂人曰: "鄐丘訢, 天下勇士也. 今日我辱之於衆人之中, 必來殺我." 暮無閉門, 寢無閉戶. 丘訢至夜半果來, 拔劍拄頸曰: "子有死罪三, 辱我於衆人之中, 死罪一也, 暮無閉門, 死罪二也, 寢不閉戶, 死罪三也." 要離曰: "子待我一言而後殺也. 子來不謁, 一不肖也, 拔劍不刺, 二不肖也, 刃先詞後, 三不肖也. 子能殺我者, 是毒藥之死耳." 丘訢收劍而去曰: "嘻! 天下所不若者, 唯此子耳!"

* 이 고사는 《태평광기》 권191 〈효용·치구흔〉에 실려 있는데, 출전이 《독이지(獨異志)》라 되어 있다.

32-8(0827) 임성왕

임성왕(任城王)

출《습유록(拾遺錄)》

[삼국 시대] 위(魏)나라의 임성왕 조장(曹章)은 좌우로 활쏘기에 능했고 칼싸움을 좋아했으며 100보 떨어진 곳에서 매달린 머리카락을 명중시켰다. 낙문국(樂聞國)에서 털빛이 비단 무늬처럼 아름다운 호랑이를 바치자 쇠로 우리를 만들어 가둬 놓았는데, 용기깨나 있다는 무리도 감히 함부로 접근하지 못했다. 그러나 조장이 호랑이의 꼬리를 잡아당겨 자신의 팔에 감았더니, 호랑이는 다소곳이 아무런 소리도 내지 않았다. 당시 남월(南越)에서 흰 코끼리를 바쳤는데, 조장이 황제 앞에서 손으로 코끼리의 코를 누르자 코끼리는 엎드린 채 꼼짝도 하지 않았다. 문제(文帝)는 만 균(鈞 : 1균은 30근)이나 되는 종을 주조해 숭화전(崇華殿) 앞에 설치하려고 이를 옮기려 했는데, 장사 100명이 들었지만 꿈쩍도 하지 않았다. 하지만 조장은 혼자서 그 종을 짊어지고 달려갔다. 사방에서 그의 신비한 용맹에 대해 듣고는 모두 전쟁을 그만두고 자신들을 방비했다.

魏任城王章[1], 善左右射, 好擊劍, 百步中於懸髮. 樂聞國獻彪虎, 文如錦斑, 以鐵爲檻, 驍勇之徒, 莫敢輕視. 章曳虎尾以繞臂, 虎弭無聲矣. 時南越獻白象, 在帝前, 手頓其鼻, 象伏不動. 文帝鑄萬鈞鐘, 置崇華殿前, 欲徙之, 力士百人引之不動. 章乃負之而趨. 四方聞其神勇, 皆寢兵自固.

* 이 고사는 《태평광기》 권191 〈효용·임성왕〉에 실려 있다.
1 장(章) : 《삼국지(三國志)》〈위서(魏書)〉에는 "창(彰)"이라 되어 있다.

32-9(0828) 환석건
환석건(桓石虔)
출《독이지》

진(晉)나라의 환석건은 민첩함이 출중했다. 부친 환활(桓豁)을 따라 형주(荊州)에 있을 때, 한번은 몰이사냥을 하다가 여러 대의 화살을 맞고 엎어져 있는 맹수를 보았다. 여러 독장(督將)들은 평소에 그의 용맹함을 알고 있었기에 장난삼아 그에게 맹수에 박힌 화살을 뽑으라고 했다. 그래서 환석건이 급히 가서 화살 하나를 뽑자마자 맹호가 뛰어오르자, 환석건도 맹호보다 높이 뛰어올라 다시 화살 하나를 뽑은 뒤에 돌아왔다. 당시 사람 중에 병든 자가 있을 때 "환석건이 온다!"라고 말하며 겁을 주면, 병자들이 대부분 나았다.

晉桓石虔趫捷絶倫. 隨父豁在荊州, 於獵圍中見猛獸被數箭而伏. 諸督將素知其勇, 戲令拔箭. 石虔因急往, 拔一箭, 猛獸踞躍, 石虔亦跳, 高於猛獸, 復拔一箭而歸. 時人有患疾者, 言"桓石虔來!", 以怖之, 病者多愈.

* 이 고사는 《태평광기》 권191 〈효용 · 환석건〉에 실려 있다.

32-10(0829) 양대안

양대안(楊大眼)

출《담수》

후위(後魏 : 북위)의 양대안은 무도(武都)의 저족(氐族) 출신 양난당(楊難當)의 손자다. 어려서부터 담력과 기백이 넘쳤으며 나는 듯이 빨리 달렸다. 고조(高祖)가 남쪽을 정벌할 때 이충(李沖)이 정벌에 나설 관리를 선발했는데, 양대안이 자청했으나 이충이 허락하지 않자 양대안이 말했다.

"상서(尙書 : 이충)께서 저를 잘 알지 못하시니 상서 나리를 위해 재주 하나를 보여 드리겠습니다."

그러고는 곧장 3장(丈) 길이의 밧줄을 상투에 묶고 달리자, 밧줄이 화살처럼 꼿꼿해졌으며 달리는 말도 그를 따라잡지 못했다. 이를 본 사람들은 놀라 탄복하지 않는 자가 없었다. 이충은 마침내 그를 군주(軍主)로 기용했다가 얼마 후 보국장군(輔國將軍)으로 승진시켰다. 왕숙(王肅)[57]이 처음

---

[57] 왕숙(王肅, 464~501) : 본래는 남제(南齊) 무제(武帝) 소색(蕭賾)의 조정에서 여러 벼슬을 역임했으나, 나중에 부친과 형제가 모두 소색에게 살해당하자 북위(北魏) 효문제(孝文帝) 태화(太和) 17년(493)에 북위로 귀순해 상서령(尙書令)·평남장군(平南將軍)·진남장(鎭南

후위로 귀순했을 때 양대안에게 말했다.

"남쪽에서 그대의 이름을 듣고 눈이 수레바퀴만 하리라고 생각했는데, 지금 보니 다른 사람의 눈과 다름이 없구려."

양대안이 말했다.

"만약 깃발을 세우고 북을 두드리면서 서로 대치할 때 내가 눈을 부릅뜨고 격분한다면, 그대는 혼이 달아나고 간담이 서늘하게 될 것이니, 어찌 눈이 수레바퀴처럼 클 필요가 있겠소?"

後魏楊大眼, 武都氐難當之孫. 少有膽氣, 跳走如飛. 高祖南伐, 李沖典選征官, 大眼求焉, 沖不許, 大眼曰:"尙書不見知, 爲尙書出一技." 便以繩長三丈, 繫髻而走, 繩直如矢, 馬馳不及. 見者莫不驚嘆. 沖遂用爲軍主, 稍遷輔國將軍. 王肅初歸國, 謂大眼曰:"在南聞君之名, 以爲眼如車輪, 今乃不異." 大眼曰:"若旗鼓相望, 瞋眸奮發, 足使君亡魂喪膽, 何必大如車輪?"

* 이 고사는《태평광기》권191〈효용·양대안〉에 실려 있다.

將軍)·거기장군(車騎將軍) 등을 지냈다.

32-11(0830) 맥철장

맥철장(麥鐵杖)

출《담수》

　맥철장은 소주(韶州) 옹원(翁源) 사람이다. 그는 용맹했으며 하루에 500리를 다녔다. 처음에 진(陳)나라 조정에서 벼슬하면서 늘 산개(傘蓋)를 들고 어가(御駕)를 수행했는데, 밤이 깊어지면 대부분 남몰래 단양군(丹陽郡)으로 들어가서 도둑질을 했으며, 날이 밝으면 도로 의장대로 돌아와 맡은 일을 했다. 그는 300여 리를 왕래했지만 그러한 사실을 알아차린 사람은 아무도 없었다. 나중에 단양군에서 도적의 행적을 자주 상주하자, 후주(後主)는 그를 의심했으나 그의 재주와 힘을 아껴서 놓아주고 죄를 묻지 않았다. 진나라가 망하자 맥철장은 수(隋)나라로 들어가서 양소(楊素)에게 몸을 의탁했다. 양소는 장차 강남의 여러 군을 평정하고자 맥철장에게 밤에 헤엄쳐서 양자강(揚子江)을 건너가게 했는데, 순찰병에게 체포되었다. 해당 군에서는 사람을 파견해 맥철장을 지키게 하면서 그를 고소(姑蘇)로 압송하게 했는데, 능정(庱亭) 미 : 능(庱)은 음이 축(丑)과 승(升)의 반절[충]이고, 또 여(閭)와 승(承)의 반절[능]이다. 에 도착해서 밤에 간수들이 깊이 잠들었을 때, 그는 무기를 훔쳐서 간수들을 모두 죽이고 도망쳐 돌아가면서, 두 사람의 잘린 머리를 입에 물고 검을 찬 채로 양자강을 헤엄쳐 건넜다. 이 일로 인해 맥철장은 양소로부터 칭찬을 받고 중용(重用)되었다. 나중에 그는 관직이 본군(本郡)의 태수(太守)에 이르렀다.

평 : 맥철장이 도둑이 되었던 이유는 산개를 드는 비천한 지위에 있었기 때문이고, 떠나지 않았던 이유는 후주가 그를 놓아주고 죄를 묻지 않아서 자기를 알아준 것에 감격했기 때문이다. 그러지 않았다면 집극랑(執戟郞)58)으로 있던 한신(韓信)이 어떻게 회음후(淮陰侯)가 될 수 있었겠는가!

麥鐵杖, 韶州翁源人也. 有勇力, 日行五百里. 初仕陳朝, 常執傘隨駕, 夜後, 多潛往丹陽郡行盜, 及明, 却趁仗下執役. 往回三百餘里, 人無覺者. 後丹陽頻奏盜賊踪由, 後主疑之, 而惜其材力, 捨而不問. 陳亡入隋, 委質於楊素. 素將平江南諸郡, 使鐵杖夜泅水過揚子江, 爲巡邏者所捕. 差人防守, 送於姑蘇, 到庱 眉 : 庱, 丑升切, 又闒承切. 亭, 遇夜, 伺守者寐熟, 竊其兵刃, 盡殺守者走回, 乃口銜二首級, 携劍復浮渡大

---

58) 집극랑(執戟郞) : 창을 들고 궁문을 수비하는 하급 관리. 진(秦)나라 말에 한신(韓信)은 항왕(項王 : 항우)의 집극랑으로 있었는데, 자기를 알아주지 않자 도망쳤다가 한왕(漢王 : 유방)에게 귀순해 능력을 인정받고 수많은 공을 세워 마침내 회음후(淮陰侯)에 봉해졌다.

江. 深爲楊素獎用. 後官至本郡太守.

評: 所以爲盜者, 以執傘故, 所以不去者, 以捨而不問, 猶感知己故. 不然, 執戟郎豈能淹淮陰侯也!

* 이 고사는《태평광기》권191〈효용·맥철장〉에 실려 있는데, 출전이 "《영표록이(嶺表錄異)》"라 되어 있다.

32-12(0831) 팽낙

팽낙(彭樂)

출《독이지》

북제(北齊)의 장수 팽낙은 용감무쌍했다. 당시 신무제(神武帝)는 팽낙 등 10여만 명을 통솔해 사원(沙苑)에서 [북주의] 우문호(宇文護)와 접전했다. 그때 팽낙은 술에 취한 김에 적진 깊숙이 들어갔다가 칼에 찔려 내장이 모두 밖으로 나왔는데, 미처 다 집어넣지 못한 것은 잘라 내고 다시 들어가 싸웠다. 우문호의 군대는 마침내 패했다.

北齊將彭樂, 勇猛無雙. 時神武率樂等十餘萬人, 於沙苑與宇文護戰. 樂乘醉深入, 被刺, 肝肚俱出, 內之不盡, 截去之, 復入戰. 護兵遂敗.

* 이 고사는 《태평광기》 권191 〈효용·팽낙〉에 실려 있다.

32-13(0832) 고개도와 두복위

고개도 · 두복위(高開道 · 杜伏威)

출《독이지》

수(隋)나라 말에 고개도는 화살에 맞아 살촉이 뼈에 박히자, 한 의원에게 그것을 뽑아내게 했지만 의원이 뽑아내지 못했다. 고개도가 의원에게 그 이유를 물었더니 의원이 말했다.

"왕(王 : 고개도)[59]께서 고통받으실까 두려워서입니다."

고개도는 그 의원을 참수했다. 다시 다른 의원에게 살촉을 뽑으라고 명하자 그가 말했다.

"저는 능히 뽑을 수 있습니다."

그러고는 작은 도끼를 상처 부위에 찔러 넣고 작은 막대기로 도끼를 두드려서 뼛속으로 1촌을 박은 뒤에 집게로 살촉을 뽑아냈다. 그동안 고개도는 태연자약하게 술을 마시고 음식을 먹었으며, 그 의원에게 비단 300필을 하사했다. 나중에 고개도는 자신의 부장(部將) 장금수(張金樹)에게 살해당했다.

---

[59] 왕(王) : 고개도는 수나라 말에 군대를 일으켜 스스로 연왕(燕王)이라 칭했다.

[수나라 말에] 두복위와 진능(陳稜)이 제주(齊州)에서 접전했는데, 진능의 비장(裨將 : 부장)이 쏜 화살이 두복위의 이마에 박히자 두복위가 노해 말했다.

"나를 쏜 놈을 죽이지 않으면 끝까지 이 화살을 뽑지 않겠다!"

그래서 두복위는 분격해 적진으로 들어가 자신을 쏜 자를 사로잡아 화살을 뽑게 한 뒤에 그를 참수했다.

隋末, 高開道被箭, 鏃入骨, 命一醫工拔之, 不得. 開道問之, 云:"畏王痛." 開道斬之. 更命一醫, 云:"我能拔之." 以一小斧刺下瘡際, 用小棒打入骨一寸, 以鉗拔之. 開道飮啖自若, 賜醫工絹三百匹. 後爲其將張金樹所殺.
杜伏威與陳稜戰於齊州, 裨將射中伏威額, 怒曰:"不殺射者, 終不拔此箭!" 由是奮入, 獲所射者, 乃令拔箭, 然後斬首.

* 이 고사는 《태평광기》 권191 〈효용・고개도〉와 〈두복위〉에 실려 있다.

32-14(0833) 울지경덕 등

울지경덕등(尉遲敬德等)

출《담빈록》

왕충(王充) 미 : 왕충은 바로 왕세충(王世充)이다. 《당서(唐書)》에서 태종(太宗 : 이세민)의 휘(諱)를 피했기 때문에 왕충이라 했다. 의 형의 아들 왕완(王琬)이 두건덕(竇建德 : 수말 당초의 군웅)의 군중(軍中)에 파견되었는데, 그는 수양제(隋煬帝)가 타던 준마를 탔으며 갑옷도 매우 멋있었다. 이것을 보고 태종(太宗)이 말했다.

"저자가 타고 있는 것은 정말 좋은 말이구나!"

그 말을 들은 울지경덕은 가서 그 말을 가져오겠다고 청하고는, 기병 세 명과 함께 곧장 적진으로 들어가 왕완을 사로잡고 그 말을 끌고 돌아왔는데, 적군 중에 감히 그를 당해낼 자가 아무도 없었다.

배행엄(裵行儼)은 왕충과 교전할 때, 먼저 적진으로 짓쳐 들어가다가 빗나간 화살에 맞아 땅에 떨어졌다. 정지절(程知節)이 그를 구하러 나서서 여러 적병을 죽이자, 왕충의 군대는 맥없이 쓰러졌다. 마침내 정지절은 배행엄을 감싸 안아 자신의 말에 함께 태우고 돌아오고 있었는데, 왕충의 기병에게 추격당한 끝에 장창에 찔려 몸이 관통되었다. 그러나 정지절은 몸을 돌려 그 장창을 비틀어 꺾고 추격한 자를 참수했으며, 결국 배행엄과 함께 모두 화를 면했다.

당(唐)나라 태종은 진영에 나갈 때마다 적진의 용맹한 장수들과 번쩍이는 인마들이 출입 왕래하는 것을 바라보다가, 진숙보(秦叔寶)에게 적진을 공격하라고 명하곤 했다. 그러면 진숙보는 명을 받고 말을 몰아 창을 들고 돌진했는데, 언제나 적진의 수만 군중 속에서 창을 휘둘러 인마를 모두 쓰러뜨렸다. 나중에 진숙보는 병이 많았는데 사람들에게 말했다.

"나는 젊어서부터 전쟁터에서 살았으며 전후로 200여 전쟁을 치르면서 자주 중상을 입었다. 헤아려 보면 내가 흘린 피가 몇 곡(斛)은 될 것이니 병들지 않을 수 있겠는가?"

王充 眉 : 王充卽王世充. 《唐書》避太宗諱, 故曰王充. 兄子琬使於竇建德軍中, 乘煬帝所御駿馬, 鎧甲甚鮮. 太宗曰 : "彼所乘眞良馬也!" 尉遲敬德請往取之, 乃與三騎, 直入賊軍擒琬, 引其馬以歸, 賊衆無敢當者.
裴行儼與王充戰, 先馳赴敵, 爲流矢所中, 墜地. 程知節救之, 殺數人, 充軍披靡. 知節乃抱行儼, 重騎而還, 爲充騎所逐, 刺槊洞過. 知節回身, 振折其槊, 斬逐者, 與行儼皆免.
唐太宗每臨陣, 望賊中驍將, 炫耀人馬, 出入來去者, 輒命秦叔寶取之. 叔寶應命, 躍馬負槍而進, 必刺之於萬衆之中, 人馬俱倒. 及後叔寶多病, 謂人曰 : "吾少長戎馬, 前後所經二百餘陣, 屢中重創. 計吾出血, 亦數斛矣, 能不病乎?"

* 이 고사는 《태평광기》 권191 〈효용・울지경덕〉, 〈정지절(程知節)〉, 〈진숙보(秦叔寶)〉에 실려 있다.

32-15(0834) 시소의 동생
시소제(柴紹弟)
출《조야첨재》

 당(唐)나라 시소의 동생 아무개는 재간과 힘이 있었으며, 몸이 날렵하고 민첩해 몸을 솟구쳐 뛰어오르면 나는 듯이 쭉 10여 보나 가서 멈추었다. 태종(太宗)은 그에게 조국공(趙國公) 장손무기(長孫無忌)의 말안장을 가져오라고 하면서, 미리 장손무기에게 그러한 사실을 알려 방비하도록 했다. 그날 밤에 새 같은 어떤 물체가 나타나 장손무기의 저택 안으로 날아 들어가더니 양쪽 말등자를 끊고 안장을 가져갔는데, 사람들이 그를 뒤쫓았으나 따라잡을 수 없었다. 또 태종이 그를 보내 단양 공주(丹陽公主)의 누금함침(鏤金函枕: 황금을 아로새겨 장식한 베개)을 가져오게 하자, 그는 공주의 내실로 날아 들어가서 손으로 흙을 비벼 공주의 얼굴 위에 털더니 공주가 머리를 드는 사이에 곧바로 다른 베개와 바꿔치기하고 누금함침을 가져왔다. 공주는 새벽이 되어서야 베개가 바뀐 사실을 알아차렸다. 그는 한번은 길막화(吉莫靴)[60]라는 신발을 신고 벽돌로 쌓은 성벽을 걸어 올라갔는데, 성가퀴에 도달할 때까지 손으로 아무것도 잡지 않았다. 또 발로 불전(佛殿)의 기둥을 밟고 처마 끝까지 올라가더니 서까래를 붙잡고 거꾸로 올라서서 100척이나 되는 누각을 뛰어넘었는데, 아무런 장애도 없었다. 태종은 그를 기이해하면서 말했다.

"이 사람은 도성에 머무르게 해서는 안 된다."

그러고는 그를 지방관으로 내보냈다. 당시 사람들은 그를 "벽룡(壁龍)"이라 불렀다. 미 : 이인(異人)이다.

唐柴紹之弟某有材力, 輕趫迅捷, 踴身而上, 挺然若飛, 十餘步乃止. 太宗令取趙公長孫無忌鞍韉, 仍先報無忌, 令其守備. 其夜, 見一物如鳥飛入宅內, 割雙韃而去, 追之不及. 又遣取丹陽公主鏤金函枕, 飛入內房, 以手捫土公主面上, 擧頭, 卽以他枕易之而去. 至曉乃覺. 嘗著吉莫靴走上磚城, 且至女牆, 手無攀援. 又以足踏佛殿柱, 至檐頭, 捻椽覆上, 越百尺樓閣, 了無障礙. 太宗奇之, 曰 : "此人不可處京邑." 出爲外官. 時人號爲"壁龍". 眉 : 異人.

* 이 고사는 《태평광기》 권191 〈효용·시소제〉에 실려 있다.

60) 길막화(吉莫鞾) : 길막이라는 가죽으로 만든 신발. 이 신발은 미끄러지지 않아 아무것도 잡지 않고 성벽을 오를 수 있다고 한다.

32-16(0835) 가서한

가서한(哥舒翰)

출《담빈록》

당(唐)나라의 가서한이 토번(吐蕃)을 대적했는데, 적병들이 길을 세 갈래로 나누어 산을 따라서 잇달아 내려왔다. 가서한은 반 토막으로 부러진 창을 들고 그들을 가로막으며 싸웠는데, 쓰러져 넘어지지 않는 자가 없었다. 가서한은 적진에 들어가서 창을 잘 다루었는데, 적군을 추격해 따라잡으면 창을 적군의 어깨에 얹고서 고함을 질렀다. 적군이 깜짝 놀라 뒤돌아보는 순간 가서한은 곧바로 창으로 그 목을 찔렀는데, 그러면 도적들은 모두 3~5장(丈)이나 위로 솟구쳐 올랐다가 땅에 떨어졌다. 열다섯 살 된 가서한의 가동 좌거(左車)는 매번 그를 따라 적진으로 들어갔는데, [가서한이 창으로 적군의 목을 찌르면] 그때마다 말에서 내려 그 목을 베었다.

唐哥舒翰捍吐蕃, 賊衆三道從山相續而下. 哥舒翰持半段折槍, 當前擊之, 無不摧靡. 翰入陣, 善使鎗, 賊追及之, 以鎗搭其肩而喝. 賊驚顧, 翰從而刺其喉, 皆高三五丈而墜. 家僮左車, 年十五, 每隨入陣, 輒下馬斬其首.

* 이 고사는 《태평광기》 권192 〈효용·가서한〉에 실려 있다.

32-17(0836) 신승사

신승사(辛承嗣)

출《조야첨재》

    당(唐)나라의 충무장군(忠武將軍) 신승사는 몸이 날렵하고 민첩했다. 한번은 말안장을 풀고 말을 매어 놓고 옷을 벗고 누운 채로 한 사람에게 100보 떨어진 곳에서 창을 들고 말을 달려 자기에게 돌진하게 했다. 그사이에 신승사는 묶인 말을 풀고 안장을 씌우고 옷을 입고 갑옷을 두르고 말에 올라 창을 거머쥐고 미리 나가 달려오는 말을 찌르고 그 사람을 사로잡아 돌아왔다.

唐忠武將軍辛承嗣輕捷. 曾解鞍絆馬, 脫衣而臥, 令一人百步走馬持槍而來. 承嗣鞴馬解絆, 著衣擐甲, 上馬盤鎗逆拒, 刺馬擒人而還.

*   이 고사는 《태평광기》 권191 〈효용・신승사〉에 실려 있다.

32-18(0837) 이한지

이한지(李罕之)

출《북몽쇄언》

이한지는 하양(河陽) 사람이다. 그는 젊어서 중이 되었으나 무뢰한이었던 탓에 어디서도 받아들여지지 못했다. 한번은 활주(滑州) 산조현(酸棗縣)에서 걸식을 했는데, 아침부터 저녁까지 아무도 그에게 적선하는 자가 없었다. 그러자 바리때를 땅에 집어 던지고 승복을 찢어 버리고는 하양의 제갈상(諸葛爽)에게 귀의해 군졸이 되었다. 이한지는 본디 힘이 장사였는데, 어쩌다 남과 싸우게 되어 상대방의 왼쪽 뺨을 때리면 오른쪽 뺨에서 피가 흐를 정도였다. 제갈상은 얼마 후에 그를 하급 장교로 임명했는데, 그는 적 토벌에 파견될 때마다 적을 사로잡아 오지 않은 적이 없었다. 포강(蒲絳) 북쪽에 마운산(摩雲山)이 있는데, 그 위에 "마운채(摩雲寨)"라고 불리는 보루가 세워져 있었다. 그 보루는 이제껏 공략할 수 없었는데, 당시 이한지가 탈취했기에 이로 인해 그를 "이마운(李摩雲)"이라 불렀다. 그는 여러 벼슬을 거쳐 시중(侍中)에까지 이르렀고, 나중에는 당나라를 섬기다가 후량(後梁)에서 벼슬했다.

李罕之, 河陽人也. 少爲桑門, 無賴, 所至不容. 曾乞食於滑州酸棗縣, 自旦及哺, 無與之者. 擲鉢於地, 毀僧衣, 投河陽諸葛爽爲卒. 罕之素多力, 或與人相毆, 毆其左頰, 右頰血流. 爽尋署爲小校, 每遣討賊, 無不擒之. 蒲絳之北, 有摩雲山, 設堡於上, 號"摩雲寨". 前後不能攻取, 時罕之下焉, 由此號"李摩雲". 歷官至侍中, 後自唐仕梁.

* 이 고사는 《태평광기》 권264 〈무뢰(無賴)·이한지〉에 실려 있다.

32-19(0838) 송영문

송영문(宋令文)

출《조야첨재》

당(唐)나라의 송영문은 초인적인 힘을 지니고 있었다. 선정사(禪定寺)에 사람을 들이받는 소가 있었는데, 아무도 그 소에 감히 접근하지 못했으며 우리를 쳐서 가둬 놓았다. 송영문이 소매를 걷어붙이고 우리로 들어가자 소가 뿔을 세우고 앞으로 돌진했는데, 송영문이 두 뿔을 잡고 뽑아 단번에 쓰러뜨리자 소는 목뼈가 모두 부러져서 죽었다. 또 다섯 손가락으로 돌 절굿공이를 움켜쥐고 벽 위에 글씨를 새겨 40자의 시(詩)를 완성했다. 태학생(太學生)으로 있을 때는 한 손으로 강당의 기둥을 들어 올려 같은 방 태학생의 옷을 기둥 아래에 눌러 놓은 뒤, 그로부터 술을 내겠다는 허락을 받아 내고서야 그의 옷을 꺼내 주었다. 송영문에게는 아들 셋이 있었는데, 첫째 아들 송지문(宋之問)은 문장으로 명성이 있었고, 둘째 아들 송지손(宋之遜)은 글씨를 잘 썼으며, 셋째 아들 송지제(宋之悌)는 용맹이 뛰어났다.

唐宋令文有神力. 禪定寺有牛觸, 人莫敢近, 築圍以關之. 令文袒褐而入, 牛竦角向前, 令文接兩角拔之, 應手而倒, 頸骨皆折而死. 又以五指撮碓嶲壁上書, 得四十字詩. 爲太學生, 以一手挾講堂柱起, 以同房生衣於柱下壓之, 許置酒, 乃爲之出. 令文有三子, 長之問有文譽, 次之遜善書, 次之悌有勇力.

* 이 고사는 《태평광기》 권191 〈효용·송영문〉에 실려 있다.

32-20(0839) 팽박통

팽박통(彭博通)

출《조야첨재》·《어사대기》

당(唐)나라의 팽박통은 하간(河間) 사람으로 신장이 8척이었다. 한번은 팽박통이 강당의 계단 위에서 계단 가에 선 채로 신발 한 켤레를 겨드랑이에 끼고서 힘센 자에게 뒤에서 그것을 빼내게 했는데, 신발 밑창의 중간이 끊어졌지만 그는 끝까지 한 걸음도 움직이지 않았다. 또 소가 수레를 끌고 한창 달려가고 있을 때 팽박통이 수레 뒤를 잡아끌어 수십 보나 뒤로 가게 했으며, 2척 깊이로 박힌 수레바퀴를 옆으로 잡아 빼서 종횡으로 모두 부숴 버렸다. 한번은 팽박통이 과보강(瓜步江)에서 헤엄치고 있을 때, 돛단배가 갑자기 세찬 바람을 맞아 앞으로 나아가자 그가 배 뒷전의 닻줄을 잡아끌었더니 배가 나아가지 않았다. 팽박통은 장안(長安)에 있을 때 장사 위홍철(魏弘哲)·송영문(宋令文)·풍사본(馮師本)과 힘겨루기를 했다. 팽박통은 힘을 주고 누운 뒤 세 사람에게 그가 베고 있는 베개를 빼앗게 했는데, 세 사람은 있는 힘을 다했지만 평상 다리가 모두 부러지도록 베개는 꼼짝하지 않았다. 구경꾼들이 담을 넘어오는 바람에 집이 모두 부서질 정도였으며, 이로 인해 그의 명성이 도성을 뒤흔들었다. 한번은 팽박통이 주연에 참석했을 때 날이 저물자 뜰에서 달구경을 하기 위해 혼자 음식상 두 개를 들고 계단을 내려왔는데, 상 위의 술과 안주 등이 조금도 기울거나 쏟아지지 않았다.

唐彭博通者, 河間人, 長八尺. 曾於講堂階上臨階而立, 取鞋一輛以臂夾, 令有力者後拔之, 鞋底中斷, 博通脚終不移. 牛駕車正走, 博通倒曳車尾, 却行數十步, 橫拔車轍深二尺, 皆縱橫破裂. 曾游瓜步江, 有急風張帆, 博通捉尾纜挽之, 不進. 在長安, 與壯士魏弘哲·宋令文·馮師本角力. 博通堅臥, 命三人奪其枕, 三人力極, 床脚盡折, 而枕不動. 觀者逾主人垣牆, 屋宇盡壞, 名動京師. 嘗因會飲, 日暝, 獨持兩床降階, 就月於庭, 酒俎之類, 略無傾瀉.

* 이 고사는 《태평광기》 권191 〈효용·팽박통〉, 권192 〈효용·팽선각(彭先覺)〉에 실려 있다.

32-21(0840) 노신통

노신통(路神通)

출《유양잡조(酉陽雜俎)》

단성식(段成式)의 문하에 노신통이라는 마부가 있었는데, 군중에서 힘을 겨룰 때면 돌 삿갓을 쓰고 600근이나 되는 돌 신발을 신었으며 돌 밤 수십 개를 깨물어 부술 수 있었다. 등에는 천왕(天王)의 문신을 새겼으며, 신비한 힘을 얻었다고 스스로 말했다. 초하루와 보름이 되면 타락죽을 차려 놓고 향을 피우고 웃통을 벗고 앉아서 처자식에게 [천왕이 새겨진] 자신의 등에 공양하고 절하게 했다. 협 : 심히 괴이하다.

段成式門下騶路神通, 每軍較力, 能戴石簦靸六百斤石, 嚙破石栗數十. 背箚天王, 自言得神力. 每朔望日, 具乳麋焚香袒坐, 使妻兒供養其背而拜焉. 夾 : 怪甚.

* 이 고사는《태평광기》권289〈요망(妖妄)·노신통〉에 실려 있다.

32-22(0841) 왕절과 왕배우

왕절·왕배우(汪節·王俳優)

출《흡주도경(歙州圖經)》출《북몽쇄언》

 태미촌(太微村)은 적계현(績溪縣)의 서북쪽 5리에 있는데, 그 마을에 왕절이라는 사람이 있었다. 그의 모친이 학질을 피해 마을 서쪽에 있는 복전사(福田寺)의 금강역사(金剛力士) 아래에서 얼핏 잠이 들었다가 감응을 받고 왕절을 낳았다. 왕절은 초인적인 힘을 지니고 있었다. 장안(長安) 동쪽의 위교(渭橋) 옆에 무게가 1000근이나 되는 돌사자상이 있었는데, 왕절이 그것을 가리키며 사람들에게 말했다.

 "나는 이것을 들어 던질 수 있습니다."

 사람들은 그 말을 믿지 않았는데, 왕절이 돌사자상을 들어 1장(丈) 넘게 내던지자 사람들이 크게 놀랐다. 나중에 수십 명이 들었지만 움직일 수 없자 마침내 왕절에게 돈을 주고 부탁했더니, 왕절은 다시 그것을 들어 원래 있던 자리에 가져다 놓았다. 얼마 후에 왕절은 신책군(神策軍)의 장군에 임명되었다. 한번은 어전(御前)에서 몸을 숙여 맷돌 하나를 짊어지고, 맷돌 위에 2장(丈) 길이의 네모난 나무를 놓고, 나무 위에 다시 평상 하나를 놓았으며, 평상 위에 구자악(龜茲樂)의 악대가 앉아서 음악 연주를 마치고 내려왔는데, 그동안 왕절은 무거워하는 기색이 전혀 없었다. [당나라] 덕종(德宗)은 그를 매우 총애해서 여러 차례 상을 내렸다.

건부(乾符) 연간(874~879)에 면죽현(綿竹縣)의 왕배우라는 사람은 힘이 장사였다. 매번 부(府)에서 연회를 열면 먼저 온갖 놀이를 펼쳤다. 왕생(王生 : 왕배우)은 허리를 숙여 배 한 척을 짊어졌는데, 배에 탄 12명이 〈하전(河傳)〉이라는 곡에 맞춰 춤을 추는 동안, 그는 힘들어하는 기색이 전혀 없었다.

太微村在績溪縣西北五里, 有汪節者. 其母避瘧於村西福田寺金剛下, 因假寐, 感而生節. 節有神力. 長安東渭橋邊有石獅子, 其重千斤, 節指而告人曰 : "吾能提此擲之." 衆不信, 節遂提獅子投之丈餘, 衆大駭. 後數十人不能動之, 遂以賂請節, 節又提而致之故地. 尋補神策軍將. 嘗對御, 俯身負一石碾, 置二丈方木於碾上, 木上又置一床, 床上坐龜玆樂人一部, 奏曲終而下, 無壓重之色. 德宗甚寵惜, 累有賞賜.
乾符中, 綿竹王俳優者有巨力. 每遇府中宴會, 先呈百戲. 王生腰背一船, 船中載十二人, 舞〈河傳〉一曲, 略無困乏.

* 이 고사는 《태평광기》 권192 〈효용·왕절〉과 〈왕배우〉에 실려 있다.

32-23(0842) 묵군화

묵군화(墨君和)

출《유씨이목기(劉氏耳目記)》

진정(眞定)의 묵군화는 어렸을 때의 이름이 삼왕(三旺)이었으며, 대대로 빈천해서 백정 일을 생업으로 삼았다. 그의 모친이 그를 회임했을 때 일찍이 꿈을 꾸었는데, 호승(胡僧)이 얼굴이 검고 빛이 나는 아이 하나를 그녀에게 주면서 말했다.

"이 아이를 당신에게 줄 테니 아들로 삼으시오. 훗날 이 아이는 틀림없이 크게 힘을 얻게 될 것이오."

아이를 낳고 나서 보았더니 이목구비가 뚜렷하고 피부가 구릿빛처럼 검었다. 그가 열대여섯 살쯤 되었을 때, [오대십국 초기] 조왕(趙王) 왕용(王鎔)이 막 즉위해서 그를 보고 말했다.

"여기에서 어떻게 곤륜아(昆侖兒)를 만날 수 있단 말인가?"

그러고는 그의 성을 물었더니 성과 외모가 서로 맞아떨어지자, 곧장 "묵곤륜(墨昆侖)"이라 부르고 검은 옷을 하사했다. 당시 상산현(常山縣)의 성읍이 누차 진왕[晉王 : 후당 태조 이극용(李克用)]의 침략을 받아, 조왕의 장졸들은 적군과 전쟁을 치르느라 지쳐 있었다. 그래서 조왕이 급히 연왕(燕王)에게 알리고 도움을 청했더니, 연왕 이광위(李匡威)가 군사 5만 명을 이끌고 구원해 주어 진왕의 군대를 패퇴시켰다. 조왕은 연왕의 은덕에 감격해 소를 잡고 술을 걸러 고성(槀城)에서 연왕의 군사들을 크게 위로했으며, 연왕에게는 손수레로 황금 20만 냥을 실어 보내 감사의 뜻을 표했다. 연왕이 귀국하다가 국경에 이르러 그의 동생 이광주(李匡儔)에게 입국을 거부당하자, 조나라 사람들은 동포(東圃)를 지어 연왕을 그곳에 살게 했다. 연왕은 나라를 잃은 뒤에 다시 조왕의 나이가 어려서 조나라를 도모할 만하다고 생각해서 마침내 군사를 매복시켜 놓고 조왕을 유인해 사로잡았다. 조왕이 연왕에게 청했다.

"제가 어리고 나약해서 침략을 당해 나라를 수비하는 데 곤욕을 치렀는데, 대왕의 무략(武略)에 힘입어 종묘사직을 보존했습니다. 그리하여 일찍부터 저의 진심을 다해 나라를 양보할 뜻을 가지고 있었으니, 원컨대 대왕과 함께 관아로 돌아가면 군부(軍府)에서 틀림없이 거부하지 못할 것입니다."

연왕은 옳다고 생각해서 결국 조왕과 함께 말을 나란히 타고 조왕의 관아로 들어갔다. 그런데 갑자기 성 위에서 큰 바람이 먹구름과 함께 일기 시작하더니 순식간에 큰비가 내리면서 벼락과 천둥이 쳤다. 그들이 동각문(東角門) 안에 들어서자 한 날랜 사내가 팔을 걷어붙이고 옆에서 오더니 주먹으로 연왕의 무사를 때려눕히고는 즉시 조왕을 둘러업고 담을 넘어 달아나서 마침내 공부(公府)로 돌아왔다. 미 : 군졸을 양성하는 것보다 훨씬 유쾌하다. 조왕이 그의 성명을 묻자, 묵군화는 조왕이 자신의 이름을 기억하기 어려워할까 봐 그저 이렇게 말했다.

"벼루 속의 물건입니다."

조왕은 이를 마음속에 기억해 두었다. 조왕의 좌우 군사들은 자신의 군주가 곤경에서 벗어난 것을 보고 나서 마침내 연왕을 축출했다. 연왕은 동포에서 물러나 달아나다가 조나라 사람들에게 포위되어 살해되었다. 이튿날 조왕은 소복을 입고 뜰에서 곡을 했으며, 아울러 예를 갖추어 연왕의 시신을 수습하게 했다. 조왕은 묵생(墨生 : 묵군화)을 불러 천금을 상으로 내리고 더불어 제일 좋은 집 한 채와 좋은 밭 만 마지기를 하사했으며, 나아가 열 번의 죽을죄를 짓더라도 용서해 주도록 하고 [후량(後梁) 조정에] 상주해[61] 그를 광록대부(光祿大夫)에 제수했다. 조왕이 세상을 마칠 때까지 40년 동안 묵군화는 부귀를 누렸다. 당시 항간에서 얼굴이 검고 못생긴 아들을 낳은 사람이 있으면 대부분 이렇게

---

61) [후량(後梁) 조정에] 상주해 : 왕용은 부친 왕경숭(王景崇)의 뒤를 이어 성덕절도사(成德節度使)로 있다가 907년 주온(朱溫)이 후량을 건국한 후 조왕(趙王)에 봉해졌다.

말했다.

"천하게 여기지 마시오. 훗날 그가 묵곤륜만 못할지 어찌 알겠소?"

眞定墨君和, 幼名三旺, 世代寒賤, 以屠宰爲業. 母懷妊之時, 曾夢胡僧携一孺子, 面色光黑, 授之曰:"與爾爲子. 他日必大得力." 旣生, 眉目稜岸, 肌膚若鐵. 年十五六, 趙王鎔初卽位, 見之曰:"此中何得昆侖兒也?" 問其姓, 與形質相應, 卽呼爲"墨昆侖", 因以皁衣賜之. 是時常山縣邑屢晉所侵掠, 趙之將卒疲於戰敵. 告急於燕, 燕王李匡威率師五萬救之, 戰敗晉師. 趙王感燕王之德, 椎牛釃酒, 大犒於槀城, 輦金二十萬謝之. 燕王歸及境, 爲其弟匡儔所拒, 趙人遂營東圃以居之. 燕主自以失國, 又見趙王方幼可圖, 乃伏甲誘而擒之. 趙王請曰:"某幼懦被侵, 困於守備, 賴大王武略, 獲保宗祧. 夙有卑誠, 可伸交讓, 願與大王同歸衙署, 卽軍府必不拒違." 燕王以爲然, 遂與趙王並轡而進. 忽大風朴黑雲起於城上, 俄而大雨, 雷電震擊. 至東角門內, 有勇夫袒臂旁來, 拳毆燕之介士, 卽挾負趙主, 逾垣而走, 遂得歸公府. 眉: 比厮養卒更暢快. 王問其姓名, 君和恐其難記, 但言曰:"硯中之物." 王心志之. 左右軍士旣見主免難, 遂逐燕王. 燕王退走於東圃, 趙人圍而殺之. 明日, 趙王素服哭於庭, 兼令具以禮殮. 召墨生以千金賞之, 兼賜上第一區, 良田萬畝, 仍怨其十死, 奏授光祿大夫. 終趙王之世, 四十年間, 享其富貴. 當時閭里有生子, 或顔貌黑醜者, 多云:"無陋. 安知他日不及墨昆侖耶?"

* 이 고사는 《태평광기》 권192 〈효용·묵군화〉에 실려 있다.

권33 편급부(褊急部) 혹포부(酷暴部)

편급(褊急)

33-1(0843) 시묘

시묘(時苗)

출《독이지》

한(漢)나라의 시묘가 수춘현령(壽春縣令)이 되어 치중(治中: 주자사의 보좌관) 장제(蔣濟)를 배알하러 갔으나 장제가 술에 취해 그를 만나 주지 않았다. 시묘는 돌아와서 나무 인형을 깎아 "주도장제(酒徒蔣濟: 술주정뱅이 장제)"라고 써 놓고 활로 쏘았다.

漢時苗爲壽春令, 謁治中蔣濟, 濟醉不見之. 歸而刻木人, 書 "酒徒蔣濟", 以弓矢射之.

* 이 고사는 《태평광기》 권244 〈편급·시묘〉에 실려 있다.

33-2(0844) 왕사

왕사(王思)

출《위략(魏略)》

  왕사는 성질이 매우 급했다. 한번은 붓을 들어 글씨를 쓰려고 할 때 파리가 붓끝에 앉았는데, 파리를 쫓아냈으나 다시 날아왔다. 왕사는 몹시 화가 나서 자리에서 일어나 파리를 쫓아갔으나 잡지 못했다. 그러자 다시 자리로 돌아와 붓을 집어 땅에 던져 버리고 발로 짓밟아서 망가뜨렸다.

王思性急. 執筆作書, 蠅集筆端, 驅去復來. 思恚怒, 自起逐之, 不能得. 還取筆擲地, 蹋壞之.

* 이 고사는《태평광기》권244〈편급·왕사〉에 실려 있다.

33-3(0845) 이응도

이응도(李凝道)

출《조야첨재》

당(唐)나라의 구주(衢州) 용유현령(龍游縣令) 이응도는 성격이 편협하고 급했다. 일곱 살 된 누나의 아들이 그를 귀찮게 하자 곧장 쫓아갔으나 따라잡지 못하자, 떡으로 꾀어내 붙잡은 다음 가슴과 등을 피가 날 정도로 물어뜯었다. 누나가 아들을 구해 내서 겨우 화를 면할 수 있었다. 또 그가 거리에서 나귀를 타고 갔는데, 말을 탄 어떤 사람이 신발 코로 그의 무릎을 건드리자, 화를 내고 욕을 퍼부으면서 그 사람을 때리려 했지만, 말이 빨리 달려가서 결국 따라잡을 수 없다. 그는 증오심을 참을 수 없어서 길가의 가시나무를 씹으며 피를 흘렸다.

唐衢州龍游縣令李凝道性褊急. 姊男年七歲, 故惱之, 卽往逐, 不及, 以餠誘得之, 咬其胸背流血. 姊救之得免. 又乘驢於街中, 有騎馬人靴鼻撥其膝, 遂怒, 大罵, 將毆之, 馬走, 遂無所及. 忍惡不得, 遂嚼路傍棘子流血.

* 이 고사는 《태평광기》 권244 〈편급·이응도〉에 실려 있다.

33-4(0846) 황보식

황보식(皇甫湜)

출《국사(國史)》

[당나라의] 배도(裴度)가 낙양(洛陽)을 편안하게 다스리고 있을 때 황보식을 종사(從事)로 초징했다. 황보식은 거침없이 객기를 부렸지만 배도는 매번 그를 너그럽게 포용했다. 배도는 불교를 믿었는데 자신이 회서(淮西) 지방을 토벌할 때 많은 사람을 죽였기 때문에 재앙이 미칠까 염려해서, 아주 장엄하고 화려하게 복선사(福先寺)를 중수했다. 불사가 완공되는 날이 다가오자 배도는 백거이(白居易)에게 편지를 보내 비문을 써 달라고 청하려 했다. 황보식이 그 자리에 있다가 갑자기 화를 내며 말했다.

"가까이 있는 저를 놔두고 멀리 있는 백거이를 부르신 것은 제가 뭔가 잘못을 한 게 분명하니, 작별 인사를 드리고 물러가길 청합니다."

빈객 중에 놀라고 두려워하지 않는 사람이 없었는데, 배도가 부드러운 말로 사과하며 말했다.

"처음부터 감히 번거롭게 부탁하지 못했던 것은 대문호에게 거절당할까 봐 걱정해서였는데, 지금 이미 그러하다면 그건 내가 원하던 바요." 미 : 배도는 정말로 도량이 크다.

황보식은 화가 조금 누그러지자 술 한 말을 달라고 해서 돌아가더니, 집에 도착해서 혼자 그 절반을 마신 다음 술기운을 빌려 붓을 휘둘렀는데, 금세 문장이 완성되었다. 다음 날 황보식은 다시 깨끗이 써서 배도에게 바쳤다. 그 문장은 뜻이 매우 예스럽고 글자 또한 괴벽했다. 배도는 한참 동안 궁리해 보았지만 그 구두를 나눌 수 없자 감탄하며 말했다.

"옛날 진(晉)나라의] 목현허[木玄虛 : 목화(木華)]나 곽경순[郭景純 : 곽박(郭璞)]의 무리로다!"

그러고는 값비싼 수레와 명마에 비단과 노리개 등 1000여 민(緡 : 1민은 1000냥)의 값어치가 나가는 물건을 편지와 함께 그의 집으로 하급 장교를 보내 사례했다. 그러나 황보식은 편지를 보고 크게 화를 내더니 땅에 편지를 던지면서 하급 장교에게 말했다.

"시중(侍中 : 배도)께 말씀 전해 주게. 어찌 이렇게 야박하게 대우할 수 있는가? 내 글은 일반 무리의 글이 아니네. 나는 일찍이 고황(顧況)의 문집에 서문을 지어 준 것 외에는 다른 사람에게 함부로 글을 써 준 적이 없네. 이번에 그 비문을 쓰겠다고 청한 것은 그간 받은 은혜가 매우 두터웠기 때문이네. 하지만 비문의 글자가 약 3000자인데, 한 자당 비단 세 필씩이며 여기서 한 푼도 깎을 수 없네."

하급 장교가 걱정하고 화를 내면서 돌아가서 황보식의 말을 자세히 고했더니, 막료들이 모두 분해하면서 그의 살

점을 저며 죽이고 싶어 했다. 그러나 배도는 웃으며 말했다.
"진정 기재(奇才)로다!"

그러고는 즉시 황보식이 원하는 액수대로 다시 사례했다. 유수부(留守府 : 배도의 관부)에서부터 정랑(正郞 : 황보식)의 집까지 사례품을 실은 수레가 이어졌는데, 낙양 사람들이 몰려들어 구경하니 마치 옹수(雍水)와 강수(絳水)에서 배 띄우는 일을 하는 것 같았다. 황보식은 사례품을 받으면서 부끄러워하는 기색이 없었다. 황보식의 편협하고 급한 성질은 정말 유별났다. 그가 한번은 벌에 손가락을 쐬었는데, 몹시 조급하게 화를 내며 좋은 값으로 널리 벌집을 사들인 후에 그것을 짓이겨 진액을 짜내게 함으로써 자기의 아픔을 갚았다. 또 한번은 아들 황보송(皇甫松)에게 시 몇 수를 베껴 적게 했는데, 한 글자를 조금 틀리자 펄펄 뛰며 욕을 퍼부으면서 손에 막대기가 잡히지 않자 피가 흐르도록 아들의 팔뚝을 물어뜯었다.

裴度保釐洛宅, 辟皇甫湜爲從事. 湜簡率使氣, 度每優容之. 度信浮圖敎, 念討淮叛時, 多殺貽殃, 再修福先佛寺, 備極壯麗. 就有日矣, 將致書於白居易, 請爲碑. 湜在座, 忽發怒曰 : "近捨某而遠徵白, 信獲戾於門下矣, 請長揖而退." 賓客無不驚慄, 度婉詞謝曰 : "初不敢仰煩長者, 慮爲大手筆所拒, 今旣爾, 是所願也." 眉 : 裴度眞大度. 湜怒稍解, 則請斗酒而歸, 至家, 獨飮其半, 乘醉揮毫, 其文立就. 又明日, 潔本以獻. 文思古奧, 字復怪僻. 度尋繹久之, 不能分其句讀, 嘆曰

: "木玄虛·郭景純之流!" 因以寶車名馬, 繒彩器玩, 約千餘縜, 置書, 遣小將就第酬之. 湜省書, 大怒, 擲書於地, 謂小將曰: "寄謝侍中. 何相待之薄也? 某之文, 非常流之文. 曾與顧況爲集序外, 未嘗造次許人. 今爲此碑, 蓋受恩深厚耳. 其碑約三千字, 一字三匹絹, 更減五分錢不得." 小校旣恐且怒, 歸具告之, 僚列咸憤, 思臠其肉. 度笑曰: "眞奇才也!" 立遣依數酬之. 自居守府正郎里第, 輂負相望, 洛人聚觀, 比之雍絳泛舟之役. 湜領受之, 無愧色. 而褊急之性, 獨異於人. 嘗爲蜂蠆手指, 因大躁急, 以善價廣購蜂巢, 命碎爛之, 絞取津液, 以酬其痛. 又嘗令子松錄詩數首, 一字不[1]誤, 詬詈且躍, 手杖不及, 則嚙腕血流.

* 이 고사는 《태평광기》 권244 〈편급·황보식〉에 실려 있다.

1 불(不) : 《태평광기》에는 "소(小)"라 되어 있는데, 문맥상 타당하다.

33-5(0847) 이반

이반(李潘)

출《유한고취(幽閑鼓吹)》

당(唐)나라의 예부시랑(禮部侍郎) 이반은 일찍이 이하(李賀)의 시가를 모아 시집을 엮고 그 서문을 지었는데 아직 완성하지는 못했다. 그는 이하에게 문장으로 교유하던 사촌형이 있다는 사실을 알고, 그 사람을 불러 만나 이하가 남긴 시를 수소문해 찾아 달라고 부탁했다. 그 사람은 공손하게 감사하면서 청했다.

"저는 이하가 지은 시를 대개 기억하고 있고, 또 그가 자주 수정하는 것을 늘 보았으니, 그동안 수집하신 원고를 제게 보여 주시면 틀림없이 제대로 고쳐 오겠습니다."

이반은 기뻐하며 그간 모은 원고를 모두 그에게 주었다. 그런데 1년이 지나도록 아무런 소식이 없어, 이반이 화가 나서 다시 그를 불러 따져 물었더니 그 사람이 말했다.

"저는 이하와 사촌지간으로 어려서부터 자주 함께 지냈는데, 저는 그가 오만하고 사람을 무시하는 데 원한을 품고 언젠간 복수하리라 마음먹고 있었습니다. 그래서 그때 얻어 간 시가와 예전부터 있었던 것까지 한꺼번에 똥간에 던져 버렸습니다." 미 : 정말 못됐다!

이반은 크게 화를 내고 그를 꾸짖어서 내쫓아 버린 뒤 한참 동안 한탄했다. 이 때문에 전해지는 이하의 시가가 적게 되었다.

唐禮部侍郎李潘嘗綴賀歌詩, 爲之集序, 未成. 知賀有表兄, 與賀筆硯之交者, 召之見, 託以搜訪所遺. 其人敬謝, 且請曰 : "某蓋記其所作, 亦常見其多點竄者, 請得所緝者視之, 當爲改正." 潘喜, 並付之. 彌年絶跡, 潘怒, 復召詰之, 其人曰 : "某與賀中外, 自少多同處, 恨其傲忽, 嘗思報之. 所得歌詩, 兼舊有者, 一時投溷中矣." 眉 : 惡甚! 潘大怒, 叱出之, 嗟恨良久. 故賀歌什傳流者少也.

* 이 고사는 《태평광기》 권244 〈편급·이반〉에 실려 있다.

33-6(0848) 왕공

왕공(王珙)

출《북몽쇄언》

    당(唐)나라의 급사중(給事中) 왕축(王枆)은 명문 집안의 자제로, 강직함을 자부했다. 황소(黃巢)의 난이 일어나기 전에 그는 상주(常州)를 다스리고 있었는데, 도성에 난리가 나자 강호를 떠돌아다녔지만 당시 그의 명망은 매우 높았다. 조정으로 돌아오라는 조서가 내려지자, 그는 도중에 섬주(陝州)를 지나갔다. 당시 그곳의 절도사였던 왕공은 매우 난폭했지만, 왕축이 장래에 반드시 재상에 오를 것이라고 생각해서 그에게 예를 갖췄다. 하지만 왕축은 왕공을 업신여겨 거의 거들떠보지도 않았다. 왕공은 청사 안에 성대한 연회석을 마련하고 겸손한 모습으로 왕축에게 아뢰었다.

    "저는 비록 비루한 사람으로서 외람되이 정월(旌鉞 : 깃발과 도끼. 절도사의 의장)을 쥐고 있지만, 오늘 다행히 귀인의 행차를 만나게 되었으니, 만일 이 하찮은 종친을 버리지 않으신다면 저도 조카의 항렬에 들고 싶습니다."

    하지만 왕축이 한사코 허락하지 않자, 왕공은 발끈해 낯빛을 바꾸면서 말했다.

    "왕 급사(王給事 : 왕축)의 일정에 기한이 있으실 터이니 감히 더 이상 붙잡지 않겠습니다."

그러고는 잠시 후에 연회를 파하고 관리에게 명해 속히 왕 급사에게 관사를 떠나 달라고 청하게 했다. 그러면서 비밀리에 자신의 뜻을 전하면서 그를 살해하게 했으며, 그의 일가족도 모두 황하에 던져 버리고 보따리만 가지고 와서 그들이 배를 타고 가다가 물에 빠져 죽었다고 보고하게 했다. 미: 미워함이 너무 심하면 이런 지경에 이르지 않을 수 있겠는가? 당시 조정에서는 변고가 많았던지라 이 일을 버려둔 채 불문에 부쳤다.

唐給事中王梲, 名家子, 以剛鯁自任. 黃寇前, 典常州, 京國亂離, 盤桓江湖, 甚有時望. 及詔徵回, 路經於陝. 時王珙爲帥, 頗兇暴, 然意梲將來必居廊廟, 亦加禮焉. 梲鄙其人, 殊不降接. 珙乃於內廳盛張宴樂, 斂容白梲曰 : "某雖鄙人, 叨乘旌鉞, 今日幸遇軒蓋, 苟不棄末宗, 願厠子侄之列." 梲堅不許, 珙勃然作色曰 : "給事王程有限, 不敢淹留." 俄而罷宴, 命將吏速請王給事離館. 暗授意旨, 並令害之, 一家悉投黃河, 盡取其囊橐, 以舟行沒溺聞. 眉 : 疾惡已甚, 能無及乎? 朝庭多故, 捨而不問.

* 이 고사는 《태평광기》 권244 〈편급·왕공〉에 실려 있다.

혹포(酷暴)

33-7(0849) 마추

마추(麻秋)

출《조야첨재》

　　[오호 십육국] 후조(後趙) 석륵(石勒)의 장수 마추(麻秋)는 태원(太原)의 호인(胡人)으로, 천성이 음험하고 악독했다. 아이가 울 때마다 그 어머니가 "마호래(麻胡來: 호인 마추가 온다)" 하고 겁을 주면 울음소리를 뚝 그쳤다. 지금까지도 이 일을 이야깃거리로 삼고 있다.

後趙石勒將麻秋者, 太原胡人也, 植性虓險鳩毒. 有兒啼, 母輒恐之"麻胡來", 啼聲絶. 至今以爲故事.

* 이 고사는《태평광기》권267〈혹포·마추〉에 실려 있다.

33-8(0850) 주찬 등

주찬등(朱粲等)

출《옥당한화》·《노씨잡설(盧氏雜說)》

수(隋)나라 말에 흉년이 들어 세상이 어지러워지자, 미치광이 도적 주찬(朱粲)이 양주(襄州)와 등주(鄧州) 사이에서 일어났다. 그는 200석(石)을 담을 만한 커다란 구리종에 남녀노소를 몰아넣고 인육을 삶아 도적들에게 먹였다.

역적 조사관(趙思綰)이 반란을 일으키면서부터 패망할 때까지 먹어 치운 사람의 간이 모두 66개나 되었다. 그는 언제나 사람을 정면으로 바라보면서 배를 가르고 [간을 꺼내] 날것으로 먹었는데, 그가 거의 다 먹어 갈 때까지도 희생당한 사람은 이리저리 뒹굴며 비명을 질러 댔다. 미 : 그는 심장이 죽은 사람이다.

당(唐)나라의 장무소(張茂昭)는 절도사(節度使)로 있을 때 인육을 자주 먹었다. 그가 통군(統軍)에 제수되어 도성에 도착하자, 동료 중에서 어떤 사람이 물었다.

"듣자 하니 상서(尙書 : 장무소)는 절도사로 있을 때 인육 먹기를 좋아했다던데 정말이오?"

장무소가 웃으며 말했다.

"인육은 비린 데다가 질기기까지[腝] 미 : 윤(腝)은 음이 윤

(聞)이다. 하니 어떻게 먹을 만하겠소?"

隋末荒亂, 狂賊朱粲起於襄·鄧間. 驅男女小大, 赴一大銅鐘, 可二百石, 煮人肉以餧賊.
賊臣趙思綰自倡亂至敗, 凡食人肝六十六. 無非面剖而膾之, 至食欲盡, 猶宛轉叫呼. 眉 : 其心死矣.
唐張茂昭爲節鎭, 頻喫人肉. 及除統軍, 到京, 班中有人問曰 : "聞尙書在鎭好喫人肉, 虛實?" 昭笑曰 : "人肉腥而且䐱, 眉 : 䐱, 音聞. 爭堪喫?"

* 이 고사는 《태평광기》 권267 〈혹포·주찬〉, 권269 〈혹포·조사관(趙思綰)〉, 권261 〈치비(嗤鄙)·장무소(張茂昭)〉에 실려 있다.

33-9(0851) 이희열

이희열(李希烈)

출《전재》

 [당나라] 건중(建中) 연간(780~783)에 이희열이 변주(汴州)를 침공했는데, 성이 함락되기 전에 백성과 부녀자 그리고 치중(輜重 : 말이나 수레에 실은 짐)을 몰아 성 둘레의 해자에 밀어 넣어 채웠는데, 이를 "습초(濕梢 : 젖은 나뭇가지)"라고 불렀다. 미 : 난세의 처참함은 이와 같았다. 지금 사람들이 조금이라도 뜻을 이루지 못하면 바로 난을 일으킬 생각을 하는 것은 스스로를 헤아릴 줄 모르기 때문이다.

建中中, 李希烈攻汴州, 城未陷, 驅百姓婦女及輜重, 以實濠塹, 謂之"濕梢". 眉 : 亂世之慘, 類如此. 今人少不遂意, 輒思亂, 由未解思量也.

* 이 고사는《태평광기》권269〈혹포・이희열〉에 실려 있다.

33-10(0852) 독고장

독고장(獨孤莊)

출《조야첨재》

[당나라] 무주(武周 : 측천무후) 때 영주자사(瀛州刺史) 독고장은 아주 잔인했다. 한번은 도적을 심문하다가 도적이 죄를 인정하지 않자, 독고장은 그를 앞으로 끌어내서 말했다.

"건아(健兒)[62]답게 하나하나 모두 털어놓는다면 너의 목숨을 살려 주겠다."

도적이 모든 사실을 실토하자 협 : 도적도 비위 맞추는 말을 좋아한다. 관리들은 틀림없이 그를 놓아줄 것이라고 생각했는데, 잠시 뒤에 독고장이 말했다.

"내가 만든 형구를 가져오너라."

그것은 다름 아닌 길이가 1척이 넘고 아주 날카로운 쇠갈고리였는데, 독고장은 밧줄을 이용해 그것을 나무 사이에 걸게 하더니 도적에게 말했다.

---

[62] 건아(健兒) : 당나라 때 군병(軍兵)의 일종. 여러 군진(軍鎭)에 이들을 배치해 변경을 지키게 하면서 정부에서 각종 물품을 제공하며 우대했다.

"너는 '건아가 쇠갈고리 아래서 죽었다'는 말도 들어 보지 못했느냐?"

그러고는 도적의 뺨에 쇠갈고리를 걸게 한 뒤에 장사들에게 밧줄을 끌어당기게 했더니, 쇠갈고리가 도적의 뇌를 뚫고 나왔다. 독고장이 사법(司法 : 사법참군)에게 말했다.

"이 형법이 어떠한가?"

사법이 대답했다.

"백성을 위로하고 죄인을 벌하는 데 매우 마땅합니다."

독고장은 크게 웃었다. 후에 독고장은 시주자사(施州刺史)로 좌천되었다가 전염병을 앓았는데, 오직 인육만 먹고 싶어 했다. 마침 그 부하의 집에서 노비가 죽자, 독고장은 사람을 보내 그 노비의 갈비 아래 살을 잘라 오게 해서 먹었다. 그로부터 1년 남짓 지나서 독고장은 죽었다.

周瀛州刺史獨孤莊酷虐. 有賊問不承, 莊引前曰 : "若健兒, 一一具吐, 放汝命." 賊並吐之, 夾 : 賊亦好訑. 諸官以爲必放, 少頃, 莊曰 : "將我作具來." 乃一鐵鉤, 長尺餘, 甚銛利, 以繩掛於樹間, 謂賊曰 : "汝不聞'健兒鉤下死'?" 令以腮鉤之, 遣壯士掣其繩, 則鉤出於腦矣. 謂司法曰 : "此法何如?" 答曰 : "吊民伐罪, 深得其宜." 莊大笑. 後莊左降施州刺史, 染病, 唯憶人肉. 部下有奴婢死者, 遣人割肋下肉食之. 歲餘卒.

* 이 고사는 《태평광기》 권267 〈혹포·독고장〉에 실려 있다.

33-11(0853) 무승사

무승사(武承嗣)

출《조야첨재》

[당나라] 무주(武周 : 측천무후) 때 보궐(補闕) 교지지(喬知之)에게 벽옥(碧玉)이라는 하녀가 있었는데, 그녀는 아주 고왔고 노래와 춤에 능했으며 문장도 잘 지었다. 교지지는 그녀를 특별히 총애해 그녀 때문에 결혼도 하지 않았다. 위왕(魏王) 무승사는 그녀를 잠시 데려가서 희인(姬人)에게 화장법을 가르치게 하겠다고 받아들인 뒤 다시는 교지지에게 돌려보내지 않았다. 교지지는 이에 〈녹주원(綠珠怨)〉[63] 이라는 시를 지어 그녀에게 보냈는데, 벽옥은 그 시를 읽고 나서 사흘 동안 울면서 아무것도 먹지 않더니, 우물에 몸을 던져 죽고 말았다. 무승사는 그녀의 시신을 건져 낸 뒤 치마 허리띠에서 이 시를 발견하고 크게 노해, 나직인(羅織人 : 무고죄를 만들어 내는 사람)을 꼬드겨서 교지지를 밀고하게

---

[63] 〈녹주원(綠珠怨)〉: 녹주는 진(晉)나라의 부호 석숭(石崇)의 애첩으로, 용모가 빼어나고 피리를 잘 불었다. 손수(孫秀)의 부하가 그녀를 잡으러 들이닥치자 누대에서 뛰어내려 자살했다. 여기서는 벽옥을 비유한다.

했다. 결국 교지지를 남시(南市)에서 처형하고 그 집을 멸망시켜 재산을 관에서 몰수했다.

周補闕喬知之有婢碧玉, 姝艷能歌舞, 有文華. 知之特幸, 爲之不婚. 魏王武承嗣暫借教姬人妝梳, 納之, 更不放還. 知之乃作〈綠珠怨〉以寄之, 碧玉讀詩, 飮泣不食三日, 投井而死. 承嗣出其尸, 於裙帶上得詩, 大怒, 乃諷羅織人告之. 遂斬知之於南市, 破家籍沒.

* 이 고사는 《태평광기》 권267 〈혹포·무승사〉에 실려 있다.

33-12(0854) 학상현

학상현(郝象賢)

출《담빈록》

    학상현은 학처준(郝處俊)의 손자다. [당나라] 측천무후(則天武后)는 그의 조부에게 묵은 원한이 있었기 때문에 그 손자까지 살육하기에 이르렀다. 학상현은 처형당할 때 마구 욕을 하고 죽었다. 이때부터 법사(法司)에서는 이를 두려워해서 사람을 죽일 때는 반드시 먼저 나무로 만든 환(丸)으로 죄수의 입을 틀어막았다.

郝象賢, 處俊孫也. 武后宿怒其祖, 戮及其孫. 象賢臨刑, 極罵而死. 自此法司恐是, 將殺人, 必先以木丸塞口.

*   이 고사는 《태평광기》 권267 〈혹포・학상현〉에 실려 있다.

33-13(0855) 주흥

주흥(周興)

출《조야첨재》

[당나라] 무주(武周 : 측천무후) 때 추관시랑(秋官侍郎 : 형부시랑) 주흥은 잔인하게 죄인을 심문했다. 그는 법에서 정한 이외의 수법으로 고통을 주었는데, 사용하지 않는 수법이 없었기 때문에 당시 사람들은 그를 "우두아파(牛頭阿婆 : 지옥의 귀졸)"라고 불렀다. 백성이 원망하고 비방하자, 주흥은 문에 방을 붙여 판시했다.

"고발당한 사람들은 심문할 땐 모두 억울하다고 하지만, 참형당한 뒤에는 모두 하나같이 말이 없다."

周秋官侍郎周興推劾殘忍. 法外苦楚, 無所不爲, 時人號"牛頭阿婆". 百姓怨謗, 興乃榜門判曰 : "被告之人, 問皆稱枉, 斬決之後, 咸悉無言."

* 이 고사는《태평광기》권267〈혹포 · 주흥〉에 실려 있다.

33-14(0856) 내준신

내준신(來俊臣)

출《신이경(神異經)》·《어사대기》·《조야첨재》

내준신은 옹주(雍州) 사람이다. 그의 부친 내조(來操)는 고향 사람인 채본(蔡本)과 사이가 좋았다. 채본이 내조와 저포(樗蒲) 놀음을 했다가 내조에게 돈 수십만 냥을 빚졌는데, 채본은 그 돈을 갚을 수 없자 결국 대신 그 아내를 내조에게 주었다. 채본의 아내가 내조의 집에 갔을 때는 이미 임신한 상태였는데, 그녀는 화주(禾州)에서 내준신을 낳았다. 내준신은 절도죄를 범했다가 다른 사람을 밀고해서 관직을 얻었고, 그 후로 누차 제옥(制獄 : 황제가 특별히 명한 옥사)을 맡아 처리했으며, 여러 벼슬을 거쳐 좌대중승(左臺中丞 : 좌어사대 어사중승)에 제수되었다. 길에서 사람들은 그에게 눈인사만 했으며, 그는 왕홍의(王弘義)·후사지(侯思止.) 미 : 후사지는 〈무뢰부(無賴部)〉에 따로 나온다. 등과 서로 비견되었다. [당나라 측천무후(則天武后)는 여경문(麗景門) 옆에 추원(推院)을 따로 설치하고 내준신 등에게 사건을 처리하게 했다. 일단 신개문(新開門 : 여경문)에 들어가면 100명 중에 한 명도 온전하지 못했기에 왕홍의는 장난삼아 그곳을 "예경문(例竟門 : 대부분 끝장나는 문)"이라고 했다. 내준신은 그의 도당인 주남산(朱南山) 등과 함께 《나직경(羅織經)》 1권을 지었다. 그는 매번 죄인을 심문할 때면 죄의 경중을 따지지 않고 우선 식초를 죄인의 코에 들이붓고서 땅속 감옥에 가둔 다음 그 주위를 불로 에워쌌으며 양식을 끊었는데, 대부분의 죄인은 [허기를 참지 못하고] 옷에 들어 있는 솜을 빼내서 먹었다. 장차 사면령이 내려지려고 하면 내준신은 반드시 한발 앞서 그 죄인들을 모조리 죽였다. 미 : 밀고해서 아첨할 때는 부귀를 얻지만, 사면령을 듣고 먼저 죽이는 것은 무슨 통쾌함이 있겠는가? 그러니 흉악한 사람은 진실로 습성이다! 또 10개의 커다란 형틀을 만들었는데, 첫째는 "정백맥(定百脈 : 온갖 맥을 죄다)", 둘째는 "천부득(喘不得 : 숨을 쉴 수 없다)", 셋째는 "돌지후(突地吼 : 땅을 구르며 비명을 지르다)", 넷째는 "착즉승(著卽承 : 착용하면 즉시 인정하다)", 다섯째는 "실혼담(失魂膽 : 혼이 나가다)", 여섯째는 "실동반(實同反 : 함께 반역했다고 실토하다)", 일곱째는 "반시실(反是實 : 반역을 실토하다)", 여덟째는 "사저수(死猪愁 : 돼지처럼 죽을 것을 근심하다)", 아홉째는 "구득사(求得死 : 죽여 달라고 빌다)", 열째는 "구파가(求破家 : 파산해 달라고 빌다)"라고 했다. 그 형틀을 쓴 자는 숨이 막혀 기절했으며, 거짓으로 자백하지 않는 사람이 없었다. 조정의 관리들은 매번 입조할 때마다 대부분이 처자와 작별 인사를 나누었다.

천수(天授) 연간(690~692)에 춘관상서(春官尙書 : 예부

상서) 적인걸(狄仁傑)과 천관시랑(天官侍郎 : 이부시랑) 임영휘(任令暉) 등 다섯 사람은 함께 무고당했다. 내준신은 다른 집안을 멸족시키는 것을 자신의 공으로 여겼기 때문에 그들 스스로 모반죄를 인정하게 만들기 위해, 심문하자마자 죄를 인정하면 자수한 것과 같은 예로 처리해 사형을 감면해 주겠다는 조서를 내려 달라고 주청해서, 이것으로 적인걸 등을 협박해 모반죄를 인정하게 만들었다. 적인걸은 자인서(自認書)에서 이렇게 말했다.

"대주(大周 : 무주)의 혁명을 일으켜 만물이 오직 새로우니, 당실(唐室)의 옛 신하들은 기꺼이 죽음을 따르겠습니다. 모반죄는 사실입니다." 미 : 훌륭한 자인서로다!

그러자 내준신은 다소 관대해졌다. 적인걸이 모반죄를 시인했으므로 담당 관리는 형 집행일을 기다리면서 더 이상 엄중하게 경계하지 않았다. 적인걸은 옥리에게 붓과 벼루를 얻어 자신들의 억울함과 고통을 써서 솜옷 속에 넣어 두고서 옥리에게 말했다.

"지금 날씨가 한창 더우니, 이 솜옷을 집안사람에게 보내 솜을 빼 달라고 해 주시오."

적인걸의 아들 적광원(狄光遠)이 옷 속의 편지를 가지고 가서 고변(告變)하자 측천무후가 그를 불러들여 만났다. 측천무후는 편지를 읽고 나서 망연해하더니 내준신을 불러 물었다.

"경은 적인걸 등이 모반죄를 인정했다고 말했는데, 지금 그 자제가 억울함을 호소하니 어찌 된 일인가?"

내준신이 말했다.

"그들이 어찌 그 죄를 스스로 인정하겠습니까? 신은 그들에게 편안한 잠자리를 제공해 주고 두건과 관대도 빼앗지 않았습니다."

측천무후가 통사사인(通事舍人) 주침(周綝)에게 가서 살펴보게 하자, 내준신은 옥리에게 명해 적인걸 등에게 두건과 허리띠를 빌려주게 한 뒤에 서쪽에 서 있게 하고 주침에게 살펴보게 했다. 주침은 내준신이 두려워서 감히 서쪽은 돌아보지도 못하고 그저 동쪽을 바라보며 예! 예! 할 따름이었다. 내준신은 주침에게 잠시 머무르게 한 뒤에 상주할 장계를 함께 보내고, 또 판관(判官)에게 적인걸 등을 대신해 거짓으로 〈사사표(謝死表 : 사죄하고 죽음을 청하는 표문)〉를 쓰게 하고 대신 서명해서 바쳤다. 봉각시랑(鳳閣侍郎 : 중서시랑) 악사회(樂思誨)의 아들은 나이가 여덟아홉 살이었는데, 그 집안은 이미 멸족되었고 아들은 사농시(司農寺)[64]에 예속되어 있었다. 악사회의 아들이 조정에 고변하

---

64) 사농시(司農寺) : 조세와 국가의 재정 업무를 담당하던 곳. 당나라 때는 중죄를 저지른 대신 집안의 딸은 액정(掖庭)으로 들어갔고, 아들은 사농시에 예속되었다.

자, 측천무후가 그를 불러 만났는데 그가 말했다.

"내준신 등은 잔인하고 악독하니, 원컨대 폐하께서 가짜 모반 문건을 그에게 넘겨주시면 그는 크고 작은 일을 막론하고 그 문건대로 처리할 것입니다." 미 : 악사회의 아들은 신동이다. 유용한 인재인데 어찌하여 그 이름을 숨겼는가?

측천무후는 마음이 다소 풀렸기에 적인걸 등을 불러 말했다.

"경은 어찌하여 모반죄를 인정했는가?"

적인걸 등이 말했다.

"만약 이전에 죄를 인정하지 않았다면 형틀에 매이고 곤장을 맞아 이미 죽었을 것입니다."

측천무후가 말했다.

"그렇다면 어찌하여 〈사사표〉를 지었는가?"

적인걸 등이 말했다.

"그런 적이 없습니다."

측천무후는 〈사사표〉를 보여 주고 나서야 비로소 대신 서명한 것임을 알고 그 다섯 사람을 풀어 주었다.

내준신은 이첩(移牒 : 공문서)을 돌릴 때 항상 주현(州縣)에서 두려워하자, 스스로 자랑하며 말했다.

"내 문첩(文牒)은 낭독(狼毒)이나 야갈(冶葛)[65]과 같다."

유여선(劉如璿)은 부모를 모시면서 효성으로 이름이 알려졌으며, 여러 벼슬을 거쳐 추관시랑(秋官侍郞 : 형부시랑)

에 이르렀다. 당시 내준신의 도당이 번씨(樊氏) 성의 사형부사(司刑府史)와 뜻이 맞지 않자, 그가 모반했다고 무고해 주살했다. 번씨의 아들이 조당(朝堂)에서 억울함을 호소했으나 감히 해결해 주려는 사람이 없자, 그는 칼을 꺼내 자신의 배를 갈랐다. 조정의 신하들은 두려움에 떨지 않는 사람이 없었으며, 유여선은 자기도 모르게 '윽! 윽!' 하고 눈물을 흘렸다. 그러자 내준신이 아뢰었다.

"역당이니 조서를 내려 하옥하십시오."

유여선이 해명했다.

"나이가 많다 보니 바람이 불어와 눈물이 나왔던 것입니다."

내준신이 다시 그를 탄핵했다.

"눈에서 '줄줄' 쏟아진 눈물은 바람 탓이라 친다 해도 입에서 '윽윽' 하고 나온 소리는 어떻게 변명하겠소? 교수형에 처하십시오."

하지만 측천무후는 단지 그를 양주(瀼州)로 유배 보냈다. 나중에 그의 아들 유경헌(劉景憲)이 부친의 억울함을 호소한 덕분에 그는 다시 도성으로 불려 와 추관시랑에 복직

---

65) 낭독(狼毒)이나 야갈(冶葛) : '낭독'은 구독(狗毒)이라고도 하는 독초이고, '야갈'은 야갈(野葛)이라고도 하는 독초다.

되었다. 내준신은 가혹하기만 했지 글재주가 없었는데, 그의 탄핵문은 바로 정음(鄭愔)이 쓴 것이었다.

무주(武周) 때 명당위(明堂尉) 길욱(吉頊)은 밤에 감찰어사(監察御史) 왕조(王助)와 함께 숙직했는데, 왕조는 길욱과 친했으므로 기련요(綦連耀)의 아들 기련대각(綦連大覺)과 기련소각(綦連小覺)에 대해 얘기하면서 말했다.

"이는 뿔[角]이 두 개인 기린에 상응하는 것이오.[66] '요(耀)' 자를 이루는 광(光)과 적(翟)은 천하를 밝게 다스린다[光宅]는 말이지요.[67]" 미 : 어떤 세상인데 감히 함부로 말하다니!

길욱이 다음 날 장계를 작성해 내준신에게 보내자, 하내왕(河內王) 무의종(武懿宗)을 파견해 사건을 조사하라는 칙명이 내려졌으며, 결국 왕조 등 41명을 주살하고 그들의 집안을 모두 파탄시켰다. 내준신은 그 공을 독차지하려고 다시 길욱을 무고했는데, 길욱은 불려 들어가 황제를 알현하고 조정에서 억울함을 호소한 끝에 겨우 화를 면했다. 내준신은 후에 뇌물죄를 지었는데, 어사가 그를 탄핵해 전중승

---

66) 뿔[角]이 두 개인 기린에 상응하는 것이오 : '각(覺)'과 '각(角)'이 발음이 같기 때문에 이렇게 말한 것이다.

67) 광(光)과 적(翟)은 천하를 밝게 다스린다[光宅]는 말이지요 : '광적(光翟)'과 '광택(光宅)'이 발음이 같기 때문에 이렇게 말한 것이다. 또한 '광택'은 예종(睿宗)이 사용한 연호(684)이기도 하다.

(殿中丞)으로 폄직되었다가 다시 어사중승에 제수되었지만, 또 뇌물죄를 지어 동주참군(同州參軍)으로 전출되었으며 동료 참군의 처를 강탈해 곧 합관현위(合官縣尉)로 폄직되었다가 다시 낙양현령(洛陽縣令)에 제수되었다. 내준신은 또 서번(西番)의 추장 아사나곡슬라(阿史那斛瑟羅)의 하녀를 차지하고자 그가 모반했다고 무고했는데, 그의 무리가 칼로 얼굴을 그으면서[68] 대궐로 나아와 억울함을 호소한 끝에 화를 면할 수 있었다. 내준신은 여러 무씨(武氏)와 태평 공주(太平公主)를 무고하려다가 오히려 그들에게 발각되어 사형(司刑 : 형부)에서 그에게 사형을 판결했는데, 미 : 악인은 본디 악인에게 당하는 법이다. 장계를 올린 지 사흘이 지나도록 칙명이 나오지 않아 조야에서 이를 이상하게 여겼다. 황상이 궁원(宮苑)에 들어갔을 때 당시 공학감(控鶴監)[69]으로 있던 길욱이 말을 끌었는데, 황상이 바깥에서 무슨 일이 일어나고 있는지 묻자 길욱이 아뢰었다.

---

[68] 칼로 얼굴을 그으면서 : 원문은 "이면(劓面)". 옛날 흉노(匈奴)와 회골(回鶻) 부족들은 칼로 자신의 얼굴을 그어 큰 슬픔을 표시하거나 충심과 결심을 표시했다.

[69] 공학감(控鶴監) : 측천무후 때 공학부(控鶴府)를 설치해 황제를 측근에서 숙위(宿衛)하도록 했는데, 그 책임자를 공학감이라 했으며, 소속된 군대를 공학군(控鶴軍)이라 했다.

"신은 다행히 공학에 참여해 폐하의 눈과 귀가 되었습니다. 지금 밖에서는 내준신의 사안에 대한 칙명이 나오지 않는 것을 이상해하고 있습니다."

황상이 말했다.

"내준신은 공이 있으므로 짐은 그것을 생각하고 있는 중이다."

그러자 길욱이 아뢰었다.

"내준신은 현량한 사람을 무고하고 산처럼 많은 뇌물을 받았으며 원혼(寃魂)이 길에 가득해 나라의 적이 되었으니 어찌 애석해할 만하겠습니까?"

황상이 마침내 칙명을 내려 내준신을 서시(西市)에서 주살하게 하자, 사람들이 다투어 그의 살을 저몄다. 중종(中宗)은 조서를 내려 혹리(酷吏)들을 모두 멀고 험한 곳으로 유배시키고 그들의 자손은 벼슬길에 오르지 못하게 했다. 미: 매우 적절한 처사로다!

來俊臣, 雍人也. 父操, 與鄕人蔡本善. 本與操樗蒲, 負錢數十萬, 無以酬, 遂將其妻馮折. 及至操家, 已有娠, 而産俊臣于禾州. 犯盜, 因告密得官, 屢按制獄, 累拜左臺中丞. 道路以目, 與王弘義・侯思止 眉：侯思止別見〈無賴部〉. 等相比, 則天於麗景門側, 別置推院, 令俊臣等按之. 但入新開門, 百不全一, 弘義戲名爲"例竟門". 俊臣與其黨朱南山等造《羅織經》一卷. 每鞫囚, 無輕重, 先以醋灌鼻, 禁地牢中, 以火圍繞, 絶其糧, 多抽衣絮以啖之. 將有赦, 必先盡殺其囚. 眉：告密以媚時, 取富貴也, 聞赦先殺何快? 於是兕人洵性成乎! 又作大枷凡十, 一曰"定百脈", 二曰"喘不得", 三曰"突地吼", 四曰"著即承", 五曰"失魂膽", 六曰"實同反", 七曰"反是實", 八曰"死猪愁", 九曰"求得死", 十曰"求破家". 遭者悶絕, 莫不自誣. 朝士每入朝, 多與妻子訣別.

天授中, 春官尚書狄仁傑·天官侍郎任令暉等五人, 並爲其羅告. 俊臣旣以族人家爲功, 欲引人承反, 乃奏請降敕, 一問即承, 同首例, 得減死, 以脅仁傑等, 令承反. 傑款曰: "大周革命, 萬物惟新, 唐室舊臣, 甘從誅戮. 反是實." 眉: 好款詞! 俊臣乃少寬之. 仁傑旣承反, 所司待日行刑, 不復嚴防. 得筆硯敘冤苦, 置於棉衣中, 謂獄吏曰: "時方熱, 請付家人去其棉." 子光遠持衣中書稱變, 得召見. 則天覽之惘然, 召問俊臣曰: "卿言仁傑等承反, 今其子弟訟冤, 何也?" 俊臣曰: "此等何能自伏其罪? 臣寢處之甚安, 亦不去其巾帶." 則天令通事舍人周綝往視之, 俊臣遂命獄人假傑等巾帶, 行立於西, 命綝視之. 綝懼俊臣, 莫敢西顧, 但視東唯諾而已. 俊臣令綝少留, 附進狀, 乃令判官妄爲傑等作〈謝死表〉, 代署而進之. 鳳閣侍郎樂思誨男, 年八九歲, 其家已族, 且隸於司農. 上變得召見, 言: "俊臣等苛毒, 願陛下假條反狀以付之, 無大小皆如狀矣." 眉: 樂家兒, 神童也. 有用之才, 何逸其名? 則天意少解, 乃召見傑等曰: "卿承反, 何也?" 傑等曰: "向不承, 已死於枷棒矣." 則天曰: "何爲作〈謝死表〉?" 傑等曰: "無". 因以表示之, 乃知其代署, 因釋此五家.

俊臣常行移牒, 州縣憎懼, 自矜曰: "我之文牒, 有如狼毒·冶葛也." 劉如璿事親以孝聞, 累仕至秋官侍郎. 時來俊臣黨人與司刑府史姓樊者不協, 誣以反誅之. 其子訟冤於朝堂, 無敢理者, 乃援刀自剌其腹. 朝士莫不悚惕, 璿不覺啁啁涙下. 俊臣奏云: "黨惡, 下詔獄." 璿訴曰: "年老因遇風而淚下." 俊臣劾之曰:"目下涓涓之淚, 乍可因風, 口稱喞喞之聲, 如何取雪? 處以絞刑." 則天特流於瀼州. 子景憲訟冤, 得徵還, 復官. 俊臣但苛虐, 無文, 其劾乃鄭愔之詞也.

周明堂尉吉頊, 夜與監察御史王助同宿, 王助以親故, 爲說綦連耀男大覺·小覺云:"應兩角麒麟也. 耀字光翟, 言光宅天下也." 眉:何等世界, 猶敢胡說! 頊明日錄狀付來俊臣, 敕差河內王懿宗推, 誅王助等四十一人, 皆破家. 俊臣欲擅其功, 復羅構頊, 頊得召見, 廷訴僅免. 俊臣後坐贓, 御史劾之, 除殿中丞, 又拜中丞, 復坐贓, 出爲同州參軍, 奪同列參軍妻, 旋爲合宮尉, 又拜洛陽令. 復圖西番酋長阿史那斛瑟羅婢, 稱其謀反, 其黨劙面, 詣闕訟之, 得免. 將告諸武·太平公主, 乃反爲其所發, 司刑斷死, 眉:惡人自有惡人磨. 進狀三日不出, 朝野怪之. 上入苑, 吉頊時爲控鶴監, 攏馬, 上問在外有何事意, 頊奏曰:"臣幸預控鶴, 爲陛下耳目. 在外惟怪來俊臣狀不出." 上曰:"俊臣有功, 朕方思之." 頊奏曰:"俊臣誣構賢良, 贓賄如山, 冤魂滿路, 國之賊也, 何足惜哉?" 上令狀出, 誅俊臣於西市, 人競㘅其肉. 中宗詔酷吏並配流遠惡處, 子孫不得仕進. 眉:有甚便宜!

* 이 고사는 《태평광기》 권268 〈혹포·혹리(酷吏)〉, 권267 〈혹포·내준신〉, 권268 〈혹포·왕홍의(王弘義)〉, 권269 〈혹포·무유여선악당(誣劉如璿惡黨)〉, 권268 〈혹포·길욱(吉頊)〉에 실려 있다.

33-15(0857) **왕홍의**

왕홍의(王弘義)

출《어사대기》

　　왕홍의는 형수(衡水) 사람이다. 그는 모반을 고발해 유격장군(游擊將軍)에 제수되었으며, [당나라] 천수(天授) 연간(690~692)에는 어사(御史)에 임명되었다. 그는 내준신(來俊臣)과 함께 관리들을 무고했으며, 내준신이 처벌되자 그도 영남(嶺南)으로 유배되었는데, 자신을 도성으로 불러들이라는 칙명이 내려올 것이라는 망언을 했다. 당시 호원례(胡元禮)는 어사로서 영남에 파견되어 양등(襄鄧)에 머물렀는데, 왕홍의를 만나서 사건을 조사했다. 왕홍의는 말이 궁색해지자 이렇게 말했다.

　　"나는 공(公)과 마음이 잘 맞는 동지요."

　　그러자 호원례가 말했다.

　　"그대가 예전에 어사였을 때 나는 낙양현위(洛陽縣尉)였소. 나는 지금 어사이고 공은 죄수로 유배되어 있는데, 또한 무슨 동지란 말이오?"

　　그러고는 왕홍의를 매질해 죽였다. 왕홍의는 매번 여름에 죄인을 잡아들이면 반드시 작은 방에 가두었는데, 방 안에는 숯불을 쌓아 놓고 털로 짠 요를 깔아 놓았다. 그 방에 들어간 사람은 금세 숨이 끊어질 듯했는데, 만약 스스로 거짓 자백을 하거나 남을 끌어들이면 다른 방으로 옮겨 주었다. 일찍이 왕홍의가 마을에서 이웃에게 참외를 달라고 했는데, 참외 주인이 아까워하며 주지 않자 왕홍의는 문서를 작성해 "참외밭에 [상서로운] 흰 토끼가 있다"고 했다. 그러자 현리(縣吏)가 사람들을 모아 그것을 잡으려고 달려 다니다 보니 순식간에 참외 싹이 모두 뭉개져 버렸다. [나중에 왕홍의가 어사가 되자] 내사(內史 : 중서령) 이소덕(李昭德)이 말했다.

"옛날엔 창응옥리(蒼鷹獄吏)70)에 대해 들었는데, 오늘은 백토어사(白兎御史)를 보았구나."

王弘義, 衡水人也. 告變, 授游擊將軍, 天授中, 拜御史. 與俊臣羅告衣冠, 俊臣敗, 義亦流於嶺南, 妄稱敕追. 時胡元禮以御史使嶺南, 次於襄鄧, 會而按之. 弘義詞窮, 乃謂曰 : "與公氣類." 元禮曰 : "足下昔任御史, 禮任洛陽尉. 禮今任御史, 公乃流囚, 復何氣類?" 乃榜殺之. 弘義每暑月繫囚, 必於小房中積炭而施氈褥. 遭之者, 斯須氣將絶矣, 苟自誣, 或

---

70) 창응옥리(蒼鷹獄吏) : 한(漢)나라의 질도(郅都)는 중랑장(中郎將)과 중위(中尉)를 지내면서 법 집행을 준엄하고 혹독하게 했기에 당시 사람들이 그를 "창응(蒼鷹 : 보라매)"이라 불렀다. 나중에 관리가 법 집행을 엄혹하게 하는 전고로 쓰인다.

他引, 則易於別房. 又嘗於鄕里求傍舍瓜, 瓜主吝之, 義乃狀言瓜園中有白兔. 縣吏會人捕逐, 斯須苗盡. 內史李昭德曰 : "昔聞蒼鷹獄吏, 今見白兔御史."

* 이 고사는 《태평광기》 권268 〈혹포·왕홍의〉에 실려 있다.

33-16(0858) 색원례

색원례(索元禮)

출《조야첨재》

[당나라] 무주(武周) 때 추사사(推事使) 색원례는 당시 사람들이 "색명사(索命使 : 목숨을 요구하는 사자)"라고 불렀다. 그는 죄수를 심문할 때 철롱두(鐵籠頭)를 만들어 그것을 죄수의 머리에 씌우고[髥] 미 : 격(髥)은 음이 걸(乞)과 역(逆)의 반절이다. 쐐기를 박아 넣었는데, 대부분 머리가 찢어져 뇌수가 흘러나왔다. 또 봉쇄시(鳳曬翅)와 미후찬화(獼猴鑽火) 등의 형틀을 만들었으며, 서까래에 손발을 묶어서 돌리고 뼈가 가루가 될 때까지 갈았다. 그는 후에 뇌물죄에 걸려 영남(嶺南)으로 유배되었다가 죽었다.

周推事使索元禮, 時人號爲"索命使". 訊囚作鐵籠頭, 髥 眉 : 髥, 乞逆切. 其頭, 仍加楔焉, 多至腦裂髓出. 又爲鳳凰曬翅·獼猴鑽火等, 以椽關手足而轉之, 並硏骨至碎. 後坐贓賄, 流死嶺南.

* 이 고사는 《태평광기》 권267 〈혹포·색원례〉에 실려 있다.

33-17(0859) 삼표

삼표(三豹)

출《조야첨재》

 감찰어사(監察御史) 이숭(李嵩)·이전교(李全交)와 전중시어사(殿中侍御史) 왕욱(王旭)을 도성 사람들이 "삼표"라고 불렀는데, 이숭은 적려표(赤鱺豹 : 붉은 얼룩 표범), 이전교는 백액표(白額豹 : 흰 이마 표범), 왕욱은 흑표(黑豹 : 검은 표범)라고 했다. 그들은 죄수를 심문할 때면 반드시 가시나무를 펼쳐 놓고 그 위에 맨살로 눕게 했으며, 대꼬챙이로 손톱 밑을 찌르고, 각진 들보로 넓적다리를 누르고, 부서진 기와 조각을 무릎에 괴게 했다. 또한 "선인헌과(仙人獻果)"·"옥녀등제(玉女登梯)"·"독자현구(犢子懸拘)"·"여아발궐(驢兒拔橛)"이라는 고문을 가했으며, 위에는 맥삭(麥索 : 형구의 일종)을 채우고 아래에는 난단(闌單 : 형구의 일종)을 채웠다. 그들은 제멋대로 죄명을 날조해 명백히 옳은 것도 그른 것이 되게 했으며, 마음대로 지시해 없는 사실도 만들어 냈다. 도성 사람들은 서로 약속할 때 맹세하며 말했다.

 "만약 양심을 어기고 가르침을 저버린다면, 갑자기 삼표를 만나게 될 것이오."

삼표의 악독함이 이와 같았다.

평 : 살펴보니, 이전교는 "인두나찰(人頭羅刹)"71)이라 불렸고, 왕욱은 "귀면야차(鬼面夜叉)"72)라 불렸다. 그들은 죄수를 심문할 때, 죄수의 칼[枷]을 잡아끌어 앞으로 향하게 하는 것을 "여구발궐(驢駒拔橛)"이라 하고, 죄수에게 칼을 씌워 나무에 묶어 놓는 것을 "독자현구"라 했으며, 두 손으로 칼을 들게 하고서 그 위에 벽돌을 포개 놓는 것을 "선인헌과"라 하고, 죄수를 높은 나무에 세워 놓고 칼을 뒤쪽으로 꺾는 것을 "옥녀등제"라 했다.

왕욱은 집안과 별택(別宅)의 여인들을 단속하면서 잘못을 승복하지 않는 자가 있으면, 새끼줄로 음부를 묶고 장사(壯士)로 하여금 댓가지로 치게 했는데, 그 지독한 고통은 참을 수 없을 정도였다. 한번은 한 여인을 거꾸로 매달아 머리카락에 돌을 매달고서 그녀에게 장안현위(長安縣尉) 방

---

71) 인두나찰(人頭羅刹) : 사람 머리를 한 나찰. 나찰은 소 머리에 사람 손을 가진 불교의 악귀 가운데 하나다.
72) 귀면야차(鬼面夜叉) : 귀신 얼굴을 한 야차. 야차는 하늘을 날아다니며 사람을 잡아먹고 해를 입힌다는 잔인한 귀신으로, 불법을 수호하는 여덟 신장(神將)인 팔부중(八部衆) 가운데 하나이기도 하다.

항(房恒)과 간통했음을 인정하라고 했는데, 그녀는 사흘이 지나도 승복하지 않았다. 그 여인이 말했다.

"시어사가 이처럼 악독하니, 내가 죽으면 반드시 저승에 하소연할 것이고, 만약 궁으로 들어가게 된다면 반드시 주상께 아뢸 것이오. 끝까지 당신을 놓아주지 않을 것이오!"

왕욱은 부끄럽고 두려워서 미:부끄럽고 두려워할 줄을 아니 그래도 내준신(來俊臣)의 무리보다는 낫다. 그녀를 풀어 주었다.

監察御史李嵩・李全交, 殿中王旭, 京師號爲"三豹", 嵩爲赤豹, 交爲白額豹, 旭爲黑豹. 每訊囚, 必鋪棘臥肉, 削竹簽指, 方梁壓髁, 碎瓦搘膝. 遣作"仙人獻果"・"玉女登梯"・"犢子懸拘"・"驢兒拔橛", 上麥索, 下闢單. 肆情鍛煉, 證是爲非, 任意指麾, 傅空爲實. 京人相要, 作咒曰:"若違心負敎, 橫遭三豹." 其毒害如此.

評:按, 李全交號"人頭羅刹", 王旭號"鬼面夜叉". 凡訊囚, 引枷向前, 名爲"驢駒拔橛", 縛枷着樹, 名曰"犢子懸拘", 兩手捧枷, 累磚於上, 名曰"仙人獻果", 立高木之上, 枷柄向後拗之, 名曰"玉女登梯".

王旭括宅中及別宅女婦, 有不承者, 以繩勒其陰, 令壯士彈竹擊之, 酸痛不可忍. 嘗倒懸一女婦, 以石縋其髮, 遣證與長安尉房恒姦, 經三日不承. 女婦曰:"侍御如此苦毒, 兒死, 必訴冥司, 若配入宮, 必申於主上. 終不相放!" 旭慚懼, 眉:曉得慚懼, 猶勝來俊臣輩. 乃捨之.

* 이 고사는 《태평광기》 권268 〈혹포・경사삼표(京師三豹)〉, 〈이전교(李全交)〉, 〈왕욱(王旭)〉에 실려 있다.

33-18(0860) 사우

사우(謝祐)

출《조야첨재》

    검부도독(黔府都督) 사우는 흉악하고 음험하고 잔인하고 악독했다. [당나라] 측천무후(則天武后) 때 조왕(曹王: 이명)73)을 검중(黔中)으로 옮겨 가게 했는데, 사우가 그를 위협하며 말했다.

    "폐하께서 자결하라는 칙명을 내리셨는데, 내가 직접 칙명을 받들어 이 일을 처리하고 있으니, 더 이상 다른 칙명은 없을 것이오."

    조왕은 두려워서 목을 매 죽었다. 후에 사우는 평각(平閣) 위에서 비첩(婢妾) 10여 명과 함께 자고 있었는데, 밤에 아무도 모르게 자객이 사우의 목을 베어 갔다. 후에 조왕의 집안이 망하자 재산을 장부에 기록해 몰수할 때 옻칠한 사

---

73) 조왕(曹王): 이명(李明, ?~682). 당나라의 종실로, 태종의 열넷째 아들이다. 정관(貞觀) 21년(647)에 조왕에 봉해졌고, 양주도독(梁州都督)과 괵주(虢州)·채주(蔡州)·소주(蘇州)자사를 지냈다. 영륭(永隆) 원년(680)에 폐태자(廢太子) 이현(李賢)과 밀통했다가 영릉군왕(零陵郡王)으로 강등되고 검주(黔州)로 유배되었다. 영순(永淳) 원년(682)에 측천무후의 뜻에 따라 도독 사우의 강요로 자살했다.

우의 머리가 나왔는데, 그 위에 "사우"라는 글자가 적혀 있었고 요강으로 쓰였다. 그제야 비로소 조왕의 아들이 자객을 시켜 사우를 죽인 것임을 알게 되었다.

黔府都督謝祐, 兇險忍毒. 則天朝, 徙曹王於黔中, 祐嚇云: "賜自盡, 祐親奉進止, 更無別敕." 王怖而縊死. 後祐於平閣上臥, 婢妾十餘人同宿, 夜不覺刺客截祐首去. 後曹王破家, 簿錄事得祐首, 漆之, 題"謝祐"字, 以爲穢器. 方知王子令刺客殺之.

* 이 고사는《태평광기》권268〈혹포·사우〉에 실려 있다.

33-19(0861) 성왕 이천리

성왕천리(成王千里)

출《조야첨재》

당(唐)나라의 성왕 이천리(李千里)74)는 영남안무토격사(嶺南安撫討擊使)로 있을 때, 길이가 8~9척에 달하는 커다란 뱀을 잡아서 밧줄로 뱀의 입을 동여맨 다음 문턱 아래에 가로로 놓아두었다. 그는 주현(州縣)에서 자신을 알현하러 오는 자가 있으면 문 안으로 들어오라고 명했는데, 들어가는 사람은 곧장 앞만 보고 갈 줄 알았지 위아래를 쳐다보지 않았으므로 뱀을 밟고 놀라서 겁에 질려 엎어졌다. 그러면 뱀이 그 사람을 칭칭 감았다가 한참이 지난 후에 풀어 주었는데, 성왕은 그것을 웃음거리로 삼았다. 미 : 잔인한 희롱이다. 또한 성왕은 거북과 자라를 잡아서 사람의 옷을 벗기게 한 다음 그것들을 풀어놓아 그 사람의 몸을 물게 했는데, 거북

---

74) 이천리(李千里, 646~707) : 당나라의 종실로, 태종의 손자이자 오왕(吳王) 이각(李恪)의 장자다. 측천무후가 집권했을 때 명철보신(明哲保身)해 결국 화를 면할 수 있었으며, 측천무후로부터 '천리'라는 이름을 하사받았다. 경룡(景龍) 원년(707)에 절민 태자(節愍太子)를 따라 정변에 참여했다가 실패해 살해되었다.

과 자라는 한번 물면 죽을 때까지 끝내 놓아주려 하지 않았다. 물린 사람의 고통스러운 비명은 말로 표현할 수 없을 정도였다. 성왕은 희첩(姬妾)들과 함께 그것을 구경하며 즐거운 놀이로 삼았다. 그런 후에 대나무로 거북과 자라의 입을 찌르면 그제야 거북과 자라는 대나무를 물면서 사람을 놓아주었으며, 또 자라의 등에 쑥으로 뜸을 뜨면 자라가 아픈 나머지 입을 벌렸다. 이렇게 한번 놀란 사람들은 모두 넋을 잃고 죽을 때까지 정상으로 돌아오지 못했다.

唐成王千里使嶺南, 取大蛇長八九尺, 以繩縛口, 橫於門限之下. 州縣參謁者, 呼令入門, 但知直視, 無復瞻仰, 踏蛇而驚, 惶懼僵仆. 被蛇繞數匝. 良久解之, 以爲戲笑. 眉 : 虐謔. 又取龜及鼈, 令人脫衣, 縱龜等嚙其體, 終不肯放, 死而後已. 其人酸痛號呼, 不可復言. 王與姬妾共看, 以爲玩樂. 然後以竹刺龜等口, 遂嚙竹而放人, 又艾灸鼈背, 灸痛, 乃放口. 人被驚者皆失魂, 至死不平復矣.

* 이 고사는 《태평광기》 권268 〈혹포·성왕천리〉에 실려 있다.

33-20(0862) 양양의 표본 절도사

양양절도(襄樣節度)

출《국사보》

양양(襄陽) 사람들은 칠기를 잘 만들어서 천하 사람들이 표본으로 삼았는데, 이를 "양양(襄樣: 양양의 양식)"이라 했다. 우 사공[于司空: 우적(于頔)]이 이곳의 절도사(節度使)가 되었는데 매우 포악했으며, 정원(鄭元)이 하중(河中)을 진수했는데 역시 포악했기에, 원근에서 정원을 "양양절도(襄樣節度: 양양을 본받은 절도사)"라고 불렀다.

襄陽人善爲漆器, 天下取法, 謂之"襄樣". 及于司空爲帥, 多暴, 鄭元鎭河中, 亦暴, 遠近呼爲"襄樣節度".

* 이 고사는 《태평광기》 권269 〈혹포·양양절도〉에 실려 있다.

33-21(0863) 사모

사모(史牟)

출《국사보》

사모는 소금 전매(專賣)를 관리했는데, 열 살 남짓한 외조카가 염전을 순찰하는 사모를 따라갔다가 소금 한 덩이를 주워 가지고 돌아갔다. 사모는 그 사실을 알고 즉시 외조카를 곤장 쳐 죽였다. 그의 누나가 울면서 아들을 구하려 했으나 이미 때는 늦었다.

史牟方榷鹽, 有外甥十餘歲, 從牟檢畦, 拾鹽一顆以歸. 牟知, 立杖殺之. 其姊哭救, 已不及矣.

* 이 고사는 《태평광기》 권269 〈혹포·사모〉에 실려 있다.

33-22(0864) 안도진

안도진(安道進)

출《옥당한화》

하동(河東) 사람 안도진은 바로 옛 운주자사(雲州刺史) 안중패(安重霸)의 막냇동생으로 성격이 흉악하고 음험했다. 그는 [오대 후당] 장종(莊宗)이 아직 즉위하지 않았을 때 그 휘하에서 소교(小校)가 되었는데, 늘 검을 차고 호위대에 들어 있었다. 그가 어느 날 문득 검을 뽑아 들고 매만지면서 사람들에게 말했다.

"이 검은 종을 쪼개고 옥을 자를 수 있으니, 누가 감히 내 검의 예봉을 감당하겠소?"

옆에 있던 한 사람이 말했다.

"이게 무슨 날카로운 무기라도 된다고 그렇게 터무니없는 과장을 하시오? 만약 내가 목을 내밀고 그 검을 받는다면 어찌 단번에 잘라 낼 수나 있겠소?"

안도진이 말했다.

"정말로 목을 내밀 수 있겠소?"

그 사람이 농담이라 여기고 목을 내밀고 앞으로 갔더니, 안도진은 단번에 검을 휘둘러 그 사람의 목을 잘라 버렸다.
미 : 잘못은 목을 내민 자에게 있다. 옆에 있던 사람들은 모두 놀

라 자빠졌다. 안도진은 검을 지니고 밤낮으로 남쪽으로 도망가서 양주(梁主 : 후량 태조 주온)에게 몸을 맡겼는데, 양주는 그를 장하다고 여겨 회수(淮水) 수비대에 배치해 주었다. 하루는 안도진이 창고를 담당하는 관리에게 말했다.

"옛사람은 일곱 겹의 갑옷미늘을 뚫으면 뛰어나다고 했는데, 내 화살촉은 열 겹의 갑옷미늘을 뚫을 수 있소."

그 관리가 안도진을 깔보며 말했다.

"만약 내가 가슴을 열어젖히고 기다린다면 내 배를 뚫을 수 있겠소?"

안도진이 말했다.

"감히 가슴을 열어젖힐 수 있겠소?"

그 관리가 즉시 가슴을 열어젖히자 안도진이 단발에 그의 숨통을 끊었는데, 날카로운 화살촉이 곧장 몸을 통과해서 담벼락에 꽂혔다. 미 : 잘못은 가슴을 열어젖힌 자에게 있다. 안도진은 개 한 마리와 여종 한 명을 키우고 있었는데, 그들을 데리고 남쪽으로 도망갔다. 낮에는 갈대 속에 엎드려 있다가 밤에는 별을 보며 숨어 다녔다. 또 때때로 눈에서 나오는 신령한 광채를 보고 점을 쳤는데, 빛이 많이 나오는 쪽이 길한 방향이었다. 그는 이미 복기술(伏氣術)75)에 능한 상태여

---

75) 복기술(伏氣術) : 도교의 양생법 가운데 하나인 복식술(服息術)을

서 마침내 음식을 끊었다. 얼마 후에 강호(江湖)에 도착하자, 회수(淮帥 : 회남절도사)가 그를 찾아 비장(裨將 : 부장)으로 발탁하고 풍부한 재물을 내려 주었다. 당시 그의 형 안중패는 촉(蜀 : 전촉)을 섬겨 또한 열교(列校)로 있었는데, 동생이 오(吳) 지방에 있다는 말을 듣고 촉주(蜀主 : 전촉 고조 왕건)에게 알렸다. 촉주는 그 뜻을 가상히 여겨 한 사람을 보내 그를 불러들였다. 안도진은 촉에 도착해서 또한 주장(主將)이 되었으며, 후에 병사를 이끌고 천수영(天水營) 장도현(長道縣)을 수비했다. 안중패가 초토마보사(招討馬步使)로 있을 때 현의 백성 중에 사랑하는 자식을 안도진에게 맡긴 사람이 있었는데, 안도진은 그를 "청자(廳子)"라고 불렀다. 한번은 안도진이 막 문밖으로 나가려는데 청자가 우연히 안도진의 침실 앞을 지나갔다. 안도진은 청자를 의심하고 대노해 그의 허리를 베어 우물에 던져 버렸다. 미 : 잘못은 침실 앞을 지나간 자에게 있다. 청자의 집에서 안중패를 찾아가 호소하자, 안중패는 안도진을 초토사(招討使) 왕 공[王公 : 왕건(王建)]에게 압송했다. 왕 공은 차마 그를 죽이지 못하고 표문을 올려 살려 주었다. 안도진은 자신의 큰형[안중패]에게 유감을 품고 그의 가족을 해치려 했기에, 형의 집

말한다.

에서는 문을 닫아걸고 방비했다. 촉이 망한 후에 안도진이 동쪽으로 돌아오자, [후당] 명종(明宗)은 그를 제주마보군도지휘사(諸州馬步軍都指揮使)에 보임했다. 나중에 그는 잘못을 저질러 등에 채찍을 맞고 죽었다. 미: 이것은 그 잘못이 안도진에게 있다.

河東安道進, 卽故雲州帥重霸季弟也, 性兇險. 莊宗潛龍時, 爲小校, 常佩劍列於翊衛. 忽一日, 拔而玩之, 謂人曰: "此劍可以刜鍾切玉, 孰敢當吾鋒鋩?" 傍一人曰: "此何利器, 妄此夸譚? 假使吾引頸承之, 安能快斷乎?" 道進曰: "眞能引頸乎?" 此人以爲戲言, 乃引頸而前, 遂一揮而斷, 眉: 罪在引頸者. 傍人皆驚散. 道進携劍, 日夜南馳, 投於梁主, 梁主壯之, 俾隷淮之鎭戌. 一日謂掌庚吏曰: "古人謂洞七札爲能, 吾之銛鏃, 可徹十札." 吏輕之曰: "使我開襟俟之, 能徹吾腹乎?" 安曰: "試敢開襟否?" 吏卽開其襟, 道進一發殪之, 刺鏃徑過, 植於牆上. 眉: 罪在開襟者. 安蓄一犬一婢, 遂摰而南奔. 晝則伏蘆荻中, 夜則望星斗而竄. 又時看眼中神光, 光多處爲利方. 旣能伏氣, 遂絶粒. 經時抵江湖間, 淮帥得之, 擢爲裨將, 賜與甚豊. 時兄重霸事蜀, 亦爲列校, 聞弟在吳, 乃告蜀主. 主嘉其意, 發一介招之. 迨至蜀, 亦爲主將, 後領兵戌於天水營長道縣. 重霸爲招討馬步使, 縣民有愛子, 託之於安, 命之曰"廳子". 道進適往戶外, 廳子偶經行於寢之前. 安疑之, 大怒, 遂腰斬而投於井. 眉: 罪在行寢前者. 其家號訴於霸, 傳送招討使王公. 王公不忍加害, 表救活之. 及憾其元昆, 又欲害其家族, 兄家閉戶防之. 蜀破, 道進東歸, 明宗補爲諸州馬步軍都指揮使. 後有過, 鞭背卒. 眉: 此則罪在道進.

* 이 고사는 《태평광기》 권269 〈혹포・안도진〉에 실려 있다.

권34 권행부(權幸部) 첨녕부(謟佞部)

권행(權幸)

34-1(0865) 장역지 형제

장역지 형제(張易之兄弟)

출《조야첨재》

　장역지 형제는 부귀를 뽐내며 거만했으며, 그들이 강탈한 장원·노비·희첩(姬妾)은 이루 셀 수 없을 정도였다. 장창기(張昌期)는 만년현(萬年縣)의 거리를 가다가 한 여인을 만났는데, 그 여인의 남편은 아이를 안고 그녀를 따라가고 있었다. 장창기가 말채찍으로 그 남자의 두건을 벗기자 그의 아내가 욕을 했더니, 장창기가 하인을 돌아보며 말했다.

　"저 여자를 말에다 실어 데려와라."

　남편이 억울함을 호소하는 소장을 서너 번 올렸지만 장창기는 그의 아내를 내주지 않았다. 장창기는 그 남자를 만년현으로 잡아가서 다른 죄로 무고해 사형에 처하게 했다. 장창의(張昌儀)는 늘 사람들에게 말했다.

　"대장부라면 마땅히 이와 같아야 한다. 지금은 1000명이 나를 밀어도 넘어뜨릴 수 없고, 내가 죽은 후에는 만 명이 나를 들어도 일으킬 수 없을 것이다."

　얼마 후에 그들의 악행이 탄로 나서 형제가 모두 참수되었다.

　장창의가 낙양현령(洛陽縣令)이 되었는데, 형 장역지의

권세를 업고 있었으므로 속관들 중에 그를 따르지 않는 자가 없었으며 그 위세가 대단했다. 한번은 성이 설씨(薛氏)인 한 사람이 황금 50냥을 가져와서 그것을 가린 채 장창의에게 바쳤다. 장창의는 황금을 받으면서 장계도 함께 받았다가 조정에 가서 천관시랑(天官侍郎 : 이부시랑) 장석(張錫)에게 그 장계를 주었다. 미 : 정말 대담하다. 그런데 장석이 며칠 후에 그 장계를 잃어버려서 장창의에게 물었더니 장창의가 말했다.

"나도 기억이 나지 않으니, 성이 설씨인 사람이 있으면 벼슬을 주시오."

장석이 인사 서류를 살펴보니 성이 설씨인 자가 60여 명이나 되었는데, 그들에게 모두 벼슬을 주었다. 그 부패한 정치가 이와 같았다.

張易之兄弟驕貴, 强奪莊宅·奴婢·姬妾不可勝數. 昌期於萬年縣街內行, 逢一女人, 婿抱兒相逐. 昌期馬鞭撥其頭巾, 女婦罵之, 昌期顧謂奴曰 : "橫馱將來." 婿投匭三四狀, 並不出. 昌期捉送萬年縣, 誣以他罪, 決死之. 昌儀常謂人曰 : "丈夫當如此. 今時千人推我不能倒, 及其敗也, 萬人擎我不能起." 俄而事敗, 兄弟俱斬.
昌儀爲洛陽令, 借易之權勢, 屬官無不允者, 鼓聲動. 有一人姓薛, 賫金五十兩, 遮而奉之. 儀領金, 受其狀, 至朝堂, 付天官侍郎張錫. 眉 : 好大膽. 數日失狀, 問儀, 儀曰 : "我亦不記得, 但有姓薛者卽與." 錫檢案內姓薛者六十餘人, 並與官. 其蠹政若此.

* 이 고사는 《태평광기》 권263 〈무뢰(無賴) · 장역지형제〉, 권243 〈탐(貪) · 장창의(張昌儀)〉에 실려 있다.

34-2(0866) 괵국부인

괵국부인(虢國夫人)

출《명황잡록(明皇雜錄)》

양귀비(楊貴妃)의 언니인 괵국부인은 은총을 받음이 한 시대의 으뜸이었으며, 저택의 성대함은 온 조정 신하 중에서 견줄 만한 사람이 없었다. 그녀가 살던 곳은 위 부사[韋副使 : 위사립(韋嗣立)]의 옛 저택이었다. 그 전에 위씨(韋氏 : 위사립)의 아들들이 한낮에 집 안에서 누워 쉬고 있을 때, 누런 비단 치마와 적삼을 입은 어떤 부인이 갑자기 당도해 보련(步輦)에서 내렸는데, 그 옆에 수십 명의 시녀들이 있었다. 괵국부인은 태연자약하게 웃으면서 위씨의 아들들에게 말했다.

"듣자 하니 이 저택을 팔려고 한다던데 그 값이 얼마인가?" 미 : 난데없이 찾아와 제멋대로 권세를 부리는 것이 짝할 자가 없다.

위씨의 아들들이 말했다.

"선친의 옛집인지라 차마 떠날 수 없습니다."

그 말이 채 끝나기도 전에 일꾼 수백 명이 동쪽 행랑과 서쪽 행랑에 올라가 기와와 목재를 거둬 냈다. 위씨의 아들들은 가동을 데리고 금(琴)과 서책만 들고 길에 나앉았다. 괵국부인은 위씨의 아들들에게 10여 무(畝)가량의 모퉁이 땅만 남겨 주었으며, 그 저택에 대해서는 한 푼도 보상해 주지 않았다. 괵국부인은 중당(中堂)이 완성된 후, 장인에게 300만 전을 품삯으로 주었으며, 거기다가 황금 잔과 벽옥(碧玉) 세 말을 상으로 주었다. 나중에 폭풍으로 나무가 뽑혀 그 중당 위를 덮쳤는데, 부서진 곳이 거의 없었다. 그래서 기와를 걷어 내고 살펴보았더니 모두 나무 기와로 받쳐져 있었다. 그 정교하고 치밀하게 제작된 것이 모두 이와 같았다.

楊貴妃姊號國夫人, 恩寵一時, 棟宇之盛, 擧朝無與比. 所居韋副使舊宅. 韋氏諸子方午偃息於堂廡間, 忽見婦人衣黃羅帔衫, 降自步輦, 有侍婢數十人. 笑語自若, 謂韋氏諸子曰: "聞此宅欲貨, 其價幾何?" 眉: 突如其來, 豪橫無匹. 韋氏曰: "先人舊廬, 所未忍捨." 語未畢, 有工數百人, 登東西廂, 撤其瓦木. 韋氏諸子乃率家童, 挈其琴書, 委於路中. 而授韋氏隙地十數畝, 其宅一無所酬. 虢國中堂旣成, 酬匠三百萬, 而復以金盞瑟瑟三斗爲賞. 後曾有暴風拔樹, 委其堂上, 略無所傷. 旣撤瓦以觀之, 皆乘以木瓦. 其制作精緻, 皆此類.

* 이 고사는 《태평광기》 권236 〈사치(奢侈)·괵국부인〉에 실려 있다.

34-3(0867) 왕준

왕준(王準)

출《명황잡록》

왕홍(王鉷)의 아들 왕준은 위위소경(衛尉少卿)이 되어 궁중을 출입했는데, 투계(鬪鷄)의 재능으로 황제를 측근에서 모셨다. 당시 이임보(李林甫)가 바야흐로 권세를 잡고 있었는데, 그의 아들 이수(李岫)가 장작감(將作監)이 되어 역시 황궁의 내실을 드나들었다. 이수는 늘 왕준에게 모욕을 당했지만 감히 한마디 말도 하지 못했다. 어느 날 아침에 왕준은 자신의 수하들을 모두 이끌고 부마(駙馬)인 왕요(王瑤)의 사저에 들렀다. 왕요는 자욱하게 먼지를 일으키며 오는 왕준을 보고 급히 달려가서 절했는데, 왕준은 탄궁(彈弓)을 쏘아 왕요가 쓴 관의 윗부분을 명중시켜 그의 옥잠(玉簪)을 부러뜨리고는 웃으면서 즐거워했다. 결국 왕요는 술자리를 마련하고 음악을 연주해 왕준을 대접했으며, 영목 공주(永穆公主)가 친히 음식을 장만했는데, 영목 공주는 바로 황제의 장녀로 어질고 효성스러우며 단아하고 정숙해서 황제가 특별히 총애했다. 왕준이 떠난 후에 어떤 사람이 왕요에게 말했다.

"쥐새끼 같은 놈이 비록 아비의 권세에 의지하고 있지만,

장공주(長公主 : 영목 공주)는 황제께서 총애하시는 따님이니, 당신이 공주께 [직접 음식을 준비하게 해서] 혹여 소홀히 대한다면 황제께서 어찌 언짢아하지 않으시겠습니까?"

그러자 왕요가 말했다.

"천자께서 노하시는 것은 두렵지 않지만, 목숨이 칠랑(七郎)에게 달려 있으니 어찌 감히 그렇게 하지 않을 수 있겠소?"

당시 사람들은 대부분 왕준을 "칠랑"이라고 불렀다. 왕준이 제멋대로 권세를 부려 사람들이 두려워한 것이 이와 같았다.

王珙¹之子準爲衛尉少卿, 出入宮中, 以鬭鷄侍帝左右. 時李林甫方橫, 子岫爲將作監, 亦入侍帷幄. 岫常爲準所侮, 而不敢發一言. 一旦, 準盡率其徒, 過駙馬王瑤私第. 瑤望塵趨拜, 準挾彈, 命中於瑤巾冠之上, 因折其玉簪, 以爲笑樂. 遂致酒張樂, 永穆公主親御匕, 公主卽帝之長女也, 仁孝端淑, 帝特所鍾愛. 準旣去, 或謂瑤曰: "鼠輩雖恃其父勢, 然長公主, 帝愛女, 君待之或闕, 帝豈不介意耶?" 瑤曰: "天子怒, 無所畏, 但性命繫七郎, 安敢不爾?" 時人多呼準爲"七郎". 其勢橫爲人所畏如此.

* 이 고사는 《태평광기》 권188 〈권행·왕준〉에 실려 있다.

1 공(珙): 《명황잡록(明皇雜錄)》과 《신당서(新唐書)》 권134 〈왕홍전(王鉷傳)〉에는 "홍(鉷)"이라 되어 있는데 타당하다.

34-4(0868) 이임보

이임보(李林甫)

출《명황잡록》

 장구령(張九齡)은 재상의 지위에 있으면서 오랫동안 거리낌 없는 직언으로 황제[현종]의 심기를 거슬렀다. 이임보는 당시 장구령과 동렬이 되었는데, 황제를 알현하길 청해 장구령이 조정을 비방했다고 진언했다. 그때는 바야흐로 가을철이었는데, 황제는 고역사(高力士)에게 명해 백우선(白羽扇)[76]을 장구령에게 하사하면서 백우선에 자신의 뜻을 담았다. 장구령은 황공해하며 부(賦)를 지어 바쳤다. 또 〈귀연시(歸燕詩)〉를 지어 이임보에게 주었는데 그 시는 이러했다.

 "바다제비는 어찌 저리도 작은 몸으로, 봄바람을 타고 또 어느새 날아오는가? 어찌 진흙이 천한 것임을 알겠는가? 그저 옥당(玉堂)이 열려 있는 것만 볼 뿐이네. 수놓은 문에 이따금 짝지어 날아들고, 화려한 저택을 하루에 몇 번씩 드나드나? 남들과 다투려는 마음 없으니, 송골매와 새매는 의심하지 마시라."

---

76) 백우선(白羽扇) : 가을 부채. 가을에는 부채가 필요하지 않으므로 신하에게 이것을 하사하면 은퇴를 권유하는 뜻이 된다.

이임보는 그 시를 읽고 장구령이 반드시 조정에서 물러날 것임을 알았으므로 그에게 품었던 화를 조금 풀었다. 장구령과 배요경(裴耀卿)이 파면되던 날에 중서성(中書省)에서부터 월화문(月華門)까지 백관이 늘어서 있었는데, 두 사람은 몸을 굽혀 겸손해했지만 이임보는 그중에 있으면서 거드름을 떨며 득의만만했다. 그 광경을 본 사람들은 독수리 한 마리가 토끼 두 마리를 옆에 끼고 있는 꼴이라고 수군거렸다.

현종(玄宗)이 근정루(勤政樓)에서 연회를 열었는데, 그 아래 동네에는 사람이 살지 않았다. 현종은 연회가 끝난 후에도 주렴을 드리운 채 구경하고 있었는데, 병부시랑(兵部侍郞) 노현(盧絢)은 현종이 이미 궁궐로 돌아갔다고 생각해서 채찍을 들고 고삐를 당기며 근정루 아래를 누비고 다녔다. 노현은 고상한 기품으로 칭송받았는데, 게다가 풍모까지 맑고 준수했다. 현종은 그 모습을 보자마자 자기도 모르게 눈길을 주다가 좌우 신하에게 물었다.

"저 사람은 누구인가?"

측근 신하가 노현이라고 대답하자 현종은 그의 온화한 도량을 크게 칭찬했다. 당시 이임보는 바야흐로 권세를 믿고 능력 있는 자를 시기했는데, 현종 측근의 총신(寵臣)에게 모두 후한 뇌물을 먹였다. 이 때문에 이임보는 현종의 동정에 대해 모르는 것이 없었다. 다음 날 이임보는 노현을 화주자사(華州刺史)로 내보냈다가 한 달도 되기 전에 그가 병들었다고 무고해서 쫓아냈다.

평 : 이임보는 강교(姜皎)의 외조카이고 양국충(楊國忠)은 장역지(張易之)의 외조카인데 제멋대로 권세를 부리는 것이 대략 서로 비슷하니, 외조카가 외삼촌을 닮은 것이 확실하도다!

張九齡在相位, 久以謇諤忤帝意. 李林甫時爲同列, 乃因請見, 屢陳九齡誹謗. 於時方秋, 帝命高力士持白羽扇以賜, 將寄意焉. 九齡惶恐, 因作賦以獻. 又爲〈歸燕詩〉以貽林甫, 其詩曰:"海燕何微眇, 乘春亦暫來? 豈知泥滓賤? 祗見玉堂開. 繡戶時雙入, 華軒日幾回? 無心與物競, 鷹隼莫相猜." 林甫覽之, 知其必退, 恚怒稍解. 九齡洎裴耀卿罷免之日, 自中書至月華門, 將就班列, 二人鞠躬卑遜, 林甫處其中, 抑揚自得. 觀者竊謂一雕挾兩兔.
玄宗宴於勤政樓, 下巷無居人. 宴罷, 帝猶垂簾以觀, 兵部侍郎盧絢謂帝已歸宮掖, 垂鞭按轡, 橫縱樓下. 絢負文雅之稱, 而復風標清粹. 帝一見, 不覺目送之, 問左右曰:"誰?" 近臣以絢對, 帝亟稱其蘊藉. 時林甫方恃權忌能, 帝之左右寵倖, 皆入重賄. 由是帝之動靜, 無不知之. 翌日, 出絢爲華州刺史, 不旬月, 誣其有疾, 廢之.
評 : 李林甫是姜皎外甥, 楊國忠是張易之外甥, 其權橫皆略相似, 外甥似舅, 洵哉!

* 이 고사는《태평광기》권188〈권행·이임보〉,〈노현(盧絢)〉에 실려 있다.

34-5(0869) 어조은

어조은(魚朝恩)

출《두양잡편(杜陽雜編)》

    어조은은 권력을 전횡하며 기세를 부렸는데, 공경들이 감히 그를 쳐다보지도 못했다. 재상이 간혹 정사를 결정할 때 그 논의에 참여하지 않으면 어조은은 눈을 흘기며 말했다.

    "천하의 일이 나를 통하지 않을 수 있소?"

    이에 황제는 그를 꺼렸다. 어조은의 막내아들인 어영휘(魚令徽)는 열네댓 살 때 처음으로 내전(內殿)에서 황문급사(黃門給事)가 되었다. 황제는 어조은 때문에 그에게 특별히 녹복(綠服 : 7품관 이상이 입는 관복)을 하사했다. 얼마 지나지 않았을 때 동렬(同列)의 황문급사 중에서 어영휘보다 지위가 높은 자들이 순서대로 서면서 그의 팔을 잘못 건드리자, 그는 급히 집으로 돌아가서 어조은에게 자신의 반차(班次)가 아래에 있기 때문에 동렬에게 무시당했다고 고했다. 어조은은 노하더니 다음 날 황제 앞에서 아뢰었다.

    "신의 막내아들 영휘는 지위가 다른 동료들보다 낮으니, 원컨대 폐하께서 특별히 금장(金章 : 3품관 이상이 차는 인장)을 하사하시어 그 등급을 올려 주십시오."

그러고는 비복(緋服 : 5품관 이상이 입는 관복)은 말하지도 않고 곧장 자복(紫服 : 3품관 이상이 입는 관복)을 요청했다. 황제가 아직 말하기도 전에 어조은은 이미 담당 관리에게 자복을 가져오게 했고, 어영휘는 즉시 어전에서 감사를 올렸다. 황제는 비록 불가하다는 것을 알고 있었지만, 억지로 어조은에게 말했다.

"경의 아들이 입은 장복(章服)77)이 잘 어울리오."

魚朝恩專權使氣, 公卿不敢仰視. 宰臣或決政事, 不預謀者, 則睚眦曰: "天下事不由我乎?" 於是帝惡之. 而朝恩幼子令徽, 年十四五, 始給事內殿. 帝以朝恩故, 特賜綠. 未幾, 同列黃門位居令徽上者, 因敘立, 誤觸令徽臂, 乃馳歸, 告朝恩, 以班次居下, 爲同列所欺. 朝恩怒, 翌日於帝前奏曰: "臣幼男令徽, 位居衆僚之下, 願陛下特賜金章, 以超其等." 不言其緋而便求紫. 帝猶未語, 而朝恩已令所司捧紫衣而至, 令徽卽謝於殿前. 帝雖知不可, 彊謂朝恩曰: "卿男著章服大稱."

* 이 고사는《태평광기》권188〈권행·어조은〉에 실려 있다.

---

77) 장복(章服) : 일월성신 등의 그림을 수놓은 예복(禮服). 도안 하나를 1장(章)이라고 하는데, 천자는 12장, 신하들은 품계에 따라 9·7·5·3장을 수놓았다. 일반적으로 관복(官服)을 말한다.

34-6(0870) 원재

원재(元載)

출《유한고취》

　　원재가 중서성(中書省)에 있을 때 한 친척 어른이 선주(宣州)로부터 가산(家産)을 처분하고 그에게 의지하러 와서 벼슬자리 하나를 구했다. 원재는 불가하다고 생각했지만 하북(河北)의 관리에게 보내는 편지 한 통을 그에게 들려 보냈다. 친척 어른은 편지를 들고 섭섭해하면서 떠났다. 그는 유주(幽州)에 도착하고 나서 생각해 보니, 가산을 처분하고 왔다가 달랑 편지 한 통만 얻었지만 편지의 내용이 만약 간절하다면 아직 희망이 있을 수도 있다고 하면서, 편지를 뜯어보았더니 한마디 말도 없이 그저 서명만 적혀 있을 뿐이었다. 그는 크게 후회하고 화를 내면서 돌아가려 했지만, 이미 수천 리 길을 왔으니 일단 관리를 찾아가 보기로 했다. 관리가 물었다.

　　"상공(相公 : 원재)의 친척 어른이시라니 혹시 서신은 없습니까?"

　　그가 말했다.

　　"있습니다."

　　판관(判官)이 크게 놀라더니 즉시 알자(謁者)에게 명해 상부에 아뢰게 했다. 잠시 후 한 대교(大校)가 상자를 가지고 오더니 다시 편지를 달라고 했다. 대교는 편지를 상자에 넣고 나서 그를 상급 숙소에서 몇 달 동안 머물게 했으며, 그가 작별하고 떠날 때 비단 1000필을 주었다.

또 원재의 아들인 원백화(元伯和)는 그 권세가 조정 안팎을 기울일 정도였다. 복주관찰사(福州觀察使)가 그에게 가기(歌妓) 10명을 보냈는데, 그들이 도성에 도착한 후 반년이 지나도록 원백화에게 보낼 수 없었다. 복주관찰사의 사자는 원백화의 집을 자주 출입하는 자를 엿보았는데, 그중에서 비파를 연주하는 강곤륜(康昆侖)이 가장 친숙했기에 그에게 후한 예물을 주고 가기를 보내게 해 달라고 부탁했다. 가기를 보내고 난 후에 원백화는 한번 연주해 보라고 하더니 그들을 모두 강곤륜에게 주었다. 미: 악곡을 만들게 한 것이다. 이전에 비파 연주에 뛰어난 단 화상(段和尙)이 스스로 〈서량주(西梁州)〉라는 악곡을 만들었을 때 강곤륜이 그것을 가르쳐 달라고 청했으나 가르쳐 주지 않았는데, 이때에 이르러 그 악곡의 절반을 강곤륜에게 주어서 전하게 되었다. 지금의 〈양주(梁州)〉라는 곡조가 바로 그것이다.

元載在中書, 有丈人自宣州貨所居來投, 求一職事. 載度其不可, 贈河北一函書而遣之. 丈人持書, 怏怏而去. 既至幽州, 念破産而來, 止得一書, 書若懇切, 猶可望, 乃拆視之, 更無一詞, 唯署名而已. 大悔怒, 欲回, 念已行數千里, 試謁院寮. 院寮問: "旣是相公丈人, 豈無緘題?" 曰: "有." 判官大驚, 立命謁者上白. 斯須, 乃有大校持箱, 復請書. 書旣入, 館之上舍, 留連積月, 及辭去, 奉絹一千匹.

又元載子伯和, 勢傾中外. 福州觀察使寄樂妓十人, 旣至, 半歲不得送. 使者窺伺門下出入頻者, 有琵琶康崑崙最熟, 厚遺求通. 旣送妓, 伯和一試奏, 盡以遺之. 眉: 作樂. 先有段和尙善琵琶, 自製〈西梁州〉, 崑崙求之不與, 至是以樂之半贈之, 乃傳焉. 今曲調〈梁州〉是也.

* 이 고사는 《태평광기》 권188 〈권행·원재〉에 실려 있다.

34-7(0871) 노암

노암(路岩)

출《옥천자(玉泉子)》

노암은 고식(高湜)과 사이가 좋았는데, 고식이 지공거(知貢擧)가 되고 나서 노암에게 바라는 바를 물었다. 노암은 지난해에 과거를 실시하지 않았기 때문에 10명의 급제자를 추가해 달라고 청하는 상소를 이미 은밀히 올렸는데, 이때에는 고식에게 다섯 명만 얘기했다. 고식은 그 수가 적음을 기뻐하면서 흔연히 그 명을 따랐다. 며칠 지나지 않아서 10명에 대한 조서가 내려왔으나 고식은 그 일을 알지 못했다. 노암이 조서를 들고 웃으며 고식에게 말했다.

"이전에 말한 다섯 명은 시랑(侍郎 : 고식)이 부탁한 것이고, 지금의 10명은 내가 스스로 마련한 것입니다."

고식은 깜짝 놀랐지만 어쩔 수 없이 결국 그 수에 맞추어 급제자 명단을 발표했다.

노암은 서남 지방의 절도사(節度使)로 부임하게 되었는데, 큰길을 열고 지나갈 때 난데없이 기왓장과 돌에 맞았다. 노암이 권경조부사(權京兆府事) 설능(薛能)에게 말했다.

"떠날 때 수고스럽게도 기왓장과 돌로 전송해 주셨군요."

설능이 천천히 수판(手板 : 홀)을 들고 대답했다.

"전례에 따르면 재상이 절도사로 부임할 때 경조부에서 사람을 파견해 호위한 예가 없습니다."

노암은 얼굴에 부끄러운 기색을 띠었다. 처음에 최현(崔鉉)은 노암이 반드시 귀하게 될 것이라고 생각해서 일찍이 말했다.

"노십(路十 : 노암)은 결국 반드시 한자리를 할 것이다."

노암이 감찰어사(監察御史)에서 한림원(翰林院)으로 들어갔을 때, 최현은 아직도 회남(淮南)에 있었는데 그 소식을 듣고 말했다.

"노십이 지금 곧장 한림원으로 들어갔으니 늙어서는 어떻게 되겠는가!"

노암은 모두 최현이 말한 대로 되었다.

평 : 진반수(陳磻叟)가 대궐에 나아가 상서해 당시의 병폐에 대해 진언하길, "신이 청하건대 변감(邊瑊) 한 집안의 재산을 몰수한다면 1~2년의 군비를 넉넉히 충당할 수 있을 것입니다"라고 했다. 황상이 묻길, "변감은 어떤 사람이오?"라고 하자, 진반수가 대답하길, "노암의 심복입니다"라고 했다. 그래서 노암이 노해 진반수를 관적(官籍)에서 제명하고 애주(愛州)로 유배시켰다. 이를 살펴보면 노암의 탐욕과 횡포를 대략 알 수 있다.

路岩與高湜相善, 湜旣知擧, 問岩所欲. 岩以前歲停擧, 已密疏請加十人矣, 至是以五人爲言. 湜喜其數寡, 欣然奉命. 不累日, 十人制下, 湜未知之也. 岩執詔, 笑謂湜曰: "向五人, 侍郎所惠, 今之十人, 某自致也." 湜愕然不得已, 竟依其數放焉.

路岩出鎭坤維也, 開道中衢, 恣爲瓦石所擊. 岩謂權京兆事薛能曰: "臨行勞以瓦礫相餞." 能徐擧手板對曰: "舊例, 宰相出鎭, 府司無例發人衛守." 岩有慚色. 初, 崔鉉以岩爲必貴, 嘗曰: "路十終須與他那一位也." 自監察入翰林, 鉉猶在淮南, 聞之曰: "路十如今便入翰林, 如何到老!" 皆如所言.

評: 陳磻叟詣闕上書, 陳時病曰: "臣請破邊瑊一家, 可贍軍一二年." 上問: "邊瑊何人?" 對曰: "路岩親吏." 岩怒, 除名, 流愛州. 觀此, 則岩之貪橫, 略可見矣.

* 이 고사는 《태평광기》 권188 〈권행·고상(高湘)〉과 〈노암〉, 권265 〈경박(輕薄)·진반수(陳磻叟)〉에 실려 있다.

34-8(0872) 팔사마와 십사호

팔사마 · 십사호(八司馬 · 十司戶)

출《옥천자》

[당나라] 원화(元和) 연간(806~820) 초에 여덟 명의 사마를 축출했는데, 위집의(韋執誼)는 애주(崖州)로, 한태(韓泰)는 건주(虔州)로, 유종원(柳宗元)은 영주(永州)로, 유우석(劉禹錫)은 낭주(朗州)로, 한엽(韓曄)은 요주(饒州)로, 능준(凌準)은 연주(連州)로, 정이(程異)는 유주(柳州)로 폄적되었다. 함통(咸通) 연간(860~874)에 이르러 위보형(韋保衡)과 노암(路岩)이 재상이 되자 자신을 따르지 않는 10명의 사호를 배척했는데, 최항(崔沆)은 순주(循州)로, 이독(李瀆)은 수주(繡州)로, 소구(蕭遘)는 파주(播州)로, 최언융(崔彦融)은 뇌주(雷州)로, 고상(高湘)은 고주(高州)로, 장안(張顔)은 반주(潘州)로, 이황(李貺)은 근주(勤州)로, 두예휴(杜裔休)는 단주(端州)로, 정언지(鄭彦持)는 의주(義州)로, 이조(李藻)는 비주(費州)로 폄적되었다. 이 중에서 수주 · 반주 · 뇌주로 폄적된 세 명은 돌아오지 못했다.

元和初, 黜八司馬, 韋執誼崖州 · 韓泰虔州 · 柳宗元永州 · 劉禹錫朗州 · 韓曄饒州 · 凌準連州 · 程異柳州. 及咸通, 韋保衡 · 路岩作相, 除不附己者十司戶, 崔沆循州 · 李瀆繡州·蕭遘播州·崔彦融雷州·高湘高州·張顔潘州·李貺勤州·杜裔休端州·鄭彦持義州·李藻費州. 內繡州·潘州·雷州三人不回.

* 이 고사는 《태평광기》 권188 〈권행·고상(高湘)〉에 실려 있다.

첨녕(諂佞)

34-9(0873) 조원해

조원해(趙元楷)

출《담빈록》

　　조원해는 교하도행군대총관(交河道行軍大總管)이 되었는데, 당시 후군집(侯君集)이 원수(元帥)로 있었다. 후군집의 말이 병으로 이마에 종기가 생겼는데, 조원해가 손가락으로 그 고름을 찍어 냄새를 맡으면서 후군집에게 아부했다. 조원해는 어사에게 탄핵당해 자사(刺史)로 좌천되었다.

趙元楷爲交河道行軍大總管, 時侯君集爲元帥. 君集馬病顙瘡, 元楷以指沾其膿而嗅之, 以諛君集. 爲御史所劾, 左遷刺史.

* 이 고사는《태평광기》권240〈첨녕·조원해〉에 실려 있다.

34-10(0874) 이교

이교(李嶠)

출《대당신어(大唐新語)》

 [당나라] 장수(長壽) 3년(694)에 측천무후(則天武后)는 천하의 구리 50여만 근, 쇠 130여만 근, 돈 2만 7000관(貫)을 징발해서 정정문(定鼎門) 안에 높이가 90척, 직경이 1장 2척인 팔각 구리 기둥을 주조하고 그 위에 "대주만국술덕천추(大周萬國述德天樞 : 위대한 주나라의 만국의 덕을 보여 주는 천추)"라고 새김으로써, 역성(易姓)혁명의 공을 펼치고 황가(皇家 : 당나라)의 덕을 폄하했다. 천추의 아래에는 철산을 두었는데, 구리로 만든 용이 철산을 지고 있었으며 사자와 기린이 주위를 에워싸고 있었다. 그 위에는 구름 모양의 덮개가 있는데, 덮개 위에는 몸을 휘감아 서리고 있는 교룡(蛟龍)이 화주(火珠)[78]를 떠받치고 있었다. 화주는 높이가 1장이고 둘레가 3장이며 금빛으로 빛나고 있어 광채가 마치 해나 달과 같았다. 무삼사(武三思)가 그것을 위해 문장을 짓자, 조정의 인사들 중에 시를 바친 사람이 셀 수 없을

---

78) 화주(火珠) : 화제주(火齊珠). 보석의 일종으로 정오에 그것에 햇볕을 쪼이면서 쑥을 갖다 대면 불이 붙는다고 한다.

정도였다. 그중에서 재상 이교의 시가 당시에 으뜸이었는데 그 시는 이러했다.

"수레바퀴 자국79)은 서쪽 엄자산(崦嵫山)에서 빛나고, 공훈80)은 북쪽 연연산(燕然山)에 새겨져 있네. 만국의 회맹은 어떠한가, 구중문(九重門) 앞에서 성덕을 기리네. 번쩍번쩍 황도(黃道 : 천자가 다니는 길)에 임하며, 가물가물 자연(紫烟 : 상서로운 자색 구름)으로 들어가네. 선반(仙盤)81)은 한창 이슬을 받고 있고, 높은 기둥은 하늘을 떠받치려 하네. 산에는 뭉게구름 피어오르는 듯하고, 구슬은 큰 횃불이 걸려 있는 듯하네. 명성은 먼지가 쌓여 억겁이 되도록 흘러갈 것이며, 제업(帝業)은 바다가 육지가 되도록 견고할 것이네. 성스러운 은택은 요(堯)임금의 술잔에 넘쳐흐르고, 따스한 덕풍(德風)은 순(舜)임금의 오현금(五絃琴)에 젖어 드네. 미륵이 하생(下生)한 날을 기쁘게 만나니, 뜻밖에 상황

---

79) 수레바퀴 자국 : 옛날 주(周)나라 목왕(穆公)이 천하를 주유하면서 타고 다닌 수레바퀴의 자국을 말한다.

80) 공훈 : 옛날 한(漢)나라의 두헌(竇憲)이 흉노를 대파하고 81부(部)를 귀속시킨 공훈을 말한다.

81) 선반(仙盤) : 한나라 무제(武帝)가 금동선인(金銅仙人)을 주조하고 선인장(仙人掌)이라고 하는 손바닥 모양의 '선반'으로 이슬을 받았다고 한다.

(上皇 : 측천무후)의 시대라네."

나중에 헌사(憲司 : 어사대)에서 이교가 위 서인(韋庶人 : 위후)에게 붙어 아첨한 일을 적발해 저주별가(滁州別駕)로 좌천시켰다. 후에 개원(開元) 연간(713~741)에 이르러 [현종이] 조서를 내려 천추를 허물고 인부를 보내 그것을 녹이게 했는데, 한 달이 되도록 다 녹이지 못했다.

長壽三年, 則天徵天下銅五十餘萬斤, 鐵一百三十餘萬斤, 錢二萬七千貫, 於定鼎門內鑄八稜銅柱, 高九十尺, 徑一丈二尺, 題曰"大周萬國述德天樞", 張革命之功, 貶皇家之德. 天樞下置鐵山, 銅龍負戴, 獅子麒麟圍繞. 上有雲蓋, 蓋上施盤龍, 以托火珠. 珠高一丈, 圍三丈, 金彩熒煌, 光侔日月. 武三思爲其文, 朝士獻詩者不可勝紀. 唯宰相李嶠詩冠絶當時, 詩曰：" 轍迹光西嶠, 勳庸紀北燕. 何如萬國會, 諷德九門前. 灼灼臨黃道, 迢迢入紫烟. 仙盤正下露, 高柱欲承天. 山類叢雲起, 珠疑大火懸. 聲流塵作劫, 業固海成田. 聖澤傾堯酒, 薰風入舜弦. 忻逢下生日, 還偶上皇年." 後憲司發嶠附會韋庶人, 左授滁州別駕. 後至開元中, 詔毁天樞, 發卒熔爍, 彌月不盡.

* 이 고사는 《태평광기》 권240 〈첨녕・이교〉에 실려 있다.

34-11(0875) 주흥과 부유예

주흥 · 부유예(周興 · 傅游藝)

출《신이경》

주흥은 여러 벼슬을 거쳐 사형소경(司刑少卿)이 되었는데, [측천무후가 칭제했을 때] 상소문을 올려 이씨(李氏) 가문의 속적(屬籍 : 종실의 족보)을 없애길 청했다. 그는 나중에 영표(嶺表 : 영남)로 유배되었다가 원수에게 죽임을 당했다.

부유예는 좌보궐(左補闕)에 제수되었는데, 무씨(武氏)가 혁명을 일으킴이 마땅하다고 상서해 급사중(給事中)에 제수되었다가 다시 난대평장사(鸞臺平章事 : 문하평장사)에 제수되었으며, 천수(天授) 원년(690)에는 무씨로 성을 바꾸었다. 그는 잠로전(湛露殿)에 오르는 꿈을 꾸고서 그것을 친한 이에게 말했는데, 그 일이 발각되어 주살당했다. 부유예는 1년 안에 청복(靑服 : 9품관 이상의 관복) · 녹복(綠服 : 7품관 이상의 관복) · 비복(緋服 : 5품관 이상의 관복) · 자복(紫服 : 3품관 이상의 관복)의 관직을 두루 거쳤으므로 "사시사환(四時仕宦)"으로 불렸다.

周興累爲司刑少卿, 上疏請除李家屬籍. 後徙嶺表, 爲仇人所殺.

傅遊藝除左補闕, 上書言武氏[1]. 夢登湛露殿, 陳於所親, 事發伏誅. 游藝一年內, 青綠緋紫皆遍, 號"四時仕宦".

* 이 고사는 《태평광기》 권268 〈혹포(酷暴)·혹리(酷吏)〉에 실려 있다.
1 무씨(武氏) : 《태평광기》에는 이 뒤에 "합혁명(合革命), 배급사중(拜給事中), 우위난대평장사(又爲鸞臺平章事), 천수원년(天授元年), 개성무씨(改姓武氏)" 구절이 있는데, 문맥상 보충하는 것이 타당해 보인다.

34-12(0876) 곽패

곽패(郭霸)

출《신이경》

　곽패는 [측천무후의] 역성혁명에 동조한 대가로 감찰어사(監察御史)가 되었다가 다시 시어사(侍御史)가 되었다. 그는 측천무후(則天武后)를 알현하고 말했다.

　"지난해에 서경업(徐敬業)을 토벌할 때, 신은 그[其] 힘줄을 뽑아내고 그[其] 살을 먹고 그[其] 피를 마시고 그[其] 골수를 끊어 내고 싶었습니다."

　그러자 측천무후는 매우 기뻐했으며, 사람들은 그를 "곽사기(郭四其)"라고 불렀다. 어사대부(御史大夫) 위원충(魏元忠)이 병을 앓았을 때 곽패가 그의 변을 맛보길 청했는데, 위원충은 허락하지 않았지만 곽패는 결국 맛을 보고 말했다.

　"그 맛이 쓰니 병이 바로 나을 것입니다."

　위원충은 그가 아첨하는 것이라 여겨 그를 매우 싫어했다.

　평 : 《조야첨재(朝野僉載)》를 살펴보니, 곽패는 또 내준신(來俊臣)의 변을 맛보았는데, 이는 대개 [오왕 부차(夫差)

에게 복수를 다짐하며 쓸개를 핥았던 월왕 구천(勾踐)의 계책을 오랫동안 사용한 것이었다.

郭霸應革命擧, 爲監察, 又爲侍御史. 見則天曰 : "往年征徐敬業, 臣願抽其筋, 食其肉, 飮其血, 絶其髓." 上大悅, 人呼爲"郭四其". 御史大夫魏元忠患病, 霸請嘗其糞, 元忠不許, 竟嘗之曰 : "其味苦, 病卽愈." 元忠以其佞, 大惡之.
評 : 按《朝野僉載》, 郭霸又嘗來俊臣糞穢, 蓋稔用勾踐之術者.

* 이 고사는 《태평광기》 권268 〈혹포·혹리〉에 실려 있다.

34-13(0877) 고원례

고원례(高元禮)

출《담빈록》

당(唐)나라의 후사지(侯思止)는 가난해서 생활을 꾸려나갈 수 없었기에 항주참군(恒州參軍) 고원례를 섬기며 의지했다. 그러나 후사지는 무뢰하고 사람을 기만하기로 그를 뛰어넘을 자가 없었다. 당시 측천무후(則天武后)가 큰 옥사를 자주 일으켰는데, 항주자사(恒州刺史) 배정(裵貞)이 한 판사(判司)를 곤장 치자 판사가 후사지에게 말했다.

"지금 주살당한 제왕(諸王)들이 많은데, 어찌하여 그를 고발하지 않는가?"

이에 후사지가 서왕[舒王 : 이원명(李元名)]과 배정이 모반했다고 고발하자, 황상이 조서를 내려 사건을 심문하고 그 일족을 모두 주살하게 했으며, 후사지를 유격장군(游擊將軍)에 제수했다. 고원례는 두려워서 후사지에게 아첨하려고 그를 데려와서 함께 앉아 "후대(侯大)"라고 부르며 말했다.

"나라에서 파격적으로 사람을 기용하고 있는데, 만약 황상께서 후대가 글자를 모른다고 말씀하시면, '해치(獬豸)[82] 역시 글자를 모르나 간사한 자를 잘 들이받습니다'라고 아뢰시오."

측천무후가 과연 말했다.

"너에게 어사(御史)직을 주고 싶으나 사람들은 네가 글자를 모른다고 한다."

후사지가 해치를 들어 대답하자, 측천무후는 크게 기뻐하며 즉시 그를 어사에 제수했다. 고원례가 다시 후사지에게 가르쳐 주었다.

"성상께서 후대가 집이 없는 것을 아시고 만약 몰수한 관리의 저택을 주겠다고 하시면, 감사의 절만 올리고 받지는 마시오. 그러면 성상께서 틀림없이 그 이유를 물으실 것이니, 그때 '여러 반역자의 집은 그 이름을 싫어해서 그 집 안에 앉고 싶지 않습니다'라고 아뢰시오."

후사지가 과연 그 말대로 했더니 측천무후는 크게 기뻐하며 아주 후하게 상을 내렸다.

唐侯思止貧不聊生, 乃依事恒州參軍高元禮. 而無賴詭譎, 無以逾也. 時則天屢起大獄, 恒州刺史裴貞杖一判司, 判司謂思止曰: "今諸王多被誅戮, 何不告之?" 思止因告舒王及裴貞謀反, 詔按問, 並族誅, 授思止游擊將軍. 元禮懼而思媚

---

82) 해치(獬豸) : 상상의 동물로 사자와 비슷하게 생겼으나 머리 가운데 뿔이 하나 있으며, 시비와 선악을 가릴 줄 안다고 한다.

之, 引與同坐, 呼爲"侯大", 曰: "國家用人不次, 若言侯大不識字, 可奏云: '獬豸亦不識字, 而能觸邪!'" 則天果曰: "欲與汝御史, 人云汝不能識字." 思止以獬豸對, 則天大悅, 卽授焉. 元禮復敎曰: "聖上知侯大無宅, 倘以沒官宅見借, 可拜謝而不受. 聖上必問所由, 可奏云: '諸反逆人宅, 惡其名, 不願坐其內.'" 果如言, 則天復大喜, 恩賞甚優.

* 이 고사는 《태평광기》 권240 〈첨녕·후사지(侯思止)〉에 실려 있다.

34-14(0878) 종초객과 장급

종초객 · 장급(宗楚客 · 張岌)

출《조야첨재》

[당나라 측천무후 때] 내사(內史 : 중서령) 종초객은 천성적으로 아첨을 잘했다. 당시 설사[薛師 : 설회의(薛懷義)]는 [전국 시대] 노애(嫪毒)[83]와 같은 총애를 받고 있었는데, 종초객은 그를 위해 전(傳) 두 권을 지어 설사의 성스러움을 논하면서, 그가 하늘에서 내려왔으니 어느 시대 사람인지 모르며 석가모니가 다시 세상에 나오고 관음보살이 환생한 것이라고 했다. 종초객은 1년 사이에 지위가 내사에 이르렀다. 장급은 설사에게 아첨하며 그를 받들었는데, 손에 누런 두건을 받쳐 들고 설사의 뒤를 따라다녔으며, 말 옆의 땅바닥에 엎드려 설사가 말에 오르도록 등자 노릇을 했다.

內史宗楚客性諂佞. 時薛師有嫪毒之寵, 遂爲作傳二卷, 論薛師之聖, 從天而降, 不知何代人也, 釋迦重出, 觀音再生.

---

83) 노애(嫪毒, ?~BC 238) : 전국 시대 말 진(秦)나라의 환관으로, 태후의 총애를 받고 막강한 권력을 휘둘렀는데, 나중에 반란을 꾀해 군대를 일으켰다가 주살되었다.

期年間, 位至內史. 張岌諂事薛師, 掌擎黃幰, 隨薛師後, 於馬旁伏地, 作薛師馬鐙.

* 이 고사는 《태평광기》 권240 〈첨녕·종초객〉과 〈장급〉에 실려 있다.

34-15(0879) 최융 등
최융등(崔融等)
출《조야첨재》

[당나라 측천무후 때] 양왕(梁王) 무삼사(武三思)가 장역지(張易之)를 위해 전(傳)을 지어, 그를 왕자진(王子晉)[84]의 후신이라 하면서 구씨산(緱氏山)에 사당을 세웠다. 시인과 재사 중에 아첨하는 자들이 시를 지어 읊었는데, 사인(舍人) 최융이 가장 심했다. 송지문(宋之問)은 장역지의 요강을 받들었다. 나중에 장역지가 멸족당했을 때, 그에게 아첨하던 자들은 모두 영남(嶺南)으로 유배되었다.

梁王武三思爲張易之作傳, 云是王子晉後身, 於緱氏山立祠. 詞人才子佞者爲詩以咏之, 舍人崔融爲最. 宋之問捧張易之溺器. 後易之赤族, 佞者並流於嶺南.

* 이 고사는 《태평광기》 권240 〈첨녕·최융〉과 〈장급〉에 실려 있다.

---

84) 왕자진(王子晉) : 왕자교(王子喬)라고도 한다. 전국 시대 주(周)나라 영왕(靈王)의 태자. 생황을 불어 봉황 울음소리를 잘 냈다. 이수(伊水)와 낙수(洛水) 사이에서 도사 부구공(浮丘公)을 만나 그를 따라 숭산(嵩山)으로 들어갔다. 나중에 백학을 타고 구씨산(緱氏山) 정상에 나타나 사람들에게 작별을 고하고 며칠 뒤 떠나갔다.

34-16(0880) 길욱

길욱(吉頊)

출《조야첨재》

[당나라] 측천무후(則天武后) 때 태상박사(太常博士) 길욱의 부친 길철(吉哲)이 역주자사(易州刺史)로 있다가 뇌물죄로 사형에 처해지게 되었다. 그러자 길욱은 천진교(天津橋) 남쪽에서 내사(內史 : 중서령)인 위왕(魏王) 무승사(武承嗣)를 가로막고 그에게 엎드려 절하며 죽을죄를 지었다고 말했다. 무승사가 그 이유를 묻자, 길욱이 말했다.

"두 누이가 있는데 대왕(大王 : 무승사)을 모실 만합니다."

무승사는 그렇게 하라 하고, 즉시 독거(犢車)로 그들을 태워 집으로 들였다. 하지만 두 사람이 사흘 동안 말을 하지 않자, 미 : 또 하나의 식 부인(息夫人)[85]이로다! 무승사가 이상히

---

[85] 식 부인(息夫人) : 춘추 시대 진(陳)나라 장공(莊公)의 딸로 식(息)나라의 군주에게 시집갔기에 '식 부인'이라 했다. 춘추 시대 4대 미녀 가운데 하나로, 얼굴이 도화(桃花) 같다고 해서 도화부인(桃花夫人)이라고도 했다. 초(楚)나라 문왕(文王)이 식 부인의 미모에 대한 소문을 듣고 직접 식나라를 정벌해 식 부인을 얻었다. 식 부인은 남편과 식나라를 살리기 위해 초나라 문왕의 첩이 되어 두 아들을 낳았으나, 두 남

여겨 그 까닭을 물었더니 두 사람이 말했다.

"부친이 국법을 어겼기에 다시는 의지할 곳이 없게 될까 봐 걱정하고 있습니다."

무승사는 이미 그들을 총애하고 있었으므로 그 부친을 극형에서 면하게 해 주었으며, 길욱을 농마감(籠馬監)으로 승진시켰다가 얼마 후에 어사중승(御史中丞)·이부시랑(吏部侍郎)으로 승진시켰다. 길욱은 자신의 재주로 승진한 것이 아니라 두 누이가 무승사에게 청했기 때문이었다.

天后時, 太常博士吉頊父哲易州刺史, 以贓坐死. 頊於天津橋南要內史魏王承嗣, 拜伏稱死罪. 承嗣問之, 曰:"有二妹, 堪事大王." 承嗣諾之, 卽以犢車載入. 三日不語, 眉:又一個息夫人! 承嗣怪問其故, 對曰:"父犯國法, 憂之無復聊賴." 承嗣旣幸, 免其父極刑, 遂進頊籠馬監, 俄遷中丞·吏部侍郎. 不以才升, 二妹請求耳.

* 이 고사는 《태평광기》 권240 〈첨녕·길욱〉에 실려 있다.

편을 섬긴 것을 수치스러워하면서 평생 말을 하지 않았다고 한다.

34-17(0881) 장열

장열(張說)

출《조야첨재》

　　연국공(燕國公) 장열은 이전에 병주자사(并州刺史)로 있을 때 특진(特進)[86] 왕모중(王毛仲)를 아첨하며 섬겼는데, 그에게 바친 금은보화가 헤아릴 수 없었다. 나중에 왕모중이 변경을 순시할 때 천웅군(天雄軍)에서 장열을 만나 크게 연회를 베풀었는데, 주흥이 한창 무르익었을 때 황제의 칙명이 갑자기 내려와 장열을 병부상서(兵部尙書)·동중서문하삼품(同中書門下三品)에 제수했다. 장열은 감사의 절을 올린 뒤 곧바로 왕모중의 손을 잡고 일어나 춤을 추면서 왕모중의 신발 코의 냄새를 맡았다. 미 : 연국공은 본래 단정한 사람이 아니었지만 그 재주만은 취할 만했다.

燕國公張說, 前爲并州刺史, 諂事特進王毛仲, 餉致金寶不可勝數. 後毛仲巡邊, 會說於天雄軍大宴, 酒酣, 恩勅忽降,

---

86) 특진(特進) : 문산관(文散官)으로 정2품에 속한다. 문무 관원 중에서 지위가 비교적 특수한 자들이 임명되었는데, 실질적인 권한은 없었다.

授兵部尙書·同中書門下三品. 說拜謝訖, 便把毛仲手起舞, 嗅其靴鼻. 眉:燕公原非端正, 獨才可取耳.

* 이 고사는 《태평광기》 권240 〈첨녕·장열〉에 실려 있다.

34-18(0882) 정백헌

정백헌(程伯獻)

출《담빈록》

[당나라의] 장군(將軍) 고역사(高力士)가 부친상을 당했을 때, 좌금오대장군(左金吾大將軍) 정백헌과 소부감(少府監) 풍소정(馮紹正) 두 사람이 곧장 그 영전에 나아가 머리를 풀어 헤치고 곡을 했는데, 그 정도가 친상을 당했을 때보다 심했다.

唐將軍高力士遭父喪, 左金吾大將軍程伯獻·少府監馮紹正二人直就其喪前, 被髮而哭, 甚於己親.

* 이 고사는 《태평광기》 권240 〈첨녕·정백헌〉에 실려 있다.

34-19(0883) 이임보

이임보(李林甫)

출《국사보》

 현종(玄宗)이 동도(東都 : 낙양)에 있을 때 궁중에서 괴이한 일이 발생했다. 다음 날 현종이 재상을 불러 서도(西都 : 장안)로 행차하겠다고 하자, 배요경(裵耀卿)과 장구령(張九齡)이 간언했다.

 "백성의 곡식 타작이 아직 끝나지 않았으니, 청컨대 겨울까지만 기다리십시오."

 당시 이임보가 막 재상에 임명되었는데, 그는 속으로 현종의 뜻을 알아차리고서 조회가 끝나고 퇴청할 때 거짓으로 절뚝거리며 걷다가 혼자 남아 일을 아뢰면서 말했다.

 "두 도성은 폐하의 동궁과 서궁입니다. 장차 어가를 행차하고자 하시는데 어찌 시기를 택할 필요가 있겠습니까? 만약 백성이 곡식을 수확하는 데 지장을 주게 된다면, 다만 지나가시는 길에 사는 백성의 세금을 면해 주십시오. 신은 청하건대 폐하의 뜻을 담당 관서에 알려 즉시 서쪽으로 행차하십시오."

 황상은 크게 기뻐했다. 미 : 악을 맞이하는 데 민첩하고 군주의 마음을 얻는 데 교묘하다. 이로써 어가는 장안으로 행차했다.

열흘 뒤에 배요경과 장구령은 모두 파직되었다.

玄宗在東都, 宮中有怪. 明日, 召宰相, 欲西幸, 裴耀卿·張九齡諫曰: "百姓場圃未畢, 請候冬間." 時李林甫初拜相, 竊知上意, 及罷退, 佯爲蹇步, 獨留奏事, 乃言: "二京, 陛下東西宮也. 將欲駕幸, 何用擇時? 設有妨於刈穫, 獨免過路賦稅. 臣請宣示有司, 卽日西幸." 上大悅. 眉: 捷於逢惡, 巧於得主. 自此駕幸長安. 旬日, 耀卿·九齡俱罷.

* 이 고사는 《태평광기》 권240 〈첨녕·이임보〉에 실려 있다.

34-20(0884) 이장

이장(李璋)

출《두양편(杜陽編)》

    이강(李絳)의 아들 이장이 선주관찰사(宣州觀察使)로 있을 때, 재상 양수(楊收)가 백단향(白檀香)으로 만든 정자가 막 완공되자 친한 빈객을 초청해서 구경했다. 그 전에 이장은 몰래 사람을 보내 정자의 너비와 길이를 재 오게 해서 융단을 짜 놓았다가 그날 양수에게 바쳤다. 나중에 양수가 축출되었을 때 이장도 연좌되었다. 미 : 이 방법을 이용해 진회(秦檜 : 남송 초의 간신)에게 아첨한 자가 있었는데, 조문화(趙文華 : 명나라의 간신 엄숭의 양자이자 심복) 같은 경우는 사실이 아니다.

李繹[1]子璋爲宣州觀察使, 楊相收造白檀香亭子初成, 會親賓觀之. 先是璋潛遣人度其廣袤, 織成地毯, 其日獻之. 及收敗, 璋亦從坐. 眉 : 有竊此術以媚秦檜者, 若趙文華, 非實也.

* 이 고사는 《태평광기》 권237 〈사치(奢侈)·이장〉에 실려 있다.
1 역(繹) : 《태평광기》와 《구당서》·《신당서》의 본전(本傳)에는 "강(絳)"이라 되어 있는데 타당하다.

34-21(0885) 풍도명

풍도명(馮道明)

출《운계우의(雲溪友議)》

옹도(雍陶)는 촉(蜀) 사람이다. 그는 진사에 급제한 후 친척들에게 야박하게 굴었다. 나중에 간주목(簡州牧)이 되자 스스로를 [남조 제나라의] 사 선성[謝宣城 : 사조(謝朓)]과 [남조 양나라의] 유 오흥[柳吳興 : 유운(柳惲)]에 비교했다. 그는 손님이 오면 다 잘라 버렸고 시문(詩文)이나 선물을 보내며 만나기를 청한 사람들도 거의 그를 만나 볼 수 없었다. 갑자기 과거에 낙방한 풍도명이라는 자가 찾아와 뵙기를 청하며 말했다.

"원외랑(員外郎 : 옹도)과 오랜 친구 사이입니다."

문지기가 그의 말대로 아뢰었더니 그를 들어오게 했는데, 옹도가 그를 꾸짖으며 말했다.

"그대와 평생 본 적도 없는데 어떻게 나를 안단 말인가?"

그러자 풍도명이 말했다.

"원외님의 시를 읽고 원외님의 덕을 앙모하면서 시집을 통해 매일 만나 뵈었으니 어찌 평생 떨어진 적이 있겠습니까?"

그러고는 옹도가 지은 시를 읊었다.

"푸른 풀에 서 있으면 사람이 먼저 보지만, 흰 연꽃에 가까이 가면 물고기가 모르네."

또 읊었다.

"가을 강물 소리는 절간으로 들어오고, 밤비 기운은 누각으로 스며드네."

또 읊었다.

"잠긴 문에 객이 오면 늘 병날 것 같지만, 정원 가득 꽃이 피면 가난한 것 같지 않네."

옹도는 자기 시를 읊는 것을 듣고 기뻐하면서 풍도명을 오랜 친구처럼 대했다. 미 : 가려운 곳을 긁어 주면 시원해하지 않는 사람이 없으니, 단지 아첨을 좋아할 뿐만이 아니다.

雍陶, 蜀人也. 以進士登第, 薄於親黨. 後爲簡州牧, 自比謝宣城·柳吳興也. 賓至則折挫之, 投贄者稀得見. 忽有馮道明下第請謁, 云:"與員外故舊." 閽者如言啓之, 及引進, 陶呵曰:"與君素昧平生, 何方相識?" 道明曰:"誦員外詩, 仰員外德, 詩集中日得見, 何乃隔平生也?" 遂吟曰:"立當靑草人先見, 行近白蓮魚未知." 又曰:"江聲秋入寺, 雨氣夜侵樓." 又曰:"閉門客到常疑病, 滿院花開不似貧." 陶聞吟欣然, 待道明如曩昔之交. 眉 : 搔着癢處, 無人不快, 非徒好諛而已.

* 이 고사는 《태평광기》 권239 〈첨녕·풍도명〉에 실려 있다.

34-22(0886) 장준

장준(張浚)

출《북몽쇄언》

옛 관례에 따르면, 사대부는 내관(內官 : 환관)과 교유하지 않았다. 재상 장준이 처사(處士)에서 기거랑(起居郎)에 제수되었는데, 이는 군용(軍容)[87] 전영자(田令孜)의 문하에서 나온 것으로 조정의 안팎에서 모두 그를 추천했다. [당나라] 희종(僖宗)이 촉 지방으로 행차하자 조정의 신하들이 모두 모였다. 하루는 호군중위(護軍中尉 : 전영자)가 재상을 위해 연회를 열자 학사(學士)들과 장 기거(張起居 : 장준)가 함께 참석하게 되었는데, 장 공(張公 : 장준)이 많은 사람들 앞에서 중위에게 절을 올리는 것을 수치스럽게 생각해서 연회가 열리기 전에 미리 중위를 배알하고 감사의 술을 올렸더니 중위가 의아해했다. 잠시 후에 손님들이 도착해서 자리에 앉고 나자 중위가 여러 관리들에게 말했다.

"나와 장 기거는 청류와 탁류처럼 다른 부류요. 장 기거는 일찍이 조정 안팎의 추천을 받았는데, 지금 체면이 더럽

---

[87] 군용(軍容) : 관군용사(觀軍容使)의 줄임말. 당나라 때 임시로 설치한 군사(軍事) 감찰직(監察職)으로 권세 있는 환관이 맡았다.

혀질 것을 염려한다면 바꾸는 게 무슨 상관이 있겠소? 오늘처럼 남몰래 감사의 술을 올리는 일 따위는 해서는 안 될 것이오."

장 공은 부끄러움과 두려움을 함께 느꼈으며, 이때부터 많은 선비들로부터 크게 무시당했다.

舊例, 士子不與內官交遊. 張相浚[1]自處士除起居郎, 出軍容田令孜之門, 皆申中外之敬. 洎僖宗幸蜀, 朝士畢集. 一日, 中尉爲宰相開筵, 學士洎張起居同預焉, 張公恥於對衆設拜, 乃先謁中尉, 便施謝酒之敬, 中尉訝之. 俄而賓至, 卽席坐定. 中尉白諸官曰: "某與起居, 淸濁異流. 曾蒙中外, 旣慮玷辱, 何妨改更? 今日暗地謝酒, 卽不可." 張公漸[2]懼交集, 自此甚爲群彦所輕.

* 이 고사는 《태평광기》 권239 〈첨녕·악붕귀(樂朋龜)〉에 실려 있다.
1 준(浚): 《태평광기》에는 "준(濬)"이라 되어 있는데 타당하다. 《구당서》와 《신당서》의 〈장준전〉에도 "준(濬)"이라 되어 있다.
2 점(漸): 《태평광기》와 《북몽쇄언》 권5에는 "참(慙)"이라 되어 있는데, 문맥상 보다 타당하다.

34-23(0887) 이덕유

이덕유(李德裕)

출《유한고취》

　이덕유가 양주(揚州)를 진수하게 되었을 때 감군사(監軍使) 양흠의(楊欽義)가 뒤늦게 양주로 들어왔는데, 양흠의는 필시 천자의 측근이 될 사람이었지만 이덕유가 그를 대하는 예(禮)는 모두 보통 수준을 넘지 않았기에 양흠의는 이를 마음에 담아 두었다. 하루는 이덕유가 중당(中堂)에서 [양흠의를 위해] 연회를 열었는데, 다른 손님은 없었지만 몇 개의 상에 늘어놓은 보기(寶器)와 도화(圖畫)는 모두 매우 뛰어난 것들이었다. 이덕유는 연회 내내 양흠의를 모시면서 진심과 예의를 다했으며, 연회를 마치고는 상에 있던 것을 모두 양흠의에게 주었다. 양흠의는 바라던 것을 뛰어넘자 크게 기뻐했다. 미 : 한나라 고조(高祖)가 경포(鯨布)를 다룬 방법을 따라 한 것이다. 열흘 후에 양흠의가 서쪽으로 가서 변주(汴州)에 이르렀을 때 그를 도로 회남감(淮南監)으로 임명한다는 조서가 내려왔다. 양흠의는 [다시 양주에] 당도해서 이전에 받았던 물건을 모두 이덕유에게 돌려주었다. 그러자 이덕유가 웃으며 말했다.

　"이것들은 별 값어치도 없는 물건인데 어찌하여 거절하

십니까?"

그러고는 모두 다시 돌려주자 양흠의는 몇 배나 더 감동받았다. 미 : 식견이 [춘추 시대 월나라의] 도주공[陶朱公 : 범여(范蠡)]이나 [한나라의] 장군[長君 : 노온서(路溫舒)]보다 몇 배나 뛰어나다. 훗날 이덕유는 마침내 추밀사(樞密使)가 되었으며, 당(唐)나라 무종(武宗) 때 이덕유가 조정의 권력을 장악한 것은 모두 양흠의가 마련해 준 것이었다.

李德裕鎭揚州, 監軍使楊欽義追入, 必爲樞近, 而德裕致禮, 皆不越尋常, 欽義心銜之. 一日, 中堂設宴, 更無他賓, 而陳設寶器·圖畫數床, 皆殊絶. 一席祇奉, 亦竭情禮, 宴罷, 皆以贈之. 欽義大喜過望. 眉 : 學漢高馭鯨布術. 旬日, 西行至汴州, 有詔却令監淮南. 欽義卽至, 具以前時所贈歸之. 德裕笑曰 : "此無所直, 奈何拒焉?" 悉却與之, 欽義心感數倍. 眉 : 識過陶朱公·長君數倍. 後竟作樞密使. 唐武宗一朝之柄, 皆欽義所致也.

* 이 고사는《태평광기》권239〈첨녕·이덕유〉에 실려 있다.

34-24(0888) 왕승휴

왕승휴(王承休)

출《왕씨문견록(王氏聞見錄)》

[오대십국] 전촉(前蜀) 후주(後主) 왕연(王衍)의 환관 왕승휴는 우스갯소리를 잘하고 붙임성이 좋아서 후주의 총애를 받았다. 멋있게 생긴 그는 늘 소주(少主 : 후주 왕연)의 잠자리 시중을 들었는데, 나중에는 총애를 독차지했다. 왕승휴는 대부분 그릇되고 부정한 일로 소주를 미혹했지만, 소주는 그럴수록 더욱 그를 총애했다. 그는 성도윤(成都尹) 한소(韓昭)와 함께 문경지교(刎頸之交)[88]를 맺고서 꾀하는 일마다 모두 서로 호응했다. 왕승휴는 어느 날 여러 군대에서 용맹한 병사 수천 명을 선발해 그들을 "용무군(龍武軍)"이라 부르고 스스로 용무군의 통수(統帥)가 되었으며, 그들에게 의복과 식량을 특별히 지급했다. 그러고는 소주에게 진주절도사(秦州節度使)직을 청하면서 말했다.

"폐하를 위해 진주에서 아름다운 여자를 뽑아 올리고 싶습니다."

---

88) 문경지교(刎頸之交) : 생사를 같이할 정도로 절친한 사귐을 말한다.

그러면서 또 말했다.

"진주는 풍토상 경국지색이 많이 나옵니다."

아울러 소주에게 천수(天水 : 진주)로 순행하길 청했다. 소주는 매우 기뻐하며 즉시 왕승휴에게 부절(符節)을 수여해 방진(方鎭 : 진주)으로 부임하게 했다. 왕승휴는 선발한 용무군의 정예병 전체를 자신의 호위대로 만들어 수행하게 했다. 왕승휴는 방진에 도착해 수레에서 내린 그날로 이전의 관아를 허물고, 장정을 징집해서 목재와 석재를 채취해 새로운 관청과 절도사의 저택을 짓게 했는데, 모든 것을 궁전을 짓는 양식대로 했다. 또한 준엄한 형법을 집행해 부녀자들도 토목 공사의 노역을 면하지 못했다. 또 민간의 자제들을 강제로 잡아 오도록 은밀히 명을 내려 그들에게 가무와 기악(伎樂)을 가르치게 했다. 그러고는 화공(畫工)에게 붙잡혀 온 자들의 초상을 그리고 이름을 기록하게 해서 한소에게 급히 보냈으며, 한소는 다시 그것을 소주에게 은밀히 바쳤다. 소주는 바친 초상을 보자 자기도 모르게 마음이 미칠 듯해서 마침내 진주로 행차할 결심을 했는데, 조정의 안팎에서 간절히 간했으나 소주는 듣지 않았다. 10월 3일에 성도를 출발해 4일에 한주(漢州)에 도착했는데, 봉주(鳳州)의 왕승첩(王承捷)이 파발을 급히 띄워 아뢰었다.

"동조(東朝 : 후당)에서 흥성령공(興聖令公 : 곽숭도)[89]을 파견해 10여만의 군사를 통솔하고 9월에 봉주에 당도했습니다."

소주는 [전쟁이 일어났다는 급보를 받고도] 여전히 신하들이 계책을 세워 자신의 동순(東巡 : 천수로의 순행)을 저지하려 한다고 생각하며 말했다.

"짐은 때마침 서로 죽이는 광경을 직접 보고 싶던 참이었으니 또한 무슨 걱정이겠는가?"

그러고는 아랑곳하지 않고 계속 나아갔다. 소주는 재동산(梓潼山)에 올라 시를 지었다.

"높다란 바위엔 서늘한 안개 모여 있고, 아득히 좁은 길은 차가운 하늘로 올라가네. 아래로는 아미산(峨嵋山) 봉우리를 굽어보고, 위로는 화악(華岳 : 화산) 꼭대기를 쳐다보네. 즐거움 얻고자 말달리는 게 아니라, 변방이 걱정되어 순행하는 것이라네. 이제 떠나면 장차 높은 산에 오를 것이니, 가루(歌樓)까지는 몇천 리나 되려나?"

소주가 수행 관원들에게 이어서 화답하게 하자, 중서사인(中書舍人) 왕인유(王仁裕)[90]가 화답했다.

"채색 지팡이로 차가운 안개 헤치는데, 반쪽 하늘에서 새

---

89) 흥성령공(興聖令公) : 후당의 명장 곽숭도(郭崇韜). 당시 그는 초토사(招討使)에 임명되어 925년에 대군을 통솔해 위왕(魏王) 이계급(李繼岌)을 따라 전촉(前蜀) 정벌에 나섰다.

90) 왕인유(王仁裕) : 《왕씨문견록(王氏聞見錄)》의 찬자.

들이 울어 대네. 누런 구름이 말발굽에서 피어나고, 흰 태양이 소나무 꼭대기를 내리비추네. 피곤한 백성을 성대하게 안무(安撫)해, 인자한 덕풍(德風)이 외딴 변방까지 불어오네. 성기(成紀)까지의 여정을 물어보니, 예서 아직도 삼천 리나 떨어져 있다 하네."

검주(劍州) 서쪽 20리에 이르러 밤에 한 산 계곡을 넘어가고 있을 때, 갑자기 앞뒤의 군인들이 북을 두드리고 징을 치는 소리가 들렸는데, 산마다 시끄럽게 울렸고 계곡이 진동했다. 사람들에게 물었더니 대답했다.

"맹수가 사람을 잡아갈까 봐 두려워서 소리치는 것입니다."

타고 있던 말들이 갑자기 울어 대며 두려워했는데, 아무리 채찍질을 해도 앞으로 나아가려 하지 않았다. 어떤 사람이 말했다.

"방금 전에 맹수가 길 왼쪽 숲속에서 뛰어나와 수많은 사람 중에서 한 사람을 잡아갔습니다."

맹수가 그 사람을 물고 계곡 동굴까지 가는 동안 그 사람이 살려 달라고 외치는 소리가 들렸다. 하지만 그때는 날이 아직 밝지 않았기에 감히 맹수를 잡으러 쫓아간 사람이 없었으며, 길 가는 사람들은 식은땀을 흘리지 않는 이가 없었다. 소주가 행궁(行宮)에 도착해서 신료들에게 그 일에 대해 물었더니, 모두들 공포에 떨었던 일을 아뢰었다. 잠시 후 소주는 수행 신하들에게 각자 그 일에 대해 시를 짓게 했는데, 왕인유가 시를 지었다.

"칼 같은 이빨과 못 같은 혓바닥으로 피비린내 맛보았으니, 호시탐탐 노리는 걸 어찌 잠시라도 멈추랴? [산중의 왕이면서도] 대조(大朝)[91]에 참여해 환난을 제거하지는 않고, 오로지 길목에서 산목숨만 잡아먹네. 예로부터 집집마다 먹잇감 대 주었으니, 세 명의 장정 중에 몇 명을 잡아갔는지 모르겠구나. 오늘 제왕께서 친히 순수(巡狩)에 나서시니, 흰 구름 덮인 바위 아래에 잘도 숨었구나."

한림학사(翰林學士) 이호필(李浩弼)이 시를 지어 바쳤다.

"바위 계곡에서 해마다 못된 짓하면서, 산목숨 다 잡아먹고 어쩌자는 것인가? 발톱과 이빨 많아진 뒤로 사람 숫자 서서히 줄어드니, 계곡 깊은 곳엔 해골이 너무 많네. 천자의 기강도 치욕당하니, 홀로 곤궁에 빠진 나그네는 지나가기 정말 어렵네. 먼 길에 오가는 사람 없다고 이상히 여기지 말라, 모두 산왕(山王)에게 잡아먹혔기 때문이라네."

소주는 시를 보고 나서 크게 웃었다. 백위령(白衛嶺)을 지날 때 한소가 시를 지어 바쳤다.

---

91) 대조(大朝) : 천자와 제후들의 큰 조회.

"우리 왕께서 변방을 안무하러 순수에 나섰는데, 여기에서 진정(秦亭)까지는 아직 수천 리나 떨어져 있네. 밤에 갈림길 비추는 건 산속 객점의 불빛이요, 새벽에 소식 알리는 건 수졸(戍卒)이 피우는 봉화 연기라네. 무협(巫峽)에서 구름 된 이92)는 신녀(神女)이고, 진루(秦樓)에서 봉황 탄 이93)는 적선(謫仙)이라네. 용 같은 팔준마(八駿馬)와 호랑이 같은 사람이라면, 저 끝없는 하늘 날아가는 게 무슨 근심이랴?"

소주가 화답했다.

"선황제께서 뛰어난 무용(武勇)으로 힘써 변방을 개척하시어, 사오천 리의 강역을 획정(劃定)하셨네. 앞으로는 농산(隴山) 바라보며 창칼 세우고, 뒤로는 무협 의지하며 봉화 연기 장악했네. 헌황(軒皇 : 헌원 황제)은 친히 적을 평정했지만, 영정(嬴政 : 진시황)은 헛수고로 신선술 배우길 좋아했네. 외효(隗囂)94)의 궁에서 명승지 찾던 때 생각해 보니,

---

92) 무협(巫峽)에서 구름 된 이 : 무산(巫山)의 신녀(神女)를 말한다. 초(楚)나라 회왕(懷王)이 무산을 유람하다가 신녀를 만나 사랑을 나누었는데, 헤어질 때 그녀가 아침에는 구름이 되고 밤에는 비가 되어 찾아오겠다고 했다고 한다.
93) 진루(秦樓)에서 봉황 탄 이 : 소사(蕭史)와 농옥(弄玉)을 말한다. 소사는 퉁소를 잘 불어 진나라 목공(穆公)의 딸 농옥과 결혼하게 되었는데 결국 두 부부가 봉황새를 타고 승천했다고 한다.

응당 꾀꼬리 우는 늦은 봄날이었으리."

왕인유가 화답했다.

"용 깃발 나부끼며 변방 끝 가리키니, [진주까지] 도착하려면 아직도 이삼천 리 더 남았네. 새벽엔 높은 산 오르며 가파른 암벽 밟고, 아침엔 차가운 기운 무릅쓰며 때때로 피어오르는 봉화 연기 마주치네. 모름지기 한(漢)나라 황제[95]가 국토 개척한 일 본받아야지, 주(周)나라 목왕(穆王)이 신선 좋아한 일은 따르지 말아야 하네. 진주 백성에게 은택 미치지 않음이 없으니, 대산관(大散關) 동쪽에 또 다른 세상이 있구나."

이주(利州)에 도착했을 때, 이미 동군(東軍 : 후당의 군대)이 고진(固鎭)을 함락했다는 소식을 들었으며, 10여 일 안에 또 금우성(金牛城)에서 패전한 병사들이 협곡을 메우며 이곳에 도착했다는 소식을 들었다. 당시 촉군(蜀軍) 10여만 명이 면주(綿州)와 한주(漢州)로부터 심도(深渡)[96]까

---

94) 외효(隗囂, ?~33) : 동한 초의 천수군(天水郡) 성기현(成紀縣) 사람으로, 자는 계맹(季孟)이다. 왕망(王莽) 말년에 출신지 호족들에 의해 추대되어 서주상장군(西州上將軍)이라 자칭했다. 건무(建武) 9년(33)에 한군(漢軍)에게 누차 패배하자 울분을 이기지 못하고 죽었다.
95) 한(漢)나라 황제 : 한나라를 중흥시킨 후한의 광무제(光武帝)를 말한다.

지 1000여 리에 걸쳐 쭉 이어서 방어선을 구축했지만, 모두 적군과 싸울 마음이 없었다. 그래서 사신을 파견해 병사들에게 싸울 것을 독려했더니, 병사들이 도리어 창을 돌려 사신을 찌르며 말했다.

"용무군(龍武軍)을 불러와 싸우게 하시오. 그들은 용감할 뿐만 아니라 군복과 군량도 넉넉하오. 우리는 용무군에 선발되지 못한 자들이니 어찌 적군과 맞서 싸울 수 있겠소?"

그래서 허겁지겁 돌아갔는데, 밤낮으로 계속 도망쳐서 도로 성도로 들어갔다. 그러나 [후당의] 강연효(康延孝)와 위왕[魏王 : 이계급(李繼岌)]이 뒤따라 쳐들어와 결국 소주는 항복했다. 동군이 성도로 입성하기 전에 왕종필(王宗弼 : 전촉 선주 왕건의 양자)이 한소 등을 살해했다. 왕승휴는 천수에서 정예병을 장악한 채 군대를 움직이지 않고 사태를 관망하다가, 동군이 촉으로 입성했다는 사실을 알고 난 뒤에 마침내 휘하의 군대와 부녀자·어린이 등 만여 명을 거느리고 금은과 비단으로 서번(西蕃)에서 길을 빌려 촉으로 돌아갔다. 그들은 도중에 옷깃을 왼쪽으로 여민 이민족들에게 약탈당하고 게다가 눈 덮인 계곡과 산을 넘으면서 얼어 죽고 굶어 죽은 시체를 밟고 갔다. 촉에 도착해서 보니 살아

---

96) 심도(深渡) : 가릉강(嘉陵江) 입구를 말한다.

남은 자가 겨우 100여 명에 불과했고, 오직 왕승휴와 전종예(田宗汭) 등만이 몸을 빼내 성도에 당도했다. 위왕이 사람을 보내 왕승휴에게 캐물었다.

"직접 정예병을 장악하고서도 어찌하여 싸우지 않았느냐?"

왕승휴가 말했다.

"대왕의 신묘한 무용이 두려워서 감히 그 예봉에 맞설 수 없었습니다."

위왕이 말했다.

"그렇다면 어찌하여 일찍 항복하지 않았느냐?"

왕승휴가 말했다.

"대왕의 군대가 봉부(封部 : 성도)로 입성하지 않았기 때문에 항복 표문을 바칠 길이 없었습니다."

위왕이 또 물었다.

"처음 번부(蕃部 : 서번)로 들어갔을 때 얼마나 많은 사람이 너와 동행했느냐?"

왕승휴가 말했다.

"만여 명이었습니다."

위왕이 말했다.

"지금 살아남은 자는 몇 명이냐?"

왕승휴가 말했다.

"겨우 100여 명에 불과합니다."

위왕이 말했다.

"너는 그 만여 명의 목숨을 보상해야 한다."

그러고는 마침내 왕승휴 등을 참수했다. 촉군이 싸우지도 않고 앉아서 멸망한 것은 대개 왕승휴와 한소가 초래한 것이었다.

평 : 《북몽쇄언(北夢瑣言)》에 따르면, 한소는 문장은 다소 거칠었지만 금(琴)·바둑·글씨·산술·사법(射法)에 대해 모두 섭렵했기에 이것으로 [전촉] 후주(後主)의 은총을 받았다. 조정 신하 이태하(李台瑕)가 말하길, "한팔좌(韓八座 : 한소)의 기예는 마치 터진 버선 실처럼 한 줄도 긴 것이 없다"라고 했는데, 당시 사람들은 이를 정확한 말이라 여겼다.

蜀後主王衍宦官王承休, 以優笑狎昵見寵. 有美色, 恒侍少主寢息, 久而專房. 承休多以邪僻姦穢之事媚其主, 主愈寵之. 與成都尹韓昭爲刎頸交, 所謀皆互相表裏. 承休一日請從諸軍揀選驍勇數千, 號"龍武軍", 自爲統帥, 特加衣糧. 因乞秦州節度使, 且云 : "願與陛下於秦州採掇美麗." 且說 : "秦州風土, 多出國色." 仍請幸天水. 少主甚悅, 卽遣仗節赴鎭. 所選龍武精銳, 並充衙隊從行. 到方鎭下車, 當日毀拆衙庭, 發丁夫採取材石, 創立公署使宅, 一如宮殿之制. 兼以嚴刑峻法, 婦女不免土木之役. 又密令彊取民間子弟, 使敎歌舞伎樂. 被獲者, 令畫工圖眞及錄名氏, 急遞中送韓昭, 昭又密呈少主. 少主睹之, 不覺心狂, 遂決幸秦之計, 中外切諫, 不從. 十月三日, 發離成都, 四日到漢州, 鳳州王承捷飛驛騎到奏云:"東朝差興聖令公, 統軍十餘萬來取, 九月到鳳州." 少主猶謂臣下設計沮其東行, 曰:"朕恰要親看相殺, 又何患乎?" 不顧而進. 上梓潼山, 少主有詩云:"喬岩簇冷烟, 幽徑上寒天. 下瞰峨嵋嶺, 上窺華岳巓. 馳驅非取樂, 按幸為憂邊. 此去將登陟, 歌樓路幾千?" 宣令從官繼和, 中書舍人王仁裕和曰:"綵杖拂寒烟, 鳴騶在半天. 黃雲生馬足, 白日下松嶺. 盛得安疲俗, 仁風扇極邊. 前程問成紀, 此去尚三千." 至劍州西二十里, 夜過一溪山, 忽聞前後軍人振革鳴金, 連山叫噪, 聲動溪谷. 問人, 云:"懼有鷲獸搏人, 是以噪之." 其乘馬忽咆哮恐懼, 箠之不肯前進. 人言:"適有鷲獸, 自路左叢林間躍出, 於萬人中攫取一夫而去." 其人銜到溪洞間, 尚聞喊救命之聲. 況天色未曉, 無人敢捕逐者, 路人罔不流汗. 少主至行宮, 顧問臣僚, 皆陳恐懼之事. 尋命從臣令各賦詩, 王仁裕詩曰:"劍牙釘舌血毛腥, 窺算勞心豈暫停? 不與大朝除患難, 惟於當路食生靈. 從敎戶口資讒口, 未委三丁稅幾丁. 今日帝王親出狩, 白雲岩下好藏形." 翰林學士李浩弼進詩曰:"岩下年年自寢訛, 生靈飡盡意如何? 爪牙衆後民隨減, 溪壑深來骨已多. 天子紀綱猶被弄, 客人窮獨困難過. 長途莫怪無人迹, 盡被山王稅殺他." 少主覽詩大笑. 過白衛嶺, 韓昭進詩曰:"吾王巡狩爲安邊, 此去秦亭尚數千. 夜照路岐山店火, 曉通消息戍瓶烟. 爲雲巫峽雖神女, 跨鳳秦樓是謫仙. 八駿似龍人似虎, 何愁飛過大漫天?" 少主和曰:"先朝神武力開邊, 畫斷封疆四五千. 前望隴山登劍戟, 後憑巫峽鎭烽烟. 軒皇尚自親平寇, 嬴政徒勞愛學仙. 想到隗宮尋勝處, 正應鶯語暮春天." 王仁裕和曰:"龍斾飄飄指極邊, 到時猶更二三千. 登高曉躡巉岩石, 冒冷朝沖斷續烟. 自學漢王開土宇, 不同周穆好神仙. 秦民莫遣無恩及,大散關東別有天." 洎至利州, 已聞東師下固鎭矣, 旬日內, 又聞金牛敗卒塞峽而至. 其時蜀師十餘萬, 自綿漢至於深渡千餘里, 首尾相繼, 皆無心鬪敵. 遣使臣逼促, 則回槍刺之曰:"請喚取龍武軍相戰. 不惟勇敢, 且偏請衣糧. 我等揀選不堪, 何能相殺?"於是狼狽而歸, 連夜繼晝, 却入成都. 康延孝與魏王繼踵而入, 少主遂降. 東軍未入前, 王宗弼殺韓昭等. 王承休握銳兵於天水, 兵刃不擧, 旣知東軍入蜀, 遂擁麾下之師及婦女孩幼萬餘口, 金銀繒帛, 於西蕃買路歸蜀. 沿路爲左衽擄奪, 並經溪山, 凍餓相踐而死. 迨至蜀, 存者百餘人, 唯與田宗汭等脫身而至. 魏王使人詰之曰:"親握銳兵, 何得不戰?"曰:"憚大王神武, 不敢當其鋒."曰:"何不早降?"曰:"蓋緣王師不入封部, 無門輸款."又問:"初入蕃部, 幾許人同行?"曰:"萬餘口.""今存者幾何?"曰:"纔及百數."魏王曰:"汝可償此萬人之命."遂斬之. 蜀師不戰, 坐取亡滅, 蓋承休·韓昭之所致也.

評: 按《北夢瑣言》, 韓昭粗有文章, 至於琴棋書算射法, 悉皆涉獵, 以此承恩於後主. 朝士李台瑕曰:"韓八座之藝, 如拆襪線, 無一條長."時人韙之.

* 이 고사는《태평광기》권241〈첨녕·왕승휴〉에 실려 있다.

권35 사치부(奢侈部) 탐부(貪部) 인부(吝部)

사치(奢侈)

35-1(0889) 운명대와 시황묘

운명대 · 시황묘(雲明臺 · 始皇墓)

출'왕자년(王子年)《습유기(拾遺記)》'

  [진나라] 시황제(始皇帝)는 운명대를 지을 때 사방의 진귀한 나무들과 천하의 정교한 솜씨의 장인들을 빠짐없이 모두 모았다. 남쪽에서는 연구(烟丘)의 푸른 나무, 역수(酈水)의 타오르는 모래, 분도(賁都)의 붉은 진흙, 운강(雲岡)의 흰 대나무를 얻었고, 동쪽에서는 총만(蔥巒)의 비단 같은 측백나무, 표수(縹檖)의 용 같은 삼나무, 한하(寒河)의 별 같은 산뽕나무, 완산(岏山)의 구름 같은 가래나무를 얻었으며, 서쪽에서는 누해(漏海)의 물에 뜨는 황금, 낭연(浪淵)의 깃털 같은 둥근 옥, 조장(條章)의 노을 같은 뽕나무, 심당(沈唐)의 둥근 산가지를 얻었고, 북쪽에서는 명부(冥阜)의 마른 옻나무, 음판(陰坂)의 무늬 있는 가래나무, 건류(褰流)의 검은 호박(琥珀), 암해(暗海)의 향기로운 옥을 얻었다. 진기한 것들이 모두 모이자, 두 명의 장인은 모두 허공에 걸린 사다리에 올라 구름 속에서 도끼를 휘둘렀다. 자시(子時 : 오후 11시~오전 1시)에 공사를 시작해서 오시(午時 : 오전 11시~오후 1시)에 이미 공사를 마쳤기 때문에 진나라 사람들은 그것을 "자오대(子午臺)"라고 했다. 일설에는 자방(子方

: 정북쪽)과 오방(午方 : 정남쪽)의 땅에 각각 누대 하나씩을 지었기 때문에 "자오대"라고 했다고도 한다. 두 설에 의심스러운 점이 있다.

 일남군(日南郡)의 남쪽에 음천(淫泉)이라는 개울이 있는데, 그 물이 땅에서 점점 스며[浸淫] 나와 못을 이루었기 때문에 "음천"이라 불렀다고 한다. 혹은 이 샘의 물이 달아서 남녀가 마시면 음란해진다고 해서 "음천"이라 했다고도 한다. 또 그 물이 돌에 부딪치는 소리는 마치 사람이 노래하거나 웃는 것 같아서 들은 사람은 음란한 마음이 동하게 되므로 민간에서 그 샘을 "음천"이라 했다고도 한다. 때때로 황금빛의 오리와 기러기가 모래 여울에서 무리 지어 날며 놀곤 했는데, 어떤 사람이 그물로 그것을 잡았더니 진짜 황금 오리였다. 옛날 진나라에서 여산(驪山)의 무덤[진시황릉]을 파헤쳤을 때, 들을 지나가던 사람이 보았더니 황금 오리가 남쪽을 향해 날아서 음천으로 갔다. [삼국 시대 오나라] 보정(寶鼎) 원년(266)에 장선(張善)이 일남군의 태수가 되었을 때 한 군민이 황금 오리를 잡아 바쳤는데, 장선은 박식하고 이치에 통달했기에 그 연월을 따져 보았더니, 그것은 바로 진시황의 무덤에 있던 물건이었다. 옛날 진시황은 무덤을 만들 때, 장인들을 생매장하고 원방(遠方)의 진기한 보물들을 모두 무덤 속에 쓸어 넣어 강과 바다, 하천과 산악의 형상을 만들었다. 그리고 사당목(沙棠木)과 침단목(沉檀

木)으로 배와 노를 만들고, 금과 은으로 오리와 기러기를 만들었으며, 유리와 여러 보석으로 거북과 물고기를 만들었다. 또한 바닷속에는 옥으로 화제주(火齊珠)를 머금고 있는 고래상을 만들어 별로 삼아 등촉을 대신했는데, 마치 밝은 태양과 같았다. 이전에 무덤 안에 매장되었던 장인들은 무덤이 열렸을 때까지 모두 죽지 않고 있었다. 장인들은 무덤 안에서 돌을 쪼아 용과 봉황과 선인(仙人)의 상을 만들었으며 비석을 세우고 비문을 기록했다. 한(漢)나라 초에 이 무덤을 발굴했는데, 여러 사전(史傳)을 조사해 보았지만 열선(列仙)과 용과 봉황을 만들었다는 기록이 없었으니, 생매장된 장인들이 만든 것임을 알게 되었다. 후에 사람들이 그 비문을 전했는데, 내용이 대부분 혹독함을 원망하는 말이었으므로 그것을 "원비(怨碑)"라고 불렀다.《사기(史記)》에서는 이를 생략하고 기록하지 않았다.

始皇起雲明臺, 窮四方之珍木, 天下巧工. 南得烟丘碧樹·酈水燃沙·貢都朱泥·雲岡素竹, 東得蔥巒錦柏·縹檖龍杉·寒河星柘·岷山雲梓, 西得漏海浮金·浪淵羽璧·條章霞桑·沈唐員籌, 北得冥皐乾漆·陰坂文梓·襄流黑魄·暗海香瓊. 珍異是集, 有二人皆虛騰椽木, 運斤斧於雲中. 子時起功, 至午時已畢, 秦人皆言之"子午臺"也. 亦云於子·午之地, 各起一臺. 二說有疑.
日南之南, 有淫泉之浦, 言其水浸淫從地而出, 以成淵, 故曰"淫泉"也. 或言此泉甘軟, 男女飲之則淫. 又其水激石之聲,似人歌笑, 聞者令人淫動, 故俗爲之"淫泉". 時有梟鴈, 色如金, 群飛戲於沙瀨, 羅者得之, 乃眞金梟也. 昔秦破驪山之墳, 行野者見金梟向南飛至淫泉. 寶鼎元年, 張善爲日南太守, 郡民有得金梟以獻, 善博識多通, 考其年月, 是秦始皇墓中物. 昔始皇爲冢, 生殉工人, 傾遠方奇寶於冢中, 爲江海川瀆及列山岳之形. 以沙棠沉檀爲舟檝, 金銀爲梟鴈, 以琉璃雜寶爲龜魚. 又於海中作玉象鯨魚銜火珠爲星, 以代膏燭, 如皎日焉. 先所埋工匠於冢內, 至被開時, 皆不死. 巧人於冢裏琢石爲龍鳳仙人之像, 及作碑辭. 漢初發此冢, 驗諸史傳, 皆無列仙龍鳳之制, 則知生埋匠者之所作也. 後人傳此碑文, 辭多怨酷, 乃謂之"怨碑". 《史記》略而不錄.

* 이 고사는 《태평광기》 권225 〈기교(伎巧)·운명대〉와 〈음연포(淫淵浦)〉에 실려 있다.

35-2(0890) 한 성제

한성제(漢成帝)

출《습유기》

 한나라 성제는 미행(微行)을 좋아했다. 성제는 태액지(太液池) 옆에 소유궁(霄遊宮)을 세웠는데, 기둥에 옻칠을 하고 검은 비단 휘장을 쳤으며 그릇·의복·어가(御駕)도 모두 검은색을 선호했다. 성제는 어두운 곳을 다니길 좋아해서 등촉의 빛조차 싫어했다. 미: 이는 바로 물이 타오르는 불을 끄는 화의 조짐이다. 궁중의 아름다운 시녀들도 모두 검은 옷을 입었으며 반희[班姬: 반 첩여(班婕妤)] 이하는 모두 검은 인끈을 찼는데, 패물에는 비록 비단 수를 놓았지만 다시 목란무늬 생초(生綃)로 그것을 가렸다. 성제는 소유궁에 이르러서야 비로소 등촉을 켜게 했으며, 연회가 끝난 뒤 음악이 잠잠해지고 등촉이 꺼졌는데도 걸을 때 먼지가 일지 않도록 했다. 성제는 저녁에 나들이하길 좋아해서 사방 1장(丈) 크기의 비행전(飛行殿)을 제작했는데 지금의 가마와 같았다. 기문(期門)과 우림(羽林)[97]의 병사들을 선발해 그것을 메고

---

[97] 기문(期門)과 우림(羽林): '기문'은 황제의 호위를 담당하는 금군(禁軍)이고, '우림'은 궁중의 숙위(宿衛)를 담당하는 금군이다.

내달리게 했다. 성제는 비행전 위에 앉아 있으면 귀에 마치 바람과 우레의 소리가 들리는 것만 같았는데, 그것이 빨랐기 때문에 일명 "운뢰궁(雲雷宮)"이라고도 했다. 성제가 행차하는 곳에는 모두 융단을 땅에 깔았는데, 이는 성제가 수레바퀴나 말발굽의 시끄러움을 싫어했기 때문이었다. 성제는 비록 미행과 연회에 빠져 있었으나 백성은 수고로워하거나 원망하지 않았다. 매번 어가가 행차했다가 돌아올 때마다 보배로운 의복과 진귀한 음식을 길가에 던져 주었기 때문에 나라의 가난하고 늙은 백성이 모두 만세를 불렀다. 성제가 한번은 가을의 한가한 날에 조비연(趙飛燕)과 함께 태액지에서 물놀이를 했다. 사당목(沙棠木)으로 배를 만들었는데 그것은 사당목이 가라앉지 않는 것을 귀히 여겼기 때문이었으며, 운모(雲母)로 익수(鷁首)[98]를 장식했으므로 일명 "운주(雲舟)"라고도 했다. 또한 커다란 오동나무를 깎아 실물과 흡사한 규룡(虯龍)을 조각해 운주의 양옆에 달고 다녔으며, 자주색 무늬 계수나무로 키와 노를 만들었다. 성제는 조비연과 함께 매번 운주의 노 젓는 것을 구경하면서 마름과 연꽃을 따며 놀 때면, 운주가 가볍게 흔들리기만 해도 조

---

98) 익수(鷁首) : 뱃머리. 옛날의 배는 풍파에 잘 견딘다는 익조(鷁鳥)의 모양을 뱃머리에 그리거나 새겼다.

비연을 놀라게 할까 봐 걱정해서, 쇠사슬로 운주를 묶어 차비(伙飛)⁹⁹⁾의 용사들에게 물밑에서 운주를 끌게 했다. 가벼운 바람이 때때로 불어올 때마다 조비연은 거의 바람에 날려 물에 빠질 것만 같았다. 그래서 성제는 비취색 끈으로 조비연의 치마를 묶어 놓았다가 그녀가 물놀이하다 지치면 잡아당겨 돌아오게 했다. 조비연은 나중에 점차 성제로부터 소원해지자 일찍이 원망하고 근심하며 말했다.

"언제 다시 비취색 끈으로 치마를 묶어 놓은 놀이에 참석해 물결 위에서 운주를 탈 수 있겠는가!"

성제는 이 때문에 무연해했다. 지금 태액지에는 성제의 피풍대(避風臺)가 아직도 남아 있는데, 바로 조비연이 치마를 묶어 놓았던 곳이다.

漢成帝好微行. 於太液池旁起霄遊宮, 以漆爲柱, 鋪黑締¹之幕, 器服乘輿皆尙黑色. 悅於暗行, 憎燈燭之照. 眉 : 此卽禍水滅炎之兆. 宮中之美御皆服皁衣, 自班姬以下, 咸帶玄綬, 衣珮雖加錦繡, 更以木蘭紗綃罩之. 至霄遊宮, 方秉炬燭, 宴幸旣罷, 靜鼓息罩, 而步不揚塵. 好夕遊, 造飛行殿, 方一丈, 如今之輦. 選期門羽林之士, 負之以趨. 帝於輦上坐, 但覺耳中若風雷聲, 以其疾也, 一名"雲雷宮". 所行之處, 咸以氈

---

99) 차비(伙飛) : 한나라 무제 때 설치한 무관명(武官名)으로, '차비'라는 고대 용사의 이름에서 따왔다. 익사(弋射 : 주살 사냥)를 관장했다.

締藉地, 惡車轍馬迹之喧也. 雖惑於微行昵宴, 民無勞怨. 每乘輿返駕, 以寶衣珍食捨於道旁, 國之窮老皆呼萬歲. 嘗以三秋暇日, 與飛燕遊戲太液池. 以沙棠爲舟, 貴其不沉也, 以雲母飾於鷁首, 一名"雲舟". 又刻大桐木爲虯龍, 雕飾如眞象, 以夾雲舟而行, 以紫文桂爲柂枻. 每觀雲棹水, 玩擷菱渠[2], 則憂輕蕩以驚飛燕, 乃以金鎖纜雲舟, 使伕飛之士於水底引之. 値輕風時至, 飛燕殆飄颻隨風入水. 帝以翠纓結飛燕之裾, 遊倦乃返. 飛燕後漸見疏, 嘗怨悲曰: "何時復預纓裾之遊, 漾雲舟於波上耶!" 帝爲之憮然. 今太液池中尙有成帝避風臺, 飛燕結裾處.

* 이 고사는 《태평광기》 권236 〈사치・소유궁(霄遊宮)〉과 〈사당주(沙棠舟)〉에 실려 있다.

1 체(締): 금본 《습유기(拾遺記)》에는 "제(綈)"라 되어 있는데, 문맥상 타당하다. 이하도 마찬가지다.

2 거(渠): 금본 《습유기》에는 "거(蕖)"라 되어 있는데, 문맥상 타당하다.

35-3(0891) 한 영제
한영제(漢靈帝)

출《습유기》

　[후한] 영제 초평(初平) 3년에 서원(西園)에 나유관(裸游館) 10칸을 세웠는데, 초록 이끼를 캐서 계단을 덮고 도랑물을 끌어들여 섬돌을 빙 둘러 흐르게 했다. 나유관 주위를 흐르는 도랑물은 맑고 깨끗해서 작은 배를 타고 떠다니며 유람했다. 영제는 궁인들을 이 배에 태운 뒤, 피부가 옥빛 같고 몸이 가벼운 자를 뽑아 상앗대와 노를 잡고 도랑 안을 흔들거리며 떠다니게 했다. 그 도랑물은 맑고 얕았는데, 영제는 한여름에 배를 엎어지게 해서 궁인들의 옥빛 피부를 구경했다. 또 7언으로 된〈초상(招商)〉[100]이라는 노래를 부르게 해서 서늘한 기운을 불러오게 했는데, 그 노래는 다음과 같았다.

　"서늘한 바람 불고 태양은 도랑 비추는데, 푸른 연(蓮)은 낮엔 잎을 말고 밤엔 펼치니, 오직 날이 부족할 뿐 즐거움은

---

100) 〈초상(招商)〉: '초상'은 가을 기운을 불러온다는 뜻이다. 오음(五音) 중에서 상성(商聲)은 금음(金音)으로 소리가 처량해 가을의 쓸쓸한 기운과 상응한다.

넘치네. 맑은 현악기에 간드러진 관악기 반주로 옥빛 물오리들[101] 노래 부르니, 천년만년 지나도록 이보다 즐겁긴 어려우리."

도랑 안에는 가지 길이가 1장(丈)이나 되고 수레 덮개만큼 큰 연꽃을 심었는데, 그것은 남쪽 나라에서 바친 것이었다. 그 잎은 밤엔 펼쳐졌다가 낮엔 오므라들었고 줄기 하나에 연꽃 네 송이가 한꺼번에 자랐으므로 "야서하(夜舒荷)"라고 불렀다. 또는 달이 뜨면 잎이 펼쳐진다고 해서 "망서하(望舒荷)"라 불렀다고도 한다. 영제는 한여름에 나유관에서 더위를 피하면서 밤새껏 연회를 즐기고 나서 탄식했다.

"만약 만 년을 이렇게 지낸다면 상선(上仙)이 되겠구나!"

궁인은 열네 살 이상, 열여덟 살 이하로 모두 곱게 단장하고 웃옷을 벗거나 혹은 나체로 함께 목욕하기도 했다. 서역에서 바친 인지향(茵墀香)을 삶아서 목욕물을 만들었는데, 궁인들은 이것으로 목욕했다. 궁인들은 목욕을 마친 뒤 남은 물을 도랑으로 흘려보냈는데, 그 도랑을 "유향거(流香渠)"라 불렀다. 또 영제는 내감(內監 : 환관)들에게 닭 울음소리를 흉내 내게 하려고 나유관 북쪽에 계명당(鷄鳴堂)을 세우고 많은 닭을 길렀다. 영제는 취해서 즐겼다 하면 날이

---

[101] 옥빛 물오리들 : 물에 떠 있는 미인을 비유한 것이다.

샐 때까지 혼미한 상태였기에, 내시들이 다투어 닭 울음소리를 내는 바람에 진짜 닭 울음소리와 혼동되었다. 결국 밤새껏 지폈던 등촉을 대전(大殿) 아래로 던지고 나서야 영제는 놀라 깨어났다. 동탁(董卓)이 도성[낙양]을 점령한 뒤, 미인들을 잡아들이고 계명당과 나유관을 불태웠다. 위(魏)나라 함희(咸熙) 연간(264~265)에 이르러 이전에 영제가 등촉을 던졌던 곳에서 희미하게 별처럼 빛이 났는데, 후인들은 그것을 신광(神光)이라 여기고 그곳에 집을 지어 "여광사(餘光祠)"라 부르고 복을 빌었다. 진(晉)나라 명제(明帝) 말년에 그 사당을 허물어 없앴다.

靈帝初平[1]三年, 於西園起裸游館十間, 採綠苔以被階, 引渠水以繞砌. 周流澄徹, 乘小舟以游漾. 宮人乘之, 選玉色輕體者, 以執篙楫, 搖蕩於渠中. 其水清淺, 以盛暑之時, 使舟覆沒, 視宮人玉色. 奏〈招商〉七言之歌, 以來涼氣也, 其歌曰: "涼風起兮日照渠, 青荷晝偃葉夜舒, 唯日不足樂有餘. 清弦流管歌玉鳧, 千年萬歲喜難渝." 渠中植蓮, 大如蓋, 枝長一丈, 南國所獻也. 其葉夜舒晝捲, 一莖有四蓮叢生, 名曰"夜舒荷". 亦言月出見葉舒, 亦名"望舒荷". 帝乃盛夏避暑於裸游館, 長夜飲宴, 帝嘆曰: "使萬年如此, 則爲上仙矣!" 宮人年二七以上, 三六以下, 皆靚妝而解上衣, 或共裸浴. 西域所獻茵墀香, 煮爲浴湯, 宮人以之沐浴. 浴畢, 餘汁入渠, 名曰"流香渠". 又欲內監爲鷄鳴, 於館北起鷄鳴堂, 多畜鷄. 每醉樂, 迷於天曉, 內閹競作鷄鳴, 以亂眞聲也. 仍以炬燭投於殿下, 帝乃驚寤. 及董卓破京師, 收其美人, 焚其堂館. 至魏咸熙中, 於先帝投燭處, 溟溟有光如星, 後人以爲神光, 於此地建屋, 名曰"餘光祠", 以祈福. 至魏明²末, 乃掃除焉.

* 이 고사는 《태평광기》 권236 〈사치·후한영제〉에 실려 있다.

1 초평(初平): 영제 때 사용한 연호는 건녕(建寧)·희평(熹平)·광화(光和)·중평(中平)이며 '초평'이란 연호는 없으므로 착오가 분명하다. '초평'은 그다음 황제인 헌제(獻帝)의 연호(190~193)다.

2 위명(魏明): 앞에서 말한 '함희'는 위나라의 마지막 군주인 진류왕(陳留王) 조환(曹奐)이 사용한 연호(264~265)이고, 명제(明帝) 조예(曹叡)는 위나라의 두 번째 황제로 226~239년에 재위했으므로, 문맥상 앞뒤로 시간적 안배가 서로 맞지 않는다. 두 곳 중 한 곳에 착오가 있는 것으로 보인다. 한편 '위명(魏明)'을 '진명(晉明)'의 오기로 여겨 동진 명제 사마소(司馬紹)로 보기도 하는데, 문맥상 타당하다.

35-4(0892) 제야

제야(除夜)

출《기문(紀聞)》

당(唐)나라 정관(貞觀) 연간(627~649) 초에 천하가 오랫동안 안정되자, 백성은 부유하고 공적인 일과 사적인 일이 줄어들었다. 그해 제야에 태종(太宗)은 궁궐을 성대하게 치장했으며 궁전 안의 방들도 황금과 비취로 번쩍였다. 궁정에는 계단 아래에 화톳불을 피워 놓아 대낮처럼 밝았다. 음악이 성대하게 연주되자 태종은 소후(蕭后 : 수양제의 황후)를 맞이해 함께 구경했는데, 음악 연주가 끝나자 태종이 소후에게 말했다.

"짐이 마련한 것을 수주(隋主 : 수양제) 때와 비교하면 어떻소?"

소후는 웃으며 대답하지 않았는데, 태종이 한사코 묻자 소후가 말했다.

"그는 망국의 군주이고 폐하는 나라의 기틀을 마련하신 군주이시니, 사치하고 검소한 일이 진실로 같지 않습니다."

태종이 말했다.

"수주 때는 어떠했소?"

소후가 말했다.

"수주가 10여 년간 나라를 다스리는 동안 신첩은 늘 그를 모시면서 그의 지나친 사치를 보았습니다. 수주는 제야 때마다 궁전 앞의 여러 정원에 전체를 침향목(沉香木)의 뿌리로 쌓아 만든 화산(火山) 수십 개를 배치했는데, 하나의 화산마다 모두 여러 수레 분량의 침향을 태웠습니다. 불빛이 어두워질 땐 갑전(甲煎)102)을 그것에 끼얹으면 불꽃이 몇 장(丈) 높이로 솟구쳤습니다. 침향과 갑전향의 향기는 사방 수십 리까지 퍼졌습니다. 하룻밤 사이에 200여 수레의 침향과 200섬의 갑전향을 소비했습니다. 또 궁전 안의 방에는 기름을 태우지 않고 대신 화주(火珠) 120개를 매달아 비췄는데 그 빛이 대낮처럼 밝았습니다. 또 명월보(明月寶)라는 야광주가 있었는데, 큰 것은 직경이 6~7촌이었고 작은 것도 2촌은 되었으며 야광주 하나의 값이 수천만 금에 달했습니다. 신첩이 폐하께서 마련하신 것들을 살펴보았지만 그러한 물건은 하나도 없었습니다. 지금 태우는 것은 모두 땔나무이고 밝히는 것은 모두 기름이니, 연기가 사람을 매캐하게 하는 것만 느낄 뿐 실제로는 그 화려함을 볼 수 없습니다. 그렇지만 [수주가 사치한 것은] 망국의 일이니 원컨대 폐하께

---

102) 갑전(甲煎) : 입술연지와 비슷한 방향(芳香) 화장품의 일종. 갑향(甲香)이라고 부르는 달팽이와 비슷한 연체동물의 껍질을 갈아 만든 가루에 여러 약초와 과일 꽃을 태운 재와 밀랍을 섞어서 만들었다.

서는 멀리하시기 바랍니다."

태종은 한참 동안 말이 없었는데, 입으로는 그 사치스러움을 나무라면서도 마음속으로는 그 성대함에 탄복했다.

唐貞觀初, 天下久安, 百姓富贍, 公私少事. 時屬除夜, 太宗盛飾宮掖, 殿內諸房, 金翠煥爛. 設庭燎於階下, 其明如晝. 盛奏歌樂, 乃延蕭后同觀, 樂闋, 帝謂蕭曰: "朕施設孰與隋主?" 蕭后笑而不答, 固問之, 后曰: "彼乃亡國之君, 陛下開基之主, 奢儉之事, 固不同矣." 帝曰: "隋主何如?" 后曰: "隋主享國十有餘年, 妾常侍從, 見其淫侈. 隋主每當除夜, 殿前諸院設火山數十, 盡沉香木根也, 每一山焚沉香數車. 火光暗則以甲煎沃之, 焰起數丈. 沉香·甲煎之香, 旁聞數十里. 一夜之中, 則用沉香二百餘乘, 甲煎二百石. 又殿內房中, 不燃膏火, 懸大珠一百二十以照之, 光比白日. 又有明月寶夜光珠, 大者六七寸, 小者猶二寸, 一珠之價, 直數千萬. 妾觀陛下所施, 都無此物. 所焚盡是柴木, 燭皆膏油, 但覺烟氣薰人, 實未見其華麗. 然亡國之事, 亦願陛下遠之." 太宗良久不言, 口刺其奢, 而心服其盛.

* 이 고사는 《태평광기》 권236 〈사치·수양제(隋煬帝)〉에 실려 있다.

35-5(0893) 당 예종

당예종(唐睿宗)

출《조야첨재》

　당나라 예종(睿宗) 선천(先天) 2년(713) 정월 14일·15일·16일 밤에 도성의 안복문(安福門) 밖에 20장(丈) 높이의 등륜(燈輪)을 만들어 비단으로 씌우고 금은으로 장식했는데, 등륜에 5만 개의 등잔을 켜 놓아 멀리서 바라보면 꽃나무 같았다. 1000여 명의 궁녀들은 비단옷을 입고 수놓은 비단 치마를 끌고 반짝이는 진주와 비취 장식을 꽂고 향과 분을 발랐다. 화관(花冠) 하나와 어깨걸이 하나는 모두 값이 만 전이나 나갔으며, 기녀 한 명을 단장하는 데 모두 300관(貫:1관은 1000냥)이 들었다. 장안현(長安縣)과 만년현(萬年縣)의 젊은 부녀자 1000여 명을 엄선하고, 의복·꽃비녀·머리꾸미개도 그 숫자에 맞추었다. 그녀들은 등륜 아래에서 사흘 밤 동안 춤추고 노래했는데, 이러한 최고의 즐거운 볼거리는 이제껏 있어 본 적이 없었다.

唐睿宗先天二年正月十四·十五·十六夜, 於京師安福門外作燈輪, 高二十丈, 被以錦綺, 飾以金銀, 燃五萬盞燈, 望之如花樹. 宮女千數, 衣羅綺, 曳錦繡, 耀珠翠, 施香粉. 一花冠·一巾帔皆至萬錢, 裝束一妓女皆至三百貫. 妙簡長安‧萬年縣年少婦女千餘人, 衣服‧花釵‧媚子亦稱是. 於燈下踏歌三日夜, 歡樂之極, 未始有之.

* 이 고사는 《태평광기》 권236 〈사치‧당예종〉에 실려 있다.

35-6(0894) **현종**

현종(玄宗)

출《명황잡록》

[당나라] 현종은 화청궁(華淸宮)에 행차해 온천탕 하나를 새로 넓혀 웅장하고 화려하게 축조했다. [이를 기념하기 위해] 안녹산(安祿山)은 범양(范陽)에서 백옥석(白玉石)으로 물고기·용·오리·기러기를 만들고 또 돌다리와 돌연꽃을 만들어 바쳤는데, 그 조각한 솜씨가 너무 정교해서 거의 사람이 만든 게 아닌 듯했다. 현종은 크게 기뻐하며 그 기물들을 온천탕 안에 진열하라고 명했으며, 또한 돌다리를 온천탕 위에 걸쳐 놓고 돌연꽃을 물가에서 갓 피어나는 것처럼 배치하라고 했다. 현종은 화청궁에 행차해 그곳에 이르러 옷을 벗고 들어가려 했는데, 물고기·용·오리·기러기 조각이 모두 비늘을 떨치고 날개를 펼치면서 마치 살아서 날아 움직일 듯했기에, 현종은 몹시 두려워서 급히 그것들을 치우라고 명했다. 그래서 돌연꽃과 돌다리만 남아 있다. 현종이 또 한번은 화청궁에 수십 칸이나 되는 장탕옥(長湯屋)을 만들어 그 둘레를 무늬 돌로 꾸몄으며, 은을 상감해 옻칠한 배와 백향목(白香木)으로 만든 배를 그 안에 띄웠는데, 노에 이르기까지 모두 주옥으로 장식했다. 또 온천탕 안

에는 벽옥(碧玉)과 침향(沉香)을 쌓아 산을 만들어 영주산(瀛洲山)과 방장산(方丈山)처럼 꾸며 놓았다. 현종이 화청궁에 행차하려 하자, 양귀비(楊貴妃) 자매는 다투어 거복(車服)을 장식해 독거(犢車) 한 대를 황금과 비취로 장식하고 주옥을 섞어 넣었는데, 수레 한 대를 치장하는 데 들어간 비용이 수십만 관(貫 : 1관은 1000냥)을 훨씬 넘었다. 그러나 치장한 수레가 너무 무거워서 소가 끌 수 없었다. 그래서 양귀비 자매는 다시 현종에게 아뢰어 각자 말을 타고 가겠다고 청한 뒤, 다투어 명마를 사서 황금으로 재갈을 만들고 수놓은 비단으로 장니(障泥)[103]를 만들었다. 그러고는 함께 양국충(楊國忠)의 저택에 모였다가 같이 궁중으로 들어갔는데, 그 성대한 행차가 번쩍번쩍 빛났으며 구경꾼들이 담을 두른 것처럼 많았다. 양국충의 저택에서 도성의 동남쪽 모퉁이에 이르기까지 마부와 거마(車馬)들로 그 사이가 시끌벅적했다. 양국충은 손님과 함께 집에 앉아 있다가 그 행차를 가리키며 손님에게 말했다.

"우리 집안은 한미(寒微)한 출신이지만, 초방(椒房 : 황후의 거처로 양귀비를 말함)의 친척이 되었기에 이러한 정

---

[103] 장니(障泥) : 말안장에 매달아 말의 배 양쪽으로 늘어뜨려 말이 달릴 때 튀는 진흙이나 먼지를 막는 마구(馬具).

도에까지 이르렀소. 나는 지금도 내가 쉬게 될 자리를 알지 못하고 결국 훌륭한 명성을 이룰 수 없을까 걱정하지만, 그래도 모름지기 부귀함에서 즐거움을 취할 따름이오."

이로 말미암아 양씨 집안은 교만하고 사치를 부리는 작태가 날로 더했으며 그러면서도 늘 부족한 것처럼 했다. 세상에 전해지는 태평 공주(太平公主)의 옥엽관(玉葉冠)과 괵국부인(虢國夫人 : 양귀비의 언니)의 야광침(夜光枕)과 양국충의 쇄자장(鎖子帳 : 보석을 쇠사슬 모양으로 장식한 휘장)은 모두 세상에 드문 보물로 그 값을 따질 수 없다.

玄宗幸華淸宮, 新廣一池, 製作宏麗. 安祿山於范陽, 以白玉石爲魚龍鳧鴈, 仍爲石梁及石蓮花以獻, 雕鐫巧妙, 殆非人工. 上大悅, 命陳於池中, 又以石梁橫亘池上, 而蓮花出於水際. 上因幸華淸宮, 至其所, 解衣將入, 而魚龍鳧鴈皆若奮鱗擧翼, 狀欲飛動, 上甚恐, 遽命撤去. 惟蓮花・石梁存焉. 又嘗於宮中置長湯屋數十間, 環回甃以文石, 爲銀鏤漆船及白香木船, 置於其中, 至於楫櫓, 皆飾以珠玉. 又於湯中疊瑟瑟及沉香爲山, 以狀瀛洲・方丈. 上將幸華淸宮, 貴妃姊妹競飾車服, 爲一犢車, 飾以金翠, 間以珠玉, 一車之費, 不啻數十萬貫. 旣而重甚, 牛不能引. 因復上聞, 請各乘馬, 於是競購名馬, 以黃金爲銜, 組繡爲障泥. 共會於國忠宅, 將同入禁中, 炳炳照燭, 觀者如堵. 自國忠宅至城東南隅, 僕御車馬, 紛紜其間. 國忠方與客坐於門下, 指謂客曰 : "某家起細微, 緣椒房之親, 以至是. 吾今未知所稅駕, 念終不能致令名, 要當取樂於富貴耳." 由是驕侈日增, 常如不及. 世傳太平公主玉葉冠, 虢國夫人夜光枕, 國忠鏁子帳, 皆稀代之寶, 不能計其直.

* 이 고사는 《태평광기》 권236 〈사치·현종〉에 실려 있다.

35-7(0895) 하간왕 원침

하간왕침(河間王琛)

출《가람기(伽藍記)》

후위(後魏 : 북위) 하간왕 원침(元琛)은 진중(秦中)에 있으면서 그다지 많은 치적은 없었다. 그는 사신을 파견해 서역에서 명마를 구해 오도록 했는데, 멀리 파사국(波斯國 : 페르시아 제국)에까지 가서 천리마를 얻어 "추풍적(追風赤)"이라 불렀으며, 다음으로 하루에 700리를 갈 수 있는 말 10여 마리를 얻어 모두 이름을 붙여 주었다. 이 말들을 위해 은으로 구유를 만들고 금으로 고리 사슬을 만들자, 여러 왕들이 그 호사스러움에 탄복했다. 원침은 일찍이 사람들에게 말했다.

"진(晉)나라의 석숭(石崇)은 평민 출신이었지만 꿩 머리털과 여우 겨드랑이 가죽으로 만든 옷을 입고 그림 그린 계란을 먹고 조각한 땔나무를 땠다. 그러니 하물며 우리 위대한 위나라의 황족이 호화롭게 사치하지 않을 수 있겠는가!"
미 : 석 태위(石太尉 : 석숭)는 인형을 만들었다.

원침은 후원에 영풍관(迎風館)을 세우고 창문 위에 동전 문양을 줄지어 새기고 푸른색 쇠사슬 모양을 그려 넣었으며, 옥으로 만든 봉황은 구슬을 머금었고 금으로 만든 용은 깃발을 토해 냈다. 하얀 능금나무와 붉은 오얏나무의 가지들이 처마 안으로 들어와 있었기에, 기녀들은 누각 위에 앉아 그것을 따서 먹었다. 원침이 한번은 종실을 초청해 보배로운 기물들을 늘어놓았는데, 황금 병과 은항아리 100여 개를 내놓고 굽 달린 중발과 반합도 100여 개씩 내놓았다. 그 밖에 술그릇으로 수정 주발, 마노 술잔, 유리 사발, 적옥(赤玉) 술잔 수십 개가 있었는데, 만든 솜씨가 기묘했다. 이러한 것들은 중국에는 없는 것으로 모두 서역에서 가져온 것이었다. 또 여악(女樂)과 명마들을 늘어세운 뒤 여러 왕들을 이끌고 창고를 둘러보았는데, 화려한 융단과 진주 구슬, 얼음처럼 고운 비단과 안개처럼 가벼운 명주 등이 그 안에 가득 쌓여 있었다. 원침이 장무왕(章武王) 원융(元融)에게 말했다.

"내가 석숭을 보지 못한 게 한스러운 것이 아니라 석숭이 나를 보지 못한 것이 한스럽소."

원융은 타고난 성품이 탐욕스럽고 난폭해서 바라는 것에 끝이 없었는데, 원침의 재물을 보고 한탄하다가 자기도 모르게 병이 생겨 집으로 돌아온 뒤 사흘 동안 드러누워 일어날 수 없었다. 미: 재화를 좋아한다. 강양왕(江陽王) 원계(元繼)가 병문안하러 와서 그를 타이르며 말했다.

"경의 재산은 응당 하간왕과 맞먹을 정도인데, 어찌하여 부러워하고 한탄하다가 이 지경에 이르렀소?"

원융이 말했다.

"늘 고양왕[高陽王 : 원옹(元雍)] 한 사람만이 나보다 보화가 많다고 여겼는데, 하간왕이 바로 눈앞에 있을 줄을 누가 알았겠소?"

원계가 말했다.

"경은 회남(淮南)의 원술(袁術)이 되고자 하나 세상에는 유비(劉備)도 있다는 것을 모르고 있구려!"[104]

이주씨[爾朱氏 : 이주영(爾朱榮)]의 난이 일어난 뒤에 왕후(王侯)의 저택 중에서 사원으로 바뀐 것이 많았는데, 수구리(壽丘里) 마을에는 사찰이 줄지어 마주 보고 있었고 기원정사(祇洹精舍)가 들어섰으며 보탑(寶塔)이 높고 웅장했다. 사월 초파일에 도성의 남녀들이 하간사(河間寺 : 하간왕의 저택에 지은 사원)에 많이 왔는데, 그 건물의 화려함을 보고 탄식하지 않는 이가 없었으며 봉래산(蓬萊山)의 선실(仙室)도 이를 뛰어넘지 못할 것이라고 생각했다.

---

104) 경은 회남(淮南)의 원술(袁術)이 되고자 하나 세상에는 유비(劉備)도 있다는 것을 모르고 있구려 : 후한 말 군웅이 패권을 다툴 때 회남에서 자립해 칭제한 원술은 여포(呂布)와 결합해 조조(曹操)와 재대결하고자 했는데, 그때까지 중요하게 생각하지 않았던 유비가 무시할 수 없는 존재임을 알고 여포에게 의지해 유비를 공격하려 했지만, 그의 세력은 이미 약화해 뜻을 이루지 못했다. 여기에서 원술은 고양왕을 비유하고 유비는 하간왕을 비유한다.

後魏河間王琛在秦中, 多無政績. 遣使向西域求名馬, 遠至波斯國, 得千里馬, 號曰"追風赤", 次有七百里者十餘, 皆有名字. 以銀爲槽, 金爲環鎖, 諸王服其豪富. 琛嘗語人云: "晉室石崇, 乃是庶姓, 猶能雉頭狐腋, 畫卵雕薪. 況我大魏天潢, 不爲華侈!" 眉: 石太尉作俑. 造迎風館於後園, 窗戶之上, 列錢青瑣, 玉鳳銜鈴, 金龍吐旆. 素柰朱李, 枝條入簷, 妓女樓上坐而摘食. 琛嘗會宗室, 陳諸寶器, 金瓶銀甕百餘口, 甌擎盤合稱是. 其餘酒器有水晶鉢・瑪瑙[1]・琉璃碗・赤玉巵數十枚, 作工奇妙. 中土所無, 皆從西來. 又陳女樂及諸名馬, 復引諸王按行庫藏, 錦罽・珠璣・冰羅・霧縠, 充積其内. 琛謂章武王融曰: "不恨我不見石崇, 恨石崇不見我." 融生性貪暴, 志欲無厭, 見之嘆惋, 不覺成疾, 還家, 臥三日不能起. 眉: 好貨. 江陽王繼來省疾, 譣之曰: "卿之財産, 應得抗衡, 何爲羨嘆, 以至於此?" 融曰: "常謂高陽一人, 寶貨多於融, 誰知河間, 瞻之在前?" 繼曰: "卿欲作袁術之在淮南, 不知世間復有劉備也!" 及爾朱氏亂後, 王侯第宅, 多題爲寺宇, 壽丘里閭, 列刹相望, 衹洹鬱起, 寶塔高壯. 四月八日, 京都士女, 多至河間寺, 觀其堂廡綺麗, 無不嘆息, 以爲蓬萊仙室不是過.

* 이 고사는《태평광기》권236〈사치・원침(元琛)〉에 실려 있다.

1 마노(瑪瑙): 금본《낙양가람기(洛陽伽藍記)》에는 이 뒤에 "배(盃)"자가 있는데, 문맥상 보다 타당하다.

35-8(0896) 안락 공주

안락공주(安樂公主)

출《조야첨재》

[당나라의] 안락 공주105)는 백성의 전지(田地)를 빼앗아 49리에 달하는 정곤지(定昆池)를 조성해서 곧장 남산(南山)까지 이어지도록 지었는데, 이는 [한나라의] 곤명지(昆明池)106)를 모방한 것이었다. 정곤지 안에는 돌을 쌓아 산을 만들어 화악(華岳 : 화산)을 흉내 냈으며, 물을 끌어와 계곡을 만들어 천진(天津 : 은하수)을 흉내 냈다. 비각(飛閣)107)과 회랑, 비스듬한 담장과 돌 비탈길은 수놓은 비단으로 덮

---

105) 안락 공주 : 중종(中宗)과 위후(韋后)의 딸로, 위후와 함께 부친 중종을 독살했다가, 곧이어 이융기(李隆基 : 현종)에게 주살당하고 패역 서인으로 강등되었다.

106) 곤명지(昆明池) : 한나라 때 만든 인공 호수로, 옛터가 지금의 산시성(陝西省) 시안시(西安市) 남쪽 교외에 있다. 한 무제가 사신을 연독국(身毒國 : 인도)에 파견했는데 서남 지방의 곤명족(昆明族)에게 저지당하자, 원수(元狩) 3년(BC 120)에 곤명의 전지(滇池)를 모방해 이 호수를 파고 수군을 훈련시켜 정벌에 나섰다고 한다. 곤명지는 나중에 물이 말라 송나라 이후에 웅덩이로 변했다.

107) 비각(飛閣) : 누각과 누각 사이에 만든 상하로 된 복도.

고 단청으로 그림을 그렸으며 금과 은으로 장식하고 구슬과 옥으로 반짝이게 했다. 또 구곡유배지(九曲流杯池)108)를 조성하고 그 안에 석연화대(石蓮花臺)를 만들었으며 연화대 안에서 샘물이 흘러나왔는데, 천하의 장대함과 화려함의 극치였다. 안락 공주의 패역이 실패로 끝난 뒤에 정곤지를 "패역서인지(悖逆庶人池)"로 고치고 사농시(司農寺)109)에 소속시켰다.

평 : 정곤지는 '정해진 천자의 곤명지'라는 뜻이다. 조이온(趙履溫)이 실제로 정곤지 공사를 주관했다. 이것을 만드는 데에 국고의 돈을 백만 억이나 들였다. 역위(逆韋 : 위후)를 주살할 때 황상[현종]이 승천문(承天門)으로 납시자 조이온은 거짓으로 기쁜 척하면서 춤을 추며 만세를 불렀다. 그러나 황상은 그를 참수하게 했으며, 어지러이 춤추는 칼과 검 아래에서 조이온은 아들과 함께 처형되었다. 소인은 꺼리는 것이 없으니 결국 무슨 도움이 되겠는가!

---

108) 구곡유배지(九曲流盃池) : 물길을 아홉 번 굽이지게 만들고 그 위에 술잔을 띄워 흘러가게 만든 연못.
109) 사농시(司農寺) : 나라의 창고를 관리하고 백관의 봉록과 조회·제사 등에 필요한 물품을 공급하는 관서.

안락 공주가 온갖 새의 깃털로 치마를 만들었더니, 이후로 모든 관리와 백성이 이것을 따라 했다. 사람들은 산림의 기이한 금수를 잡느라 산과 계곡을 다 뒤져 그물을 쳐서 남김없이 잡아 죽였다. 개원(開元) 연간(713~741)에 대전(大殿) 앞에서 이러한 보기(寶器)들을 불태우고 사람들에게 주옥 · 금은 · 비단 따위를 착용하는 것을 금하자, 그제야 금수를 포획하는 일이 멈추었다.

安樂公主奪百姓莊田, 造定昆池四十九里, 直抵南山, 擬昆明池. 累石爲山, 以象華岳, 引水爲澗, 以象天津. 飛閣步檐, 斜牆磴道, 被以錦繡, 畫以丹靑, 飾以金銀, 瑩以珠玉. 又爲九曲流杯池, 作石蓮花臺, 泉於臺中流出, 窮天下之壯麗. 及敗, 改爲"悖逆庶人池", 配入司農.
評 : 定昆池, 言定天子昆明池也. 趙履溫實主之. 誅逆韋之際, 上御承天門, 履溫詐喜, 舞蹈, 稱萬歲. 上令斬之, 刀劍亂下, 與男同戮. 小人無忌憚, 竟何益哉!
安樂公主造百鳥毛裙, 以後百官 · 百姓家效之. 山林奇禽異獸, 搜山蕩谷, 羅殺無遺. 開元中, 焚寶器於殿前, 禁人服珠玉 · 金銀 · 羅綺之屬, 於是採捕乃止.

* 이 고사는 《태평광기》 권236〈사치 · 안락공주〉와 권240〈첨녕 · 조이온(趙履溫)〉에 실려 있다.

35-9(0897) 동창 공주

동창공주(同昌公主)

출《두양편》

    [당나라] 함통(咸通) 9년(868)에 동창 공주110)는 출가해서 광화리(廣化里)에서 살게 되었다. 황상은 동창 공주에게 돈 500만 관(貫)을 하사하고, 또한 내고(內庫 : 황실 창고)의 진기한 보물을 죄다 주어 그 집을 채워 주었으며, 창과 들창까지도 여러 보물로 장식하지 않은 것이 없었다. 게다가 금과 은으로 우물 난간과 약절구, 쌀통과 물통, 무쇠솥과 항아리를 만들었고, 금실로 조리와 키, 광주리를 짜 만들었으며, 수정·화제주(火齊珠)·유리·대모(玳瑁) 등으로 침상을 만들고, 금과 은으로 만든 거북과 사슴으로 침상의 버팀목을 만들었다. 또 오색 빛의 옥을 다듬어서 그릇과 세간을 만들고, 온갖 보석을 합해 원탁을 만들었다. 또 금맥(金麥)과 은조(銀粟) 알갱이 수십 말을 하사했는데, 이는 모두 태종

---

110) 동창 공주 : 의종(懿宗)과 곽숙비(郭淑妃)의 딸로, 기거랑(起居郎) 위보형(韋保衡)에게 시집갔다. 의종의 두터운 총애를 받았으며, 죽은 후에 위국 공주(衛國公主)에 추증되고 문의(文懿)라는 시호를 받았다.

(太宗) 때 조지국(條支國 : 지금의 시리아)에서 바친 물건이었다. 당(堂) 안에는 연주장(連珠帳)과 각한렴(却寒簾), 서점(犀簟 : 무소뿔로 만든 삿자리)과 아석(牙席 : 상아로 만든 자리)을 설치했다. 연주장은 진주를 이어 만든 것이었다. 각한렴은 대모 무늬와 비슷하고 자색을 띠며 각한조(却寒鳥)의 뼈로 만든 것이라 했는데, 어느 나라에서 나는 것인지는 알 수 없었다. 또 자고침(鷓鴣枕)·비취갑(翡翠匣)·신사수피(神絲繡被)가 있었다. 자고침은 칠보를 합쳐서 자고새의 무늬를 만든 것이고, 비취갑은 물총새의 깃으로 장식한 것이며, 신사수피는 3000마리의 원앙새를 수놓은 것으로 그 사이에 기이한 꽃과 나뭇잎을 수놓았는데, 그 정교함과 화려함을 가히 알 수 있다. 그 위에는 좁쌀만 한 영속주(靈粟珠)를 꿰매 오색찬란하게 빛났다. 또 견분서(蠲忿犀)와 여의옥(如意玉)이 있었다. 견분서는 탄환처럼 둥글고 흙 속에 넣어 두어도 썩지 않았으며, 이것을 허리에 차면 사람의 분노를 없애 주었다. 여의옥은 복숭아 열매처럼 생겼고 위에 일곱 개의 구멍이 있는데, 통명(通明 : 사리에 통달하고 지혜가 밝음)을 상징한다고 했다. 또 슬슬막(瑟瑟幙)·문포건(紋布巾)·화잠면(火蠶綿)·구옥차(九玉釵)가 있었다. 슬슬막은 그 색깔이 슬슬(瑟瑟 : 푸른 옥)과 같고 너비가 3척(尺)이고 길이가 100척이나 되며, 비할 데 없이 가볍고 투명했다. 하늘을 향해 그것을 펼치면 마치 푸른 실로 구슬을 꿰

어 놓은 듯 그 무늬가 밝고 투명했으며, 설령 큰비가 갑자기 내린다 해도 젖지 않았는데, 교인(蛟人 : 인어)[111]의 서향고(瑞香膏)를 발랐기 때문이라고 했다. 문포건은 손수건으로 눈처럼 희고 깨끗하며, 비할 데 없이 광택이 나고 부드러우며, 물을 닦아도 젖지 않으며, 1년 내내 사용해도 더러워지지 않았다. 이 두 물건은 귀곡국(鬼谷國)에서 얻은 것이라고 했다. 화잠면은 화주(火洲)에서 나는데, 솜옷 한 벌을 만드는 데 한 냥(兩)만 사용해야 하며 만약 조금이라도 더 들어가면 후끈한 열기를 견딜 수 없었다. 구옥차 위에는 난새 아홉 마리가 새겨져 있고 그 색깔이 아홉 가지로 모두 달랐으며 그 위에 "옥아(玉兒)"라는 두 글자가 새겨져 있었는데, 그 정교함과 기묘함은 거의 사람이 만든 것 같지 않았다. 어떤 사람이 금릉(金陵)에서 이것을 얻어 동창 공주에게 바치자 동창 공주는 아주 후하게 사례했다. 하루는 동창 공주가 낮잠을 잤는데, 꿈에 진홍색 옷을 입은 한 하인이 다음과 같은 말을 전했다.

"남제(南齊)의 반 숙비(潘淑妃)께서 구란차(九鸞釵)를 가져오라고 하십니다."

---

111) 교인(蛟人) : 바다 밑에 산다는 전설 속의 인어. 베를 잘 짜고 울면 눈물이 구슬이 된다고 한다.

이에 대해 어떤 사람이 말했다.

"옥아는 다름 아닌 반비(潘妃 : 반 숙비)의 어릴 적 자(字)입니다."

여러 진기한 보물에 대해 일일이 다 적을 수 없다. 한나라에서 당나라에 이르기까지 공주가 출가하면서 이처럼 성대한 적이 없었다. 동창 공주는 칠보로 장식한 보련(步輦)을 타고 궁궐을 나갔는데, 보련의 사방 모서리에 오색 비단 향주머니가 달려 있었고, 향주머니 안에는 벽사향(辟邪香)·서린향(瑞麟香)·금봉향(金鳳香)이 들어 있었는데, 모두 이국에서 바친 것들이었다. 또한 용뇌(龍腦)[112]와 금가루가 섞여 있었다. 보련에는 수정·마노(瑪瑙)·벽진서(辟塵犀)를 이용해 용·봉황·꽃·나무 모양을 새겨 넣고, 그 위에 모두 진주와 대모를 매달아 놓았다. 또 금실로 유소(流蘇 : 수술)[113]를 만들고, 경옥(輕玉)을 조각해 부동(浮動 : 보련 장식물)을 만들었다. 동창 공주가 매번 외출하면 온 거리에 향기가 진동하고 광채가 번쩍여서 구경꾼들은 눈이 어지러

---

112) 용뇌(龍腦) : 용뇌수(龍腦樹)의 줄기에서 나오는 무색투명한 결정체로 훈향제로 쓰인다.

113) 유소(流蘇) : 수술. 오색 깃털이나 실 등으로 만든 이삭 모양의 늘어뜨리는 장식물로, 주로 거마(車馬)나 장막 등을 장식하는 데 사용되었다.

울 정도였다. 당시 어떤 중귀인(中貴人 : 환관)이 광화리의 술집에서 술을 사다가 갑자기 말했다.

"자리에서 향기가 나는데 어찌 이리도 특이한가?"

동석한 사람이 말했다.

"혹시 용뇌향이 아닙니까?"

중귀인이 말했다.

"아니오. 내가 어려서부터 비빈의 궁에서 일했기 때문에 늘 이 향기를 맡았소. 그런데 지금 이 향기가 어떻게 여기에서 나는지 알 수 없군요."

그러고는 술집 주인을 돌아보며 물었더니 술집 주인이 말했다.

"동창 공주의 보련을 메는 일꾼이 비단옷을 저당 잡히고 여기에서 술을 가져갔습니다." 미 : 그 호사스러움을 짐작할 만하다.

중귀인은 함께 비단옷을 보여 달라고 청해서 보고 난 뒤에 더욱 경탄했다. [동창 공주가 병이 나자] 황상은 날마다 어찬(御饌)과 탕약을 하사했는데, 길거리에 [어찬과 탕약을 나르는] 사자들이 줄을 이었다. 어찬에는 소령자(消靈炙)와 홍규포(紅虯脯)가 있었고, 술에는 응로장(凝露漿)과 계화배(桂花醅)가 있었으며, 차에는 녹화(綠花)와 자영(紫英)이라 부르는 차가 있었다. 소령자는 양 한 마리의 고기에서 4냥(兩)만을 취해 만든 것으로, 지독한 더위 속에서도 악취가 나거나 부패하지 않았다. 홍규포는 진짜 규룡이 아니라 그 것을 소반 안에 넣어 두면 붉은 실과 같은 가닥이 1척 높이로 일어나는데, 젓가락으로 그것을 끊어 내면 3~4푼도 안 되며 젓가락을 치우면 즉시 원래 상태로 돌아갔다. 그 여러 가지 음식의 맛은 다른 사람은 알 수 없었지만, 동창 공주 집의 사람들은 마을 사람들이 쌀겨나 쭉정이를 먹듯이 실컷 먹었다. 하루는 광화리에서 [부마] 위씨[韋氏 : 위보형(韋保衡)]의 일족에게 큰 연회를 열어 주었는데, 온갖 맛있는 음식이 모두 차려졌지만 무더위가 심해지자 동창 공주가 사람을 시켜 징수백(澄水帛)을 가져와 물에 담갔다가 남쪽 추녀에 걸게 했더니, 온 좌중이 추워하면서 모두 솜옷을 입고 싶어 했다. 징수백은 길이가 8~9척 정도 되고 무명처럼 가늘며 사물을 비춰 볼 수 있을 정도로 얇고 투명했는데, 그 속에 용연(龍涎 : 용연향)이 들어 있기 때문에 더위를 식힐 수 있다고 했다. 동창 공주가 처음 병이 났을 때 술사(術士) 미빈(米賓)을 불러 푸닥거리를 하고 나서 그에게 향랍촉(香蠟燭)을 주었다. 미씨(米氏 : 미빈)의 이웃들은 이상한 향기를 느꼈는데, 어떤 사람이 그의 집을 찾아가서 캐물었더니 미빈이 사실대로 대답해 주었다. 미빈이 그 향랍촉을 꺼냈더니 사방 2촌 너비에 길이는 1척 남짓 되었고 그 위에 오색 무늬가 그려져 있었는데, 그것을 태우자 밤새도록 다 타지 않았으며 진한 향기가 100보 밖에서도 맡을 수 있었다. 향랍촉의 연기가 위로 피어올라 누각과 대전의 모습을 이루었는데, 누군가가 향랍촉 안에 신지(蜃脂 : 대합조개 기름)가 들어 있어서 그렇다고 했다. 동창 공주의 병이 심해지자 의원은 그 약을 구하기 어렵게 하기 위해 황제께 아뢰었다.

"홍밀(紅蜜)과 백원고(白猿膏)를 구해서 복용하면 나을 수 있을 것입니다."

황상은 영을 내려 황실 창고를 뒤져서 홍밀 몇 섬을 찾아냈는데, 이것은 본래 두리국(兜離國)에서 바친 것이었다. 백원고 몇 동이는 본래 남해국(南海國)에서 바친 것이었다. 날마다 약을 먹었으나 끝내 아무런 효험도 보지 못하고 동창 공주는 죽고 말았다. 황상은 애통해하면서 직접 만가사(挽歌詞)를 짓고 조정 신하들에게도 이어서 화창(和唱)하게 했다. 위씨의 묘정(廟庭)에서 제사 지내는 날에 백관과 환관들이 모두 황금과 옥으로 꾸민 수레와 옷과 노리개를 위씨의 묘정에서 불태웠는데, 위씨의 집에서는 타고 난 재를 다투어 가져가서 금은보화를 골라냈다. 동창 공주가 동교(東郊)에 묻히던 날 황상과 곽 숙비(郭淑妃)는 연흥문(延興門)으로 납시었으며, 황실 창고에서 각각 그 높이가 몇 척이나 되는 황금 낙타·봉황·기린을 꺼내 장례 의장을 따르게 했다. 동창 공주의 의복과 노리개는 살아 있는 사람의 것과 다를 바 없었으며, 한 물건마다 모두 수레 120대 분량에 달했다. 나무를 깎아 여러 채의 전각을 만들었고 조각한 용과 봉황, 화초와 나무, 사람과 가축 등은 그 수를 셀 수 없을 정도로 많았다. 온갖 수놓은 비단에 황금 구슬과 슬슬을 매달아 만든 장막이 1000개나 되었다. 장례 행렬의 깃발과 산개(傘蓋)가 길거리를 메워 해를 가렸다. 황상은 그 깃발과 패옥과 의장을 대부분 등급을 더해 주었고, 또 칙령을 내려 비구니와 여도사를 시종으로 삼아 양옆에서 인도하게 했으며, 승소백령향(升霄百靈香)을 사르고 귀천자금경(歸天紫金磬)을 치게 했는데, 그 화려하고 휘황찬란한 상여의 행렬이 거의 20여 리에 이르렀다. 황상은 또 술 100곡(斛)과 낙타 30마리 분량의 떡을 하사했는데, 떡 하나의 직경이 2척이나 되었으며, 이것을 일꾼들에게 먹였다. 도성의 사서인(士庶人)들은 생업을 파했고 구경꾼들은 땀을 흘리며 이어지면서 뒤에 서게 될까 걱정할 뿐이었다. 상여가 연흥문을 지나가자 황상과 곽 숙비가 통곡했다. 연흥문 안팎에서 그 통곡을 들은 사람들은 애통해하지 않는 이가 없었다. 같은 날 유모도 함께 장사 지냈기에 황상은 다시 〈제유모문(祭乳母文)〉을 지었는데, 문사가 질박하고 뜻이 절절해서 많은 사람들이 이를 전하고 외웠다. 그날 이후로 황상이 밤낮으로 마음에 담고 잊지 않자, 이가급(李可及)이 〈탄백년곡(嘆百年曲)〉을 지어 바쳤는데, 소리와 가사가 슬프고 원망스러워서 이 곡을 듣고 눈물을 흘리지 않는 사람이 없었다. 황상은 다시 수십 명에게 탄백년 악대(樂隊)를 만들게 했는데, 황실 창고에서 진기한 보물을 가져다 조각해 머리 장식을 만들고 비단 800필을 가져와 그 위에 물고기와 용과 물결무늬를 그리게 해서 돗자리로 삼았다. 매번 춤을 추고 나면 진주와 비취가 땅에 가득했다. 이가급은 대장군(大將軍)을 지냈는데, 수많은 하사품을 상으로 받았기에 몹시 무례했다. 좌군용사(左軍容使) 서문계현(西門季玄)은 평소 매우 강직한 사람이었는데 이가급에게 말했다.

"그대는 제멋대로 교묘한 아첨으로 천자를 현혹하고 있으니, 멸족당할 날이 머지않았소!"

그러나 이가급은 황제의 총애를 믿고 조금도 고치지 않았다. 이가급은 목구멍과 혀를 잘 굴려서 노래를 구성지게 불렀는데, 천자 앞에서 온갖 눈짓과 고갯짓을 하며 잇달아 노래를 부르면서 순식간에 수백 가지의 자태를 쉬지 않고 표현했다. 당시 도성의 불량한 젊은이들이 서로 이를 따라 하면서 "박탄(拍彈)"이라 불렀다. 하루는 이가급이 며느리를 맞아들이는 일 때문에 휴가를 청하자 황상이 말했다.

"즉시 술과 국수와 쌀을 보내 그대의 가례(嘉禮)를 도와주도록 하겠노라."

이가급이 집으로 돌아온 뒤 얼마 지나지 않아 한 중귀인이 각각 높이가 2척 남짓 되는 은(銀)으로 만든 통 두 개를 가져 와서 하사품이라고 말했다. 이가급은 처음에는 술이라 생각했는데, 통을 열어 보았더니 모두 금은보화가 채워져 있었다. 황상은 또 이가급에게 높이가 몇 척이나 되는 은으로 만든 기린을 하사했다. 이가급은 관고(官庫)의 수레를 가져와 그것을 싣고 사저로 돌아갔다. 서문계현이 말했다.

"지금은 받은 하사품을 관거(官車)로 실어 오지만, 훗날 집안이 망하면 또한 모름지기 이것들을 수레에 실어 황실 창고로 돌려줘야 할 것이오. 그러니 이것은 상을 받았다고 말할 것도 못 되고, 그저 소의 다리만 수고롭게 하는 것이오."

나중에 이가급은 과연 영표(嶺表 : 영남)로 유배되었고, 이전에 하사받았던 진귀한 물건들은 모두 나라에 환수되었다. 군자들은 서문계현이 선견지명을 지녔다고 여겼다.

咸通九年, 同昌公主出降, 宅於廣化里. 錫錢五百萬貫, 更罄內庫珍寶, 以實其宅, 而房櫳戶牖, 無不以衆寶飾之. 更以金銀爲井欄·藥臼·食櫃·水槽·鐺釜·盆甕之屬, 縷金爲笊籬·箕筐, 製水晶·火齊·琉璃·玳瑁等爲床, 搘以金龜·銀鹿. 更琢五色玉爲器皿什物, 合百寶爲圓案. 賜金麥·銀粟共數斛, 此皆太宗朝條支國所獻也. 堂中設連珠之帳·却寒之簾·犀簟牙席. 連珠帳, 績眞珠以成也. 却寒簾, 類玳瑁斑, 有紫色, 云却寒鳥骨之所爲也, 但未知出於何國. 更有鷓鴣枕·翡翠匣·神絲繡被. 其枕以七寶合爲鷓鴣之斑, 其匣飾以翠羽, 神絲繡被, 三千鴛鴦, 仍間以奇花異葉, 精巧華麗, 可得而知矣. 其上綴以靈粟之珠, 如粟粒, 五色輝煥. 更有鏤忿犀·如意玉. 其犀圓如彈丸, 入土不朽爛, 帶之令人鏤忿怒. 如意玉類枕頭[1], 上有七孔, 云通明之象. 更有瑟瑟幙・紋布巾・火蠶絲²・九玉釵. 其幙色如瑟瑟, 闊三尺, 長一百尺, 輕明虛薄, 無以爲比. 向空張之, 則疏朗之紋, 如碧絲之貫其珠, 雖大雨暴降, 不能沾濕, 云以蛟人瑞香膏所傅故也. 紋布巾, 卽手巾也, 潔白如雪, 光軟絶倫, 拭水不濡, 用之彌年, 亦未嘗垢. 二物稱得鬼谷國. 火蠶綿出火洲, 絮衣一襲, 止用一兩, 稍過度, 則熇蒸之氣不可奈. 九玉釵上刻九鸞, 皆九色, 其上有字曰"玉兒", 精巧奇妙, 殆非人製. 有得於金陵者, 因以獻, 公主酬之甚厚. 一日晝寢, 夢絳衣奴傳語云: "南齊潘淑妃取九鸞釵." 或曰: "玉兒, 卽潘妃小字也." 逮諸珍異, 不可具載. 自漢唐公主出降之盛, 未之有也. 公主乘七寶步輦, 四角綴五色錦香囊, 囊中貯辟邪香・瑞麟香・金鳳香, 此皆異國獻者. 仍雜以龍腦・金屑, 鏤水晶・瑪瑙・辟塵犀爲龍鳳花木狀, 其上悉絡眞珠玳瑁. 更以金絲爲流蘇, 雕輕玉爲浮動. 每一出遊, 則芬香街巷, 晶光耀日, 觀者眩目. 時有中貴人, 買酒於廣化旗亭, 忽相謂曰: "坐來香氣, 何太異也?" 同席曰: "豈非龍腦乎?" 曰: "非也. 予幼給事於嬪妃宮, 故常聞此. 未知今日何由而致." 因顧問當壚者, 云: "公主步輦夫以錦衣質酒於此." 眉: 豪奢可想. 中貴共請視之, 益嘆異焉. 上日賜御饌湯藥, 而道路之使相屬. 其饌有消靈炙・紅虬脯, 其酒則有凝露漿・桂花醅, 其茶則有綠花・紫英之號. 消靈炙, 一羊之肉, 取四兩, 雖經暑毒, 終不臭敗. 紅虬脯, 非虬也, 但貯於盤中, 縷起如紅絲, 高一尺, 以筯抑之, 無三四分, 撤卽復故. 其諸品味, 他人莫能識, 而公主家人餐飫, 如里中糠秕. 一日大會韋氏之族於廣化里, 玉饌具陳, 暑氣將甚, 公主命取澄水帛以蘸之, 掛於南軒, 滿座皆思挾纊. 澄水帛, 長八九尺, 似布而細, 明薄可鑒, 云其中有龍涎, 故能消暑也. 公主始有疾, 召術士米賓爲禳法, 乃以香蠟燭遺之. 米氏之鄰人, 覺香氣異常, 或詣門詰其故, 賓具以事對. 出其燭, 方二寸, 長尺餘, 其上施五彩, 爇之, 竟夕不盡, 郁烈之氣, 可聞於百步餘. 煙出於上, 卽成樓閣臺殿之狀, 或云燭中有屑脂也. 公主疾旣甚, 醫者欲難其藥, 奏云:"得紅蜜·白猿膏, 食之可愈." 上令檢內庫, 得紅蜜數石, 本兜離國所貢. 白猿膏數甕, 本南海所獻. 雖日加藥餌, 終無驗, 公主薨. 上哀痛, 遂自製挽歌詞, 令朝臣繼和. 及庭祭日, 百司內官皆用金玉飾車輿服玩, 以焚於韋氏庭. 韋家爭取灰以擇金寶. 及葬於東郊, 上與淑妃御延興門, 出內庫金駱駝·鳳凰·麒麟各高數尺, 以爲儀從. 其衣服玩具, 與人無異, 每一物皆至一百二十輿. 刻木爲數殿, 龍鳳花木人畜之衆者不可勝計. 以繹羅綺繡, 絡以金珠瑟瑟, 爲帳幕者千隊. 其幢節傘蓋, 彌街翳日. 旌旗·珂珮·鹵簿, 率多加等, 敕尼僧及女道士爲侍從引翼, 焚升霄百靈之香, 而擊歸天紫金之磬, 繁華輝煥, 殆將二十餘里. 上又賜酒一百斛, 餅餤三十駱駝, 各徑闊二尺, 飼役夫也. 京城士庶罷業, 觀者流汗相屬, 唯恐居後. 及靈輀過延興門, 上與淑妃慟哭. 中外聞者, 無不傷痛. 同日葬乳母, 上更作〈祭乳母文〉, 詞質而意切, 人多傳誦. 自後上日夕注心掛意, 李可及進〈嘆百年曲〉, 聲詞哀怨, 聽之莫不淚下. 更敎數十人作嘆百年隊, 取內庫珍寶雕成首飾, 取絹八百匹, 畫作魚龍波浪文, 以爲地衣. 每舞竟, 珠翠滿地. 可及官歷大將軍, 賞賜盈萬, 甚無狀. 左軍容使西門季玄素頗梗直, 乃謂可及曰:"爾恣巧媚以惑天子, 族[3]無日矣!" 可及恃寵, 無有少改. 可及善囀喉舌, 於天子前弄眼作頭腦, 連聲著詞唱曲, 須臾間, 變態百數不休. 是時京城不調少年相交[4], 謂之"拍彈". 一日可及乞假, 爲子娶婦, 上曰:"卽令送酒麪及米, 以助汝嘉禮." 可及歸至舍, 俄一中貴人監二銀榼, 各高二尺餘, 宣賜. 可及始以爲酒, 及啓, 皆實以金寶. 上賜可及銀麒麟, 高數尺. 可及取官庫車, 載往私第.

西門季玄曰:"今日受賜用官車, 他日破家, 亦須輦還內府. 不道受賞, 徒勞牛足." 後可及果流於嶺表, 舊賜珍玩, 悉皆進入. 君子謂季玄有先見之明.

* 이 고사는《태평광기》권237〈사치·동창공주〉에 실려 있다.
1 침두(枕頭):《두양잡편(杜陽雜編)》에는 "도실(桃實)"이라 되어 있는데, 문맥상 보다 타당하다.
2 사(絲):《태평광기》와《두양잡편》에는 "면(綿)"이라 되어 있는데, 문맥상 타당해 보인다. 아래에는 "면"이라 되어 있다.
3 족(族):《두양잡편》에는 "멸족(滅族)"이라 되어 있는데, 문맥상 의미가 분명하다.
4 교(交):《태평광기》와《두양잡편》에는 "효(效)"라 되어 있는데, 문맥상 보다 타당하다.

35-10(0898) 곽황

곽황(郭況)

출《습유록》

한(漢)나라의 곽황은 광무황후(光武皇后 : 곽 황후)의 동생이다. 그는 수억 금의 재물을 모았고 하인이 400명이나 되었으며, 금으로 그릇을 만드느라 주조하고 단련하는 소리가 도성과 교외까지 진동했다. 그래서 당시 사람들이 "곽씨(郭氏 : 곽황)네 집은 비가 오지 않아도 천둥이 친다"라고 말했다. 또한 정원 안에 높다란 누각을 세우고 그 위에 형석(衡石 : 저울)을 두어 금의 무게를 달았으며, 아래에는 금을 보관하는 굴을 만들어 늘어선 무사들이 그것을 지켰다. 또 온갖 보물을 새겨 넣어 누대와 정자를 장식하고 대들보와 용마루 사이에 명주(明珠 : 야광주)를 매달아 놓았는데, 낮에 보면 별과 같고 밤에 보면 달과 같았다. 그의 총애를 받은 첩들은 모두 옥그릇에 밥을 담아 먹었다. 그래서 동경(東京 : 낙양) 사람들은 곽씨의 집을 "경주금굴(瓊廚金窟 : 옥 주방에 황금 굴)"이라 불렀다.

漢郭況, 光武皇后之弟也. 累金數億, 家童四百人, 以金爲器皿, 鑄冶之聲, 徹於都鄙. 時人謂"郭氏之室, 不雨而雷". 於庭中起高閣, 厝衡石於其上以稱量, 下有藏金窟, 列武士衛之. 錯雜寶以飾臺榭, 懸明珠於梁棟, 晝視如星, 夜望如月. 其內寵者, 皆以玉器盛食. 故東京謂郭氏家爲"瓊廚金窟".

* 이 고사는 《태평광기》 권236 〈사치·곽황〉에 실려 있다.

35-11(0899) 곽광의 처

곽광처(霍光妻)

출《서경잡기(西京雜記)》

한(漢)나라 곽광의 처[곽현]가 순우연(淳于衍)114)에게 포도금(蒲桃錦 : 포도무늬 비단) 24필과 산화릉(散花綾 : 꽃무늬 능라 비단) 25필을 보내 주었다. 산화릉은 거록(鉅鹿)의 진보광(陳寶光)에게서 나온 것인데, 진보광의 처가 그 직조법을 전승했다. 곽현(霍顯)이 진보광의 처를 자기 저택으로 불러들여 비단을 짜게 했다. 베틀은 120개의 발판을 사용하며 60일에 한 필을 짜는데, 그 값이 만 전이나 되었다. 또 곽현은 순우연에게 월주(越珠 : 월 땅에서 나는 커다란 구슬) 한 꿰미와 푸른 비단 700단(端 : 1단은 여섯 장)을 주었는데, 그것은 돈 100만 냥과 황금 100냥의 값이 나갔다. 또 저택도 지어 주고 셀 수 없이 많은 노비도 주었다. 그런데도 순우연은 적다고 원망하며 말했다.

114) 순우연(淳于衍) : 한나라 선제(宣帝) 때 궁중 여의(女醫). 곽현(霍顯)의 사주를 받고 해산에 임박해 병들어 있던 허 황후(許皇后)를 독살함으로써 곽현의 딸 성군(成君)이 황후가 되는 데 큰 공을 세웠다. 나중에 사건이 발각되어 하옥되었으나 곽광의 비호를 받아 석방되었다.

"내가 어떤 공을 세웠는데 나에게 겨우 이처럼 보답하다니!" 미 : 순우연이 허 황후(許皇后)를 독살했기 때문이다.

漢霍光妻遺淳于衍蒲桃錦二十匹, 散花綾二十五匹. 綾出鉅鹿陳寶光, 妻傳其法. 霍顯召入第, 使作之. 機用一百二十躡, 六十日成一匹, 直萬錢. 又與越珠一斛琲, 綠綾七百端, 直錢百萬, 黃金百兩. 又爲起第宅, 奴婢不可勝數. 衍猶怨薄曰 : "吾爲若何成功, 而報我若是哉!" 眉 : 以酖許后故.

*   이 고사는 《태평광기》 권236 〈사치·곽광처〉에 실려 있다.

35-12(0900) 한언

한언(韓嫣)

출《서경잡기》

한언은 탄궁 쏘기를 좋아했는데, 항상 황금으로 탄환을 만들었으며 하루에 잃어버린 것이 10여 개나 되었다. 장안(長安) 사람들이 그 일을 두고 말했다.

"배고픔과 추위에 고달프면 황금 탄환을 쫓아라."

도성의 아이들은 매번 한언이 탄궁 쏘러 나간다는 말을 들으면 즉시 그를 따라다녔다.

韓嫣好彈, 常以金爲丸, 一日所失者十餘. 長安爲之語曰 : "苦饑寒, 逐金丸." 京師兒童每聞嫣出彈, 輒隨逐之.

* 이 고사는《태평광기》권236〈사치·한언〉에 실려 있다.

35-13(0901) 허경종

허경종(許敬宗)

출《독이기(獨異記)》

당(唐)나라의 허경종은 대단히 호사를 부렸다. 그는 일찍이 70칸이나 되는 높다란 누각을 지어 놓고 기녀들에게 그 위에서 말을 타고 달리게 함으로써 즐거운 놀이로 삼았다.

唐許敬宗奢豪. 嘗造飛樓七十間, 令妓女走馬其上, 以爲戲樂.

* 이 고사는 《태평광기》 권236 〈사치·허경종〉에 실려 있다.

35-14(0902) 아장

아장(阿臧)

출《조야첨재》

　장역지(張易之)는 어머니 아장을 위해 칠보장(七寶帳)을 만들고 그것에 금은·주옥·보석 따위를 죄다 모아 장식했는데, 예로부터 이렇게 화려한 휘장은 듣지도 보지도 못한 것이었다. 휘장 안에는 상아상(象牙床: 상아로 만든 침상)을 놓고, 침상 위에는 서각점(犀角簟: 무소뿔로 엮어 만든 삿자리), 혼초욕(䶉貂褥: 다람쥐와 담비 털로 만든 요), 공문전(蛩䘉氈: 귀뚜라미 더듬이와 모기 터럭으로 만든 양탄자)을 깔았으며, 분진(汾晉) 지방의 용수초(龍鬚草)와 임하(臨河) 지방의 봉핵초(鳳翮草)로 자리를 만들었다. 아장은 봉각시랑(鳳閣侍郎: 중서시랑) 이형수(李逈秀)와 사통했는데, 그녀가 강요한 것이었다. 협: 괴롭도다! 그녀는 원앙 술잔 한 쌍으로 그와 함께 술을 마셨는데, 이는 항상 서로 따르고자 하는 뜻을 취한 것이었다. 그러나 이형수는 그녀의 강성함을 두려워하고 그녀가 늙은 것을 싫어해, 무절제하게 마구 술을 마시고 정신없이 취하는 것에 힘썼기 때문에 그녀가 자주 불러들였으나 깨어나지 못했다. 그래서 그는 항주자사(恒州刺史)로 전출되었다. 그 후 장역지가 권세를 잃자, 아장은 관비

(官婢)로 들어갔고 이형수도 연좌되어 강직되었다.

평 : 이는 위 황후(韋皇后)의 아차(阿㚖 : 유모의 남편)였던 두종일(竇從一)115)의 일과 짝이 된다. 바야흐로 천후(天后 : 측천무후)가 음행을 창도하자 일시에 노부인들이 모두 벼슬아치를 남색으로 둔 것은 이상하게 여기기에 부족하다.

張易之爲母阿臧造七寶帳, 金銀·珠玉·寶貝之類, 罔不畢萃, 曠古以來, 未曾聞見. 鋪象牙床, 織犀角簟, 鼲貂之褥, 蛩蟁之氈, 汾晉之龍鬚, 臨河之鳳翮以爲席. 阿臧與鳳閣侍郎李迥秀私通, 逼之也. 夾 : 苦哉! 以鴛盞一雙共飮, 取其常相逐. 迥秀畏其盛, 嫌其老, 乃荒飮無度, 昏醉是務, 常頻喚不覺. 出爲恒州刺史. 易之敗, 阿臧入官, 迥秀坐降.
評 : 此與竇從一皇后阿㚖事的對. 方天后倡淫, 一時老嫗皆有彈冠之色, 不足怪也.

* 이 고사는 《태평광기》 권236 〈사치·장역지(張易之)〉에 실려 있다.

115) 두종일(竇從一) : 본명은 두회정(竇懷貞)인데 위후(韋后)에게 아첨하기 위해 위후의 부친 위현정(韋玄貞)의 휘를 피해 '종일'로 개명했다. 또 위후의 유모 왕씨(王氏)를 부인으로 맞이했는데, 세간에서 유모의 남편을 아차(阿㚖)라고 했기에 사람들이 그를 "국차(國㚖)"라고 불렀다. 나중에 위후가 패역서인으로 전락하자, 그는 부인을 참수해 그 머리를 바치고 자신의 목숨을 구했다. 그 후에 태평 공주(太平公主)에게 붙었다가 현종이 정변을 일으켜 태평 공주 일당을 제거하자 자살했다.

35-15(0903) **위척**

위척(韋陟)

출《유양잡조》

    위척은 일찍부터 문학으로 이름이 드러났으며 초서(草書)와 예서(隸書)에 뛰어났다. 그는 현달한 관리의 집을 드나들면서 존귀한 사람들과 만났다. 위척은 본디 가문이 뛰어나고 재주가 훌륭해서 손쉽게 경상(卿相)의 자리에 올랐지만, 사람들과 교유할 때 거만해서 일찍이 다른 사람들과 정겹게 지낸 적이 없었다. 그가 입은 옷이나 타는 마차는 더욱 사치스러웠다. 그의 주변에는 늘 수십 명의 시동과 환관이 있었다. 위척은 어떤 때는 안석에 기대어 턱을 괴고 하루 종일 시간을 보내면서 말 한마디도 하지 않았다. 그가 먹는 음식은 더욱 정결했는데 새의 깃털로 쌀을 골라냈다. 매끼 식사 후에 부엌에서 내다 버린 음식을 보면 만 전(錢)은 더 되어 보였다. 혐 : 누가 이보다 더 심할까? 공경들의 집에서 잔치를 벌일 때 온갖 산해진미를 다 차려 내놓아도 위척은 젓가락조차 대지 않았다. 위척은 하녀에게 편지를 담당하게 했는데, 편지를 주고받을 때도 직접 쓰지 않고 대신 받아 적게 할 따름이었다. 그런데도 편지 내용의 경중은 그의 뜻에 딱 맞아떨어졌고, 힘이 넘치는 서체는 모두 해서의 서법을 따르고 있었다. 위척은 그저 서명만 했는데, 미 : 이와 같은 여종이 어디에서 왔단 말인가? [한나라의] 정강성[鄭康成 : 정현(鄭玄)]을 몹시 부끄럽게 만든다. 당나라 사람들은 문장을 좋아했기 때문에 동복 중에서 문장에 능한 자가 많았으며 규수에 이르기까지 이는 일상적인 일이었지만, 하녀의 경우는 아직 흔하지 않았다. 늘 자신이 쓴 "척(陟)" 자가 오색 구름송이 같다고 스스로 말했다. 당시 많은 사람들이 그의 서체를 모방하면서 모두 이를 일러 "순공오운체(郇公五雲體)"116)라고 했다.

평 : 살펴보니, 위척은 자신을 봉양하는 것은 비록 사치했지만, 가법(家法)은 매우 엄정하게 했다. 아들 위윤(韋允)을 매우 엄하게 가르쳐서 그에게 밤늦도록 쉬지 않고 공부하게 했다. 위척의 집에는 가동이 많았지만 문에서 빈객을 맞이하는 일은 반드시 위윤을 보내 하게 했다. 위척의 동생 위빈(韋斌)은 성품이 매우 질박하고 후덕했으며 대신(大臣)으로서의 풍모를 지니고 있었다. 그는 조회 때마다 같은 반열의 관리들과 함께 웃으며 이야기를 나눈 적이 없었다. 옛 제도에 따르면 조회 때 신하들은 대전의 뜰에 서 있어야 했

---

116) 순공오운체(郇公五雲體) : '순공'은 바로 순국공(郇國公) 위척을 말한다.

는데, 하루는 많은 눈이 갑자기 쏟아지자 삼사(三事 : 삼공) 이하의 관리들 가운데 걸음을 옮기지 않는 사람이 없었지만, 위빈 혼자만 안색을 더욱 공손히 하고 그 자리에 있었으며 얼마 후 눈이 무릎까지 쌓였다. 조회가 끝나고 나서야 위빈은 눈 속에서 몸을 빼내 그 자리를 떠났다.

韋陟, 早以文學著名, 工草隸書. 出入淸顯, 踐歷崇貴. 自以門地才華, 坐取卿相, 接物簡傲, 未嘗與人款曲. 衣服車馬, 尤尙奢侈. 侍兒閹竪, 左右常數十人. 或隱几搘頤度日, 懶爲一言. 其於饌饈, 尤爲精潔, 仍以鳥羽擇米. 每食畢, 視廚中所委棄, 不啻萬錢之直. 夾 : 比何曾更甚? 若宴於公卿, 雖水陸具陳, 曾不下筯. 每令侍婢主尺題, 往來復章, 未嘗自札, 受意而已. 詞旨重輕, 正合陟意, 而書體遒利, 皆有楷法. 陟唯署名, 眉 : 如此婢從何處來? 羞殺鄭康成矣. 唐人好文, 故僮僕多能文者, 至閨秀以爲常事, 若侍兒未數數也. 常自謂所書"陟"字, 如五朶雲. 時人多仿效, 咸謂之"郇公五雲體".
評 : 按, 陟自奉雖侈, 然家法整肅. 訓子允甚嚴, 習讀夜分不輟. 家僮雖衆, 而應門賓客, 必遣允爲之. 弟斌, 性尤質厚, 有大臣之體. 每會朝, 未嘗與同列笑語. 舊制, 群臣立於殿庭, 一日密雪驟降, 自三事以下, 莫不移步, 獨斌意色益恭, 俄雪至膝. 朝旣罷, 斌於雪中拔身而去.

* 이 고사는 《태평광기》 권237 〈사치 · 위척〉에 실려 있다.

35-16(0904) 원재

원재(元載)

출《두양편》

원재는 사저에 운휘당(芸輝堂)을 지었다. 운휘는 향초의 이름으로 우전국(于闐國)에서 나는데, 그 향기가 옥처럼 맑고 깨끗했으며 흙 속에 파묻어도 썩어 없어지지 않았다. 그것을 갈아 가루로 만들어 그 벽에 칠했기 때문에 그 당을 "운휘"라고 불렀다. 또 침향목(沉香木)으로 들보와 마룻대를 만들고, 금과 은으로 문과 창을 만들었으며, 당(堂) 안에는 유리 병풍을 쳐 놓고, 자초장(紫綃帳 : 자색 비단 휘장)을 걸어 놓았다. 유리 병풍은 본래 양국충(楊國忠)이 아끼던 보물이었다. 그 위에는 전대의 미녀와 악기(樂妓)의 모습을 새겼고, 바깥쪽은 대모(玳瑁)와 수정으로 테두리를 만들었으며, 진주와 슬슬(瑟瑟 : 벽옥)을 매달아 장식했는데, 그 정교함은 거의 사람의 솜씨가 미칠 수 있는 바가 아니었다. 자초장은 남해(南海) 계동(溪洞)의 수령에게서 얻은 것으로, 교초(絞綃)[117]와 비슷했다. 그것은 가볍고 얇아 마치 아무것도

---

117) 교초(絞綃) : 교초(鮫綃)라고도 하는데, 전설 속 인어인 교인(鮫人)들이 짠 비단을 말한다.

걸리는 것이 없는 것 같았다. 설령 날씨가 춥다 하더라도 바람이 들어올 수 없었고, 한여름에는 시원함이 저절로 느껴졌다. 그 색깔은 은은하고 어떤 때는 휘장이 걸려 있는지조차도 알 수 없는데, 원재가 누워 있는 침실 안에서는 자색 기운이 느껴진다고 했다. 운휘당 앞에 있는 연못은 무늬 돌로 연못가를 겹쳐 쌓았고, 그 안에 있는 평양화(苹陽花)는 백평(白苹 : 흰 마름꽃)과 비슷했는데 꽃이 붉고 컸다. 또 벽부용(碧芙蓉)도 있었는데, 꽃봉오리가 향긋하고 깨끗했으며 보통 부용보다 탐스러웠다. 원재가 한가한 날에 난간에 기대어 연못을 구경하고 있을 때 홀연히 맑고 낭랑한 노랫소리가 들려왔는데, 열네댓 살 된 여자가 부르는 것 같았고 그 곡은 〈옥수후정화(玉樹後庭花)〉였다. 원재는 놀라고 이상해 했지만 어디서 들려오는지 알 수 없었다. 자세히 들어 보았더니 다름 아닌 벽부용 속에서 들려오는 것이었다. 미 : 기이한 일이다. 원재가 머리를 숙이고 자세히 살펴보았더니 가쁜 숨소리가 들려서, 원재는 이를 몹시 꺼림칙하게 여겨 그 꽃을 갈라 보았지만 아무것도 보이지 않았다. 원재는 용염불(龍髥拂)이라는 총채를 가지고 있었는데, 잘 익은 오디처럼 자줏빛이었고 길이는 3척 정도 되었으며, 수정을 깎아 자루를 만들고 홍옥(紅玉)을 조각해 둥근 고리를 만들었다. 간혹 비바람이 몰아쳐 어둑해질 때 냇가로 가서 이것을 물에 적시면, 광채가 요동치면서 화가 난 것처럼 총채 가닥이 일어섰다. 이것을 운휘당 안에 두면 모기와 파리가 근접하지 못했고, 흔들어서 소리를 내면 닭·개·소·말이 놀라 달아났다. 또 이것을 연못에다 늘어뜨리면 물고기와 거북 등이 모두 머리를 숙이고 그 주위로 모여들었다. 또 이것으로 공중에서 물을 끌어당기면 바로 3~5척 길이의 폭포가 생겼는데, 잠시도 끊어짐이 없었다. 제비 고기를 구워 그 향을 이것에 쏘이면 마치 운무가 피어나는 것처럼 연기가 생겼다. 그 후에 황상이 그 기이함을 알게 되자, 원재는 부득이 그것을 궁궐에 바쳤다. 원재는 동정도사(洞庭道士) 장지화(張知和)에게서 그 물건을 얻었다고 스스로 말했다.

원재의 처 왕씨(王氏)는 자가 온수(韞秀)로, 왕진(王縉)의 딸이었다. 당초 왕진이 북경[北京 : 태원(太原)]을 진수할 때 왕온수를 원재에게 시집보냈는데, 원재는 오랫동안 왕씨 집안사람들에게 무시당했다. 그러자 왕온수가 남편에게 말했다.

"어찌하여 더 공부하지 않습니까? 소첩이 시집올 때 가지고 온 혼수품이 있는데, 모두 당신이 공부하는 데 필요한 경비로 쓰십시오."

원재는 마침내 진(秦 : 장안)으로 떠나면서 시를 지어 왕온수와 작별했다.

"오랫동안 실의에 빠져 있는 못난이를 뉘라서 싫어하지 않겠는가? 설령 제후의 문하에 있다 해도 받아 주지 않을 것이네. 추위 속에서도 푸른 바다 산의 나무를 보라, 서리와 눈 속에서 고생하고 난 뒤에야 봄바람을 맞이한다네."

그러자 원재의 처가 함께 가기를 청하며 시를 지었다.

"길 떠나면서 배고프고 추위에 떤 지난 시절 모두 쓸어 내니, 하늘도 의지와 기개 있는 사람을 애처롭게 여기네. 이별의 눈물 흘리지 말고, 손잡고 함께 서진(西秦)으로 갑시다."

원재는 도성에 도착한 뒤에 여러 차례 시무(時務)를 진언했는데, 황상의 뜻에 매우 부합해서 숙종(肅宗)이 그를 발탁해 중서(中書 : 중서시랑동평장사로 재상에 해당함)에 임명했다. 왕씨(王氏 : 왕온수)는 원랑(元郞 : 원재)이 재상이 된 것을 기뻐하며 여러 자매에게 시를 보냈다.

"상국(相國 : 원재)은 이미 기린각(麒麟閣)[118]에 초상이 걸릴 정도로 귀해졌고, 우리 가문은 시로 으뜸인 왕 우승(王右丞 : 왕유)의 후손이라네. 젊은 날에 남편을 비웃으며 베 짜던 아내, 부귀해진 소진(蘇秦)을 보며 부끄러워했다네."

원재는 숙종과 대종(代宗) 2대에 걸쳐 재상을 지냈는데,

---

[118] 기린각(麒麟閣) : 미앙궁(未央宮) 내에 있던 한(漢)나라 때의 전각. 성제(成帝) 때 곽광(霍光) 등 공신 11명의 초상을 전각 안에 두어 그들의 공적을 기렸는데, 나중에 기린각에 초상이 걸린다는 것은 신하로서 최고의 영광을 누린다는 뜻으로 사용되었다.

견줄 이가 없을 정도로 존귀해졌다. 그는 정자와 누대를 넓혀 짓고 귀족들과 교유했으며, 손님들은 문에서 그를 만나려고 기다려도 대부분 저지당했다. 왕씨는 다시 한 편의 시를 지어 그를 타일렀다.

"초죽(楚竹 : 초죽으로 만든 관악기)과 연가(燕歌 : 연나라의 노래)는 화려한 들보를 맴돌고, 봄 난초 같은 가기(歌妓)는 거듭 옷 바꿔 입고 춤을 추네. 공손홍(公孫弘)이 관사를 열어 훌륭한 손님 맞이한 것[119]은, 뜬구름 같은 영화가 오래가지 않음을 알았기 때문이었네."

그래서 원재는 손님을 만나지 않는 경우가 다소 줄어들었다. 태원(太原)의 내외 친척들이 모두 축하하러 찾아오자, 왕온수는 그들을 한적한 별채에 묵게 했다. 어느 날 문득 날이 맑게 개자 각각 30장(丈) 길이의 청자색(靑紫色) 매듭 끈 40가닥에 모두 갖가지 비단 장식을 달아 놓았는데, 각 가닥의 매듭 끈 아래에 금은 향로 20개를 늘어놓고 모두 기이한 향을 피웠다. 미 : 재상이 되자마자 어떻게 갑자기 이렇게 부유해질 수 있는가? 그것이 오래가지 못할 것임을 알겠다. 그러고는 친척들

---

[119] 공손홍(公孫弘)이 관사를 열어 훌륭한 손님 맞이한 것 : 한나라 때 공손홍이 승상(丞相)으로 있을 때, 동각(東閣)을 열어 현사(賢士)를 맞이했다. 나중에 '동각'은 재상이 현사를 맞이하는 곳을 뜻하는 말로 쓰였다.

을 서원(西院)에서 한가롭게 거닐게 했는데, 왕온수가 그것이 무슨 물건이냐고 물었더니 시녀가 대답했다.

"지금 상공(相公 : 원재)과 부인의 잠옷을 햇볕에 말리고 있는 중입니다."

그러자 왕씨가 친척들에게 말했다.

"빌어먹던 이 아낙네에게 몸을 가릴 수 있는 거친 옷 두 벌이 생기게 될 줄을 어찌 생각이나 했겠습니까?"

이에 친척들이 얼굴을 붉히고 무안해하더니 하나둘씩 작별하고 떠났다. 왕온수는 늘 다른 사람에게 옷과 장신구를 나눠 주었지만, 태원의 골육에게는 주지 않으면서 매번 말했다.

"내가 고모와 언니들에게 예의가 없는 것이 아니니, 당시 당한 모욕을 어찌하겠습니까?"

원재는 나중에 재물을 탐하고 방자한 행동을 일삼다가 결국 죄를 자초했다. 황상은 그를 싫어해 주살하고 그의 집을 관에서 몰수했다. 왕온수는 어려서부터 식견과 도량을 지녔으며 절개 또한 높았다. 원재가 주살되고 난 뒤에 황상이 그녀를 궁궐로 불러들여 동관(彤管)[120]으로서 여관(女

---

120) 동관(彤管) : 동관사(彤管史). 붉은붓으로 궁중의 정령(政令)이나 비빈의 언행 등을 기록하던 여관(女官)을 말한다.

官)들을 훈계하는 임무를 맡기자 왕온수가 탄식하며 말했다.

"왕씨 가문의 십이낭자(十二娘子)로서 20년 동안 태원절도사의 딸이었고 16년 동안 재상의 부인이었는데, 어떻게 장신궁(長信宮)과 소양궁(昭陽宮)121)의 일을 기록하는 일을 할 수 있겠습니까? 차라리 죽는 것이 낫겠습니다!"

그러면서 한사코 명을 따르지 않았다. 미 : 원재를 보좌할 때 식견과 도량을 보여 주지 못했으니, 호기 있는 여자에 불과할 뿐이다. 혹자는 황상이 그녀의 죄를 용서해 주었다고 했고, 혹자는 경조윤(京兆尹)이 그녀를 매질해 죽였다고 했다. 원재의 총희(寵姬) 설요영(薛瑤英)은 시와 글씨에 능하고 가무에 뛰어났으며, 선녀 같은 자태에 옥 같은 자질을 지녔고 피부가 향기롭고 몸이 가벼워서, 선파(旋波 : 춘추 시대 월나라의 미녀)·이광(移光 : 춘추 시대 월나라의 미녀)·비연(飛燕 : 한나라 성제의 황후 조비연)·녹주(綠珠 : 진나라 석숭의 첩)라 하더라도 그녀를 뛰어넘을 수 없었다. 설요영의 어머니 조연(趙娟) 역시 기왕[岐王 : 이범(李範)]의 애첩으로, 나중에 기왕부(岐王府)를 나와 설씨(薛氏)의 처가 되어 설요

---

121) 장신궁(長信宮)과 소양궁(昭陽宮) : 둘 다 한나라 때의 궁전 이름으로, 장신궁은 주로 태후가 거처했고 소양궁은 주로 비빈이 거처했다. 여기서는 황후를 비롯한 비빈들의 거처를 가리킨다.

영을 낳았는데, 설요영에게 어려서부터 향을 먹였기 때문에 피부에서 향기가 났다. 원재는 그녀를 희첩으로 받아들여 금실로 짠 휘장 안에 머물게 하고 각진요(却塵褥 : 먼지가 생기지 않는 요)를 깔게 했는데, 각진요는 구려국(勾驪國)에서 나는 것으로 각진수(却塵獸)의 털로 만들었다고 하며, 그 색깔이 아주 붉고 비할 데 없이 광택이 나고 부드러웠다. 그녀는 용초(龍綃)로 만든 옷을 입었는데, 옷 한 벌의 무게가 두세 냥도 되지 않았고 그것을 뭉치면 한 움큼도 되지 않았다. 원재는 설요영의 몸이 가벼워서 무거운 옷을 이기지 못할 것이라 생각했기 때문에 이국에서 그것을 구해 왔다. 오직 가지(賈至)와 양염(楊炎)만이 원재와 친한 사이였기 때문에 종종 설요영의 가무를 볼 수 있었다. 가지가 그녀에 대해 시를 지었다.

"춤출 때는 수의(銖衣)[122]조차 무거울까 걱정하고, 웃는 얼굴은 복숭아꽃이 피었을까 의심하네. 비로소 알겠나니 한나라 무제(武帝)가, 헛되이 피풍대(避風臺)[123]를 지었음을."

---

[122] 수의(銖衣) : 아주 가벼운 옷. '수'는 1냥의 24분의 1이다.

[123] 피풍대(避風臺) : 한나라 성제(成帝)가 조비연(趙飛燕)의 몸이 너무 가벼워 바람을 이기지 못할까 봐 걱정해서 그녀를 위해 칠보피풍대(七寶避風臺)를 지었다. 본문에서 "무제(武帝)"는 "성제(成帝)"의 오기로 보인다.

양염도 긴 노래를 지어 그녀의 아름다움을 기렸는데 대략 다음과 같다.

"눈 같은 얼굴과 담백한 아미 천상의 선녀이니, 봉소(鳳簫)[124]와 난시(鸞翅) 소리에 하늘로 날아가 버릴 듯하네. 옥비녀에 머리꾸미개 꽂고 걸어도 먼지 일지 않고, 버들가지처럼 가는 허리는 봄바람을 이기지 못하네."

설요영은 교태를 부리며 아양을 잘 떨었는데, 원재는 이에 미혹되어 재상의 업무를 게을리했다. 설요영의 아버지는 설종본(薛宗本)이고 오라비는 설종의(薛從義)인데, 어머니 조연과 함께 번갈아 재상부(宰相府)를 출입하면서 다른 사람의 청탁을 받고 중간에서 뇌물을 챙겼기 때문에 "관절(關節)"이라 불렸다. 미 : "관절"이란 말이 여기에서 비롯했다. 또한 이들은 중서주리(中書主吏) 탁천(卓倩)과 더불어 원재의 심복이었으며, 천하에서 재물을 가지고 가서 관직을 구하는 자들은 설종본 등과 탁천을 중개인으로 지목하지 않는 이가 없었다. 원재가 죽자 설요영은 마을 사람의 처가 되었다. 논자들은 원재가 훌륭한 덕을 잃은 것은 설요영이라는 한 여자가 그렇게 만들었다고 여겼다.

---

[124] 봉소(鳳簫) : 고대 관악기명으로 배소(排簫)를 말한다. 대나무를 죽 이어 붙인 것이 봉황의 날개 같다고 해서 붙은 명칭이다. 뒤에 나오는 "난시(鸞翅)"도 같은 뜻이다.

元載造芸輝堂於私第. 芸輝, 香草名也, 出于闐國, 其香潔白如玉, 入土不朽爛. 舂之爲屑, 以塗其壁, 故號"芸輝". 而更以沉香爲梁棟, 金銀爲戶牖, 內設玻琉屛風, 懸紫綃帳. 屛風, 本楊國忠之寶. 上刻前代美女妓樂之形, 外以玳瑁·水晶爲押, 絡飾以眞珠·瑟瑟, 精巧之妙, 殆非人工所及. 紫綃帳得於南海溪洞之帥首, 卽絞綃類也. 輕疏而薄, 如無所礙. 雖當時凝寒, 風不能入, 盛夏則淸涼自至. 其色隱隱, 或不知其帳也, 謂載臥內有紫氣. 芸輝堂前有池, 以文石砌其岸, 中有萍陽花, 亦類白萍, 其花紅而且大. 更有碧芙蓉, 香潔菡萏, 偉於常者. 載因暇日, 憑闌以觀, 忽聞歌聲淸亮, 若十四五女子唱焉. 其曲則〈玉樹後庭花〉也. 載驚異, 莫知所在. 及審聽之, 乃芙蓉中也. 眉: 奇事. 俯而視之, 聞喘息之音, 載大惡, 遂剖其花, 一無所見. 載有龍髯拂, 紫色如爛椹, 可長三尺, 削水晶以爲柄, 刻紅玉以爲環紐. 或風雨晦暝, 臨流沾濕, 則光彩動搖, 奮然如怒. 置之堂中, 蚊蚋不能近, 拂之爲聲, 則鷄犬牛馬無不驚逸. 若垂之於池潭, 則鱗甲之屬, 悉俯伏而至. 引水於空中, 卽成瀑布, 長三五尺, 而未嘗輒斷. 燒燕肉薰之, 則烊烊焉若生雲霧. 厥後上知其異, 載不得已而進內. 載自云得之於洞庭道士張知和.

載妻王氏, 字韞秀, 縉之女也. 初王縉鎭北京, 以韞秀嫁元載, 久而見輕. 韞秀謂夫曰: "何不增學? 妾有奩幌資裝, 盡爲紙筆之費." 元遂遊秦, 爲詩別韞秀曰: "年來誰不厭龍鍾? 雖在侯門似不容. 看取海山寒翠樹, 苦遭霜霰到春風." 妻請偕行曰: "路掃饑寒迹, 天哀志氣人. 休淋離別淚, 携手入西秦." 載旣到京, 屢陳時務, 深符上旨, 肅宗擢拜中書. 王氏喜元郞入相, 寄諸姊妹詩曰: "相國已隨麟閣貴, 家風第一右丞詩. 笄年解笑鳴機婦, 恥見蘇秦富貴時."載相肅·代兩朝, 貴盛無比. 廣葺亭臺, 交遊貴族, 客候其門, 或多間阻. 王氏復爲一篇以喩之曰:"楚竹燕歌動畫梁, 春蘭重換舞衣裳. 公孫開館招嘉客, 知道浮榮不久長."載於是稍減. 太原內外親屬悉來謁賀, 韞秀安置於閑院. 忽因天晴, 以青紫絲縧四十條, 各長三十丈, 皆施羅紈綺繡之飾. 每條縧下, 排金銀爐二十枚, 皆焚異香. 眉: 乍入相, 何得驟富乃爾? 知其不永矣. 乃命諸親戚西院閑步, 韞秀問是何物, 侍婢對曰:"今日相公與夫人曬曝夜服."王氏謂諸親曰:"豈料乞索兒婦, 還有兩事蓋形粗衣也?"於是諸親羞赧, 稍稍辭去. 韞秀常分餽服飾於他人, 而不及太原之骨肉, 每曰:"非兒不禮於姑姊, 其奈當時見辱何?"載後貪恣爲心, 竟招罪累. 上惡誅之, 而籍其家. 韞秀少有識量, 節概亦高. 載被戮, 上令入宮, 備彤管箴規之任, 嘆曰:"王家十二娘子, 二十年太原節度使女, 十六年宰相妻, 誰能書得長信·昭陽之事? 死亦幸矣!"堅不從命. 眉: 佐載未見識量, 不過有豪氣女子耳. 或云上宥其罪, 或云京兆笞而斃之. 載寵姬薛瑤英, 能詩書, 善歌舞, 仙姿玉質, 肌香體輕, 雖旋波·移光·飛燕·綠珠, 不能過也. 瑤英之母趙娟, 亦岐王之愛妾, 後出爲薛氏妻, 生瑤英, 而幼以香啖之, 故肌香. 及載納爲姬, 處金絲之帳, 却塵之褥, 出自勾驪國, 云却塵獸毛爲之, 其色紅殷, 光軟無比. 衣龍綃之衣, 一襲無二三兩, 搏之不盈一握. 載以瑤英體輕, 不勝重衣, 故於異國求之. 唯賈至·楊炎與載友善, 故往往得見歌舞. 至有詩曰:"舞怯銖衣重, 笑疑桃臉開. 方知漢武帝, 虛築避風臺."炎亦作長歌褒美, 其略曰:"雪面淡娥天上女, 鳳簫鸞翅欲飛去. 玉釵翹碧步無塵, 纖腰如柳不勝春."瑤英善爲巧媚, 載惑之, 怠於相務. 而瑤英之父曰宗本, 兄曰從義, 與趙娟遞相出入, 以構賄賂, 號爲"關節". 眉: 關節之名始此. 更與中書主吏卓倩等爲心腹, 天下賣貨求官職者, 無不指薛·卓爲梯媒. 及載死, 瑤英爲里人妻. 論者以元載喪令德, 自一婦人致也.

* 이 고사는 《태평광기》 권237 〈사치·운휘당(芸輝堂)〉에 실려 있다.

35-17(0905) 양수

양수(楊收)

출《노씨잡설》

　[당나라] 함통(咸通) 연간(860~874)에 최안잠(崔安潛)은 고결한 품덕으로 높은 명망을 얻고 있었기에 재상 양수는 그를 스승의 예로 모시고 존중했다. 양수는 음식을 차려 그를 초청하고자 했지만, 그를 불러들일 방법이 없었다. 그래서 먼저 최 공(崔公 : 최안잠)의 문인을 청해 그를 통해 말을 넣게 했는데, 여러 번 말을 넣었지만 최안잠은 끝내 허락하지 않았다. 양수의 뜻이 더욱 확고해지자, 점차 사람들 사이에 말이 떠돌았다. 어떤 사람이 최안잠에게 권했다.

　"지금 재상의 뜻을 한사코 거절해서는 안 됩니다."

　그래서 최안잠은 부득이하게 양수의 초청을 허락했다. 양수는 몹시 기뻐하며 급히 준비하게 한 뒤에 날을 청해 공손히 기다렸다. 최 공이 양수의 집에 도착해서 보았더니, 청사(廳事)에 진설된 것이 화려하게 빛나고 좌우 시종들이 모두 양쪽으로 쪽 찐 머리에 진주와 비취로 치장하고 있어, 최 공은 그다지 즐겁지 않았다. 차린 음식은 온갖 산해진미를 갖추고 있었다. 연회석 앞에 향로 하나가 놓여 있었는데, 연기가 피어올라 누각의 형상을 이루었다. 최 공은 또 다른 향기를 맡았는데, 향로나 진주나 비취에서 나는 것 같지 않았기에 마음속으로 이상해하면서 때때로 사방을 둘러보았으나 끝내 그 향기의 정체를 알 수 없었다. 잠시 후에 양수가 말했다.

"상공(相公 : 최안잠)께서는 따로 둘러보고 싶으신 것이 있습니까?"

최 공이 말했다.

"제가 어떤 향기를 느꼈는데 이상하게도 몹시 진합니다."

양수는 좌우를 돌아보며 대청의 동쪽 곁채 안에 있는 금실을 박아 넣은 탁자 위에서 흰 뿔 접시 하나를 가져오게 했는데, 거기에 검은 구슬 하나가 담겨 있었다. 양수는 그것을 최 공에게 드리면서 말했다.

"이것은 계빈국(罽賓國 : 카슈미르)에서 나는 향입니다."

최 공은 매우 기이하게 여겼다. 《태종실록(太宗實錄)》에 따르면, 계빈국에서 바친 구물두화[拘物頭花 : 수련(睡蓮)의 일종]는 그 향기가 몇 리까지 풍긴다고 한다.

咸通中, 崔安潛以淸德峻望, 宰相楊收師重焉. 欲設食相召, 無由可入. 先請崔公之門人, 方便爲言, 至於再三, 終未許. 楊意轉堅, 稍稍亦有流言. 或勸崔曰: "時相不可堅拒." 不得已而許之. 楊喜甚, 遽令排比, 然後請日祗候. 及崔到楊舍, 見廳館鋪陳華煥, 左右執事皆雙鬟珠翠, 崔公不樂. 飮饌及水陸之珍. 臺盤前置一香爐, 烟出成樓閣之狀. 崔別聞一香氣, 似非烟爐及珠翠所有者, 心異之, 時時四顧, 終不諭香氣. 移時, 楊曰 : "相公意似別有所矚?" 崔公曰 : "某覺一香氣異常酷烈." 楊顧左右, 令於廳東間閣子內縷金案上, 取一白角楪子, 盛一漆毯¹子. 呈崔公曰 : "此是罽賓國香." 崔大奇之. 據《太宗實錄》云, 罽賓國進拘物頭花, 香聞數里.

* 이 고사는《태평광기》권237 〈사치·양수〉에 실려 있다.

1 담(毯) :《태평광기》에는 "구(毬)"라 되어 있는데, 문맥상 타당하다.

35-18(0906) 우적과 이창기
우적·이창기(于頔·李昌夔)
출《전재》

우적이 양주(襄州)를 다스릴 때 산등(山燈)125)을 켰는데, 등을 한 번 켤 때마다 2000섬의 기름이 들었다.

이창기가 형남(荊南)을 다스릴 때 사냥할 때면 크게 꾸미고 단장했다. 그의 처 독고씨(獨孤氏) 역시 2000명의 여자 무리를 데리고 나갔는데, 모두 짙은 붉은색과 자주색 수를 놓은 덧저고리를 입고 비단 안장과 언치를 깔았다. 이로 인해 이 군은 관고(官庫)가 텅 비었다.

于頔爲襄州, 點山燈, 一上油二千石.
李昌夔爲荊南, 打獵, 大修妝飾. 其妻獨孤氏亦出女隊二千人, 皆著乾紅紫繡襖子·錦鞍韉. 此郡因而空耗.

* 이 고사는 《태평광기》 권237 〈사치·우적〉에 실려 있다.

125) 산등(山燈) : 정월 대보름날 저녁에 켜는 산 모양의 등.

35-19(0907) 왕애

왕애(王涯)

출《독이지》

[당나라] 문종(文宗) 때 재상 왕애는 호사를 부렸다. 그는 정원에 우물 하나를 파고 금과 옥으로 난간을 만든 뒤 자물쇠로 단단히 잠가 두었다. 그러고는 천하의 보옥과 진주를 모두 그 우물 속에 던져 넣고 그 물을 길어다가 마셨다. 얼마 지나지 않아 왕애는 국법을 범해 처형되었는데, 그의 뼈와 살이 모두 황금색을 띠고 있었다. 협 : 무슨 유익함이 있는가?

평 : 《계신록(稽神錄)》에서 이르길, "양자유후[楊子留後 : 양주유수(揚州留守)] 오요경(吳堯卿)은 몇 되가 들어갈 만한 커다란 호두 하나를 얻었다. 그는 특이하다고 여겨 그것을 갈아서 먹었는데, 다 먹고 났더니 몸이 가볍고 튼튼해짐을 느꼈다. 나중에 필사탁(畢師鐸)이 [양주에서] 난을 일으키자 오요경은 우물에 몸을 던져 죽었다. 오랜 후에 그의 시체를 찾았는데 이미 부패했지만 오장육부 가운데 금으로 변한 것이 있었다"라고 했다. 아! 만약 왕애와 오 중재(吳中才 : 오요경)가 허물이 없었다면 틀림없이 오랜 수명을 누렸을 것이다.

文宗朝, 宰相王涯奢豪. 庭穿一井, 金玉爲欄, 嚴其鎖鑰. 天下寶玉眞珠, 悉投於中, 汲其水, 供涯所飮. 未幾, 犯法梟戮, 涯骨肉色並如金. 夾:何益?

評:《稽神錄》云:"楊子留後吳堯卿, 得一大桃核, 可容數升. 異而磨食之, 食盡, 頗覺輕健. 畢師鐸之難, 堯卿投井中死. 久之, 獲其尸體, 已腐, 而臟腑有成金者." 嗚呼! 使王・吳中才無咎, 必享遐齡矣.

* 이 고사는 《태평광기》 권237 〈사치・왕애〉와 권410 〈초목・식핵도(食核桃)〉에 실려 있다.

35-20(0908) 이덕유

이덕유(李德裕)

출《독이지》·《극담록(劇談錄)》

[당나라] 무종(武宗) 때 재상 이덕유는 매우 사치스러웠다. 그는 국 한 그릇을 먹을 때마다 그 비용이 약 3만 전이나 되었다. 주옥·보배·웅황(雄黃)·주사(朱砂)를 함께 넣어 달여서 국물을 만들었는데, 세 번 달이고 난 뒤에는 [주옥 등이 들어 있는] 그릇을 통째로 버렸다.

이덕유가 한번은 휴한일(休澣日 : 관리들에게 열흘에 하루씩 주던 목욕 휴가)에 동료 재상과 조정 인사들을 초대해 한담을 나누었다. 그때는 뜨거운 태양이 작열하는 한여름인지라 모두들 찌는 듯한 더위에 고통스러워하면서 차양 달린 수레에 앉아 문에서 기다리고 있었는데, 이미 정오에 이르자 고관 명사들은 번갈아 부채를 부치느라 여념이 없었으며 모두 시원한 곳에서 쉬고 싶은 생각이 간절했다. 이윽고 이덕유가 그들을 맞이해 작은 서재로 들어갔는데, 그곳은 그다지 넓어 보이지 않았고 사방 벽에 걸려 있는 것은 모두 옛 글씨와 이름난 그림들이었지만, 타는 듯한 더위에 대한 걱정은 가시지 않았다. 그런데 그들이 차례대로 앉아 술통을 열고 술을 마시는 사이에 무더위가 싹 사라졌다. 한참 후에는 마치 가을에라도 접어든 것처럼 서늘한 맑은 바람이 불어오는 것을 느꼈다. 그들은 술과 안주를 차려 놓고 마음껏 즐기고 나서 파했다. 서재 문을 나왔더니 밖은 아직도 불같이 뜨거운 열기로 타는 듯이 후끈했다. 어떤 호사가가 이덕유의 측근에게 어떻게 된 일인지 알아봐 달라고 부탁했더니, 그날 황금 대야에 물을 채우고 백룡피(白龍皮)를 그 속에 담가 자리 끝에 놓아두었다고 말했다.

평 : 백룡피는 어떤 신라(新羅) 승려가 바다에서 얻은 것이다. 바닷가에 사는 사람이 어살에서 얻었는데, 어떤 노인이 그것을 보고 보물임을 알아보았다. 신라 승려는 이덕유가 진기한 것을 좋아한다는 사실을 알고 황금과 비단으로 그것을 사서 보냈다. 나중에 이덕유가 남쪽으로 좌천되었을 때 그것들을 모두 악계(惡溪)에 빠뜨렸는데, 곤륜노(昆侖奴)에게 물속으로 들어가서 찾아오게 했더니, 그것들이 악어(鱷魚)의 굴속에 있어서 결국 가져올 수 없었다고 말했다.

동도(東都 : 낙양)의 평천장(平泉莊)은 낙양성(洛陽城)에서 30리 떨어져 있는데, 꽃과 나무, 누대와 정자 등이 마치 선경(仙境)을 만들어 놓은 것 같았다. 난간 앞으로는 샘물을 끌어들여 굽이굽이 돌아 흐르도록 물길을 뚫어 놓았는데, 그 모양이 파협(巴峽)과 동정호(洞庭湖)의 열두 봉우리와 아홉 물줄기가 해문현(海門縣)에 이르면서 펼치는 강산의 경물 형상을 본떠 놓았다. 또 대나무 사이로 난 오솔길에 평평한 돌이 있는데, 그것을 손으로 문지르면 구름과 노을, 용과 봉황, 풀과 나무 등의 형상이 은은히 드러났다. 또 거대한 물고기의 갈비뼈 하나가 있는데, 길이는 2장 5척이고 그 위에 "회창(會昌) 2년(842)에 해주(海州)에서 보내옴"이라는 글씨가 새겨져 있었다. 처음 이덕유가 평천장을 축조했을 때 먼 지방 사람들이 그곳에서 나는 기이한 물건을 많이 바쳤기 때문에 몇 년 사이에 없는 것이 없게 되었다. 당시 문인 중에서 어떤 사람이 평천에 대해 시를 지었다.

"농우(隴右)의 제후가 말하는 새를 바치고, 일남(日南)의 태수가 값비싼 꽃을 보내왔네."

이는 이덕유의 위세가 사람들을 그렇게 만든 것이었다.

武宗朝, 宰相李德裕奢侈. 每食一杯羹, 其費約三萬錢. 雜以珠玉・寶貝・雄黃・朱砂, 煎汁爲之, 過三煎, 則棄其柤. 常因暇日休澣, 邀同列宰輔及朝士晏語. 時畏景爀曦, 咸有鬱蒸之苦, 軒蓋候門, 已及亭午, 縉紳名士, 交扇不暇, 共思憩息於淸涼之所. 旣延入小齋, 不覺寬敞, 四壁施設, 皆有古書名畫, 而炎鑠之患未已. 及列坐開罇, 煩暑都盡. 良久, 覺淸飆凜冽, 如涉高秋. 備設酒餚, 極歡而罷. 出戶, 則火雲烈日, 燔然焦灼. 有好事者, 求親信察問之, 云此日以金盆貯水, 浸白龍皮, 置於坐末.

評 : 龍皮, 有新羅僧得自海中. 海旁居者得自魚鳧, 有老人見而識之. 僧知李好奇, 因以金帛贖之. 及李南遷, 悉於惡溪沉溺, 使昆侖沒取之, 云在鰐魚穴中, 竟不可得矣.

東都平泉莊, 去洛城三十里, 卉木臺榭, 若造仙府. 有虛檻, 前引泉水, 縈回疏鑿, 象巴峽·洞庭十二峰九派, 迄於海門, 江山景物之狀. 竹間行徑, 有平石, 以手摩之, 皆隱隱雲霞·龍鳳·草樹之形. 有巨魚脅骨一條, 長二丈五尺, 其上刻云 "會昌二年海州送到." 初, 德裕之營平泉也, 遠方多以土產異物奉之, 故數年之間, 無所不有. 時文人有題平泉詩者 : "隴右諸侯供語鳥, 日南太守送花錢." 威勢之使人也.

* 이 고사는 《태평광기》 권237 〈사치·이덕유〉와 권405 〈보(寶)·이덕유〉에 실려 있다.

35-21(0909) 이 사군

이사군(李使君)

출《극담록》

　[당나라] 건부(乾符) 연간(874~879)에 이 사군은 지방으로 나가 군목(郡牧)을 지내다가 임기를 마치고 돌아와 동락(東洛 : 낙양)에서 살았다. 그는 한 지체 높은 집안으로부터 오래전에 입은 은혜에 깊이 감사해서 그 집의 자제들을 조용히 초대해 잔치를 열어 주고자 했다. 경애사(敬愛寺)의 성강(聖剛)이란 스님이 그 집을 자주 드나들었기에 이 사군이 그 일을 스님에게 알렸더니 스님이 말했다.

　"제가 그 집의 문도가 된 지 오래되었는지라 매번 그들이 식사하는 것을 살펴보았더니 온갖 산해진미를 다 갖추었으며 늘 음식은 반드시 숯을 때서 만들었는데, 이는 교만과 방종이 몸에 밴 것이니 사군께서 그들을 불러도 괜찮겠습니까?"

　이 사군이 말했다.

　"붉은 코끼리의 골수나 흰 성성이의 입술 같은 것은 아마도 준비할 수 없겠지만, 그저 작은 잔치 자리를 정성껏 마련하는 것은 어렵지 않을 것이오."

　그리하여 이 사군은 진기한 음식을 널리 구하고 부인과

딸에게 직접 음식을 만들게 했으며, 날을 잡아 그 집의 자제들을 초청했다. 그 집의 형제들은 줄지어 앉아 안주가 나올 때마다 한 입도 먹지 않았다. 주인이 재삼 읍(揖)하면서 먹으라고 권하자 겨우 과실만 입에 댈 뿐이었다. 식사가 나오자 모두 한 숟가락을 떠서 입에 넣고는 한참 동안 서로 곁눈질했는데, 모두 마치 나뭇등걸을 씹고 바늘을 삼키는 듯한 표정들이었다. 이 사군은 그 이유를 알지 못한 채 그저 음식을 제대로 익히지 못했다며 사과했다. 이튿날 이 사군이 다시 성강 스님을 만나 그 집의 자제들이 보여 준 정황을 자세히 일러 주었더니 스님이 말했다.

"제가 지난번에 말씀드린 것이 어찌 거짓이겠습니까?"

얼마 후에 스님이 그 집을 찾아가서 물었다.

"이 사군께서 특별히 마련한 잔치 자리는 음식이 풍성하고 정갈했다던데, 어찌하여 그 뜻을 헤아려 살피지 않았습니까?"

자제들이 말했다.

"고기를 굽고 조리고 간을 맞추는 것을 제대로 하지 못했더군요."

스님이 말했다.

"다른 음식은 먹을 수 없었다 하더라도 숯불을 지펴 만든 음식은 또 무슨 일로 싫어했습니까?"

자제들이 말했다.

"스님은 모르고 계셨군요. 대개 숯을 때서 음식을 요리할 때는 먼저 숯을 달궈 열기가 충분히 일어나게 해야 하는데 이를 '연탄(煉炭)'이라고 합니다. 그런 다음에야 비로소 요리하는 데 사용할 수 있으며, 그렇게 하지 않으면 음식에 연기가 배게 됩니다. 이 사군 댁의 숯은 이 과정을 거치지 않았기 때문에 음식을 먹기가 어려웠습니다."

스님이 박장대소하며 말했다.

"그것은 빈도(貧道)가 몰랐던 바입니다!"

나중에 황소(黃巢)의 반적이 낙양(洛陽)을 함락했을 때, 그 집은 재산을 모두 빼앗겼다. 그 집의 형제 몇 명이 성강 스님과 함께 달아나 산 계곡에 숨었는데, 식사를 하지 않은 지 사흘이나 되었다. 반적의 칼날이 다소 멀어지자 그들은 장차 걸어서 하교(河橋)로 가려 했는데, 도중에 작은 객점이 막 문을 열고 껍질만 벗긴 좁쌀로 밥을 지어 팔고 있었다. 스님은 자루에서 돈 수백 냥을 꺼내 밥을 사서 질그릇에 담아 함께 먹었다. 배 속이 이미 텅 비어 있던 터라 고기와 쌀밥의 맛있는 음식도 그만 못했다. 스님이 웃으며 그들에게 말했다.

"이것은 숯을 달궈 지은 것이 아니니 낭군들이 드실 만할지 모르겠습니다."

그들은 모두 머리를 숙이고 부끄러워하면서 더 이상 대답하지 않았다.

乾符中, 有李使君出牧罷歸, 居東洛. 深感一貴家舊恩, 欲延其諸子從容. 有敬愛寺僧聖剛者, 常所往來, 李因告之, 僧曰: "某與爲門徒久矣, 每觀其食, 窮極滋味, 常饌必以炭炊, 此乃驕逸成性, 使君召之, 可乎?" 李曰: "若朱象髓·白猩唇, 恐未能致, 止於精辦小筵, 亦未爲難." 於是廣求珍異, 俾妻孥親爲調鼎, 選日邀致. 弟兄列坐, 餚饌每至, 曾不入口. 主人揖之再三, 唯沾果實而已. 及餐至, 俱置一匙於口, 各相眄良久, 咸若嚙蘖吞針. 李莫究其由, 但以失飪爲謝. 明日復見聖剛, 備述諸子情貌, 僧曰: "前所說, 豈謬哉?" 旣而造其門, 問之曰: "李使君特備一筵, 可謂豐潔, 何不略領其意?" 諸子曰: "燔炙煎和未得法." 僧曰: "他物縱不可食, 炭炊之餐, 又嫌何事?" 乃曰: "上人未知. 凡以炭炊饌, 先煖令熟, 謂之'煉炭'. 方可入爨. 不然猶有烟氣. 李使君宅炭不經煉, 是以難食." 僧拊掌大笑曰: "此則非貧道所知也!" 及巢寇陷洛, 財産剽掠俱盡. 昆仲數人, 與聖剛同竄, 潛伏山谷, 不食者至於三日. 賊鋒稍遠, 徒步將往河橋, 道中小店始開, 以脫粟爲餐而賣. 僧囊中有錢數百, 買於土杯同飡. 腹枵旣甚, 膏粱美不如. 僧笑而謂之曰: "此非煉炭所炊, 不知堪與郞君喫否." 皆低頭慚靦, 無復詞對.

* 이 고사는《태평광기》권237〈사치·이사군〉에 실려 있다.

35-22(0910) 원광한

원광한(袁廣漢)

출《서경잡기》

　무릉(茂陵)의 부자 원광한은 엄청난 액수의 돈을 소유했으며, 집안의 하인이 800~900명이나 되었다. 북망산(北芒山) 아래에 동산을 만들었는데, 동서로 4리나 되고 남북으로 3리나 되었으며, 흐르는 물을 끌어들여 그 안으로 흘러들게 했다. 돌을 쌓아 산을 만들었는데 높이가 10여 장(丈)이었고 몇 리에 걸쳐 쭉 이어졌다. 흰 앵무새, 자줏빛 원앙새, 꼬리털 긴 소, 푸른 토끼 등 기괴한 금수가 그 사이에 모여 있었다. 모래를 옮겨 와 작은 섬을 만들고 흐르는 물을 쳐서 파도를 일으켰으며 그 안에서 갈매기와 학을 길렀는데, 그것들이 알을 품어서 깨어난 새끼들이 숲과 연못에 널리 퍼져 있었다. 진기한 나무와 기이한 풀이라면 심지 않은 것이 없었다. 집들은 빙 둘러서 이어져 있고 그 사이로 기다란 회랑이 있었는데, 한참 동안 둘러보아도 다 볼 수 없었다. 원광한이 나중에 죄를 지어 주살당한 뒤에 그 동산은 관가에 몰수되었으며, 동산의 조수와 초목은 모두 상림원(上林苑)으로 옮겨졌다.

茂陵富人袁廣漢, 藏鏹巨萬, 家童八九百人. 於北芒山下築園, 東西四里, 南北三里, 引流注其內. 構石爲山, 高十餘丈, 連延數里. 養白鸚鵡·紫鴛鴦·犛牛·靑兔, 奇禽怪獸, 積委其間. 移沙爲洲嶼, 激水爲波潮, 其中育江鷗·海鶴, 孕雛産鷇, 延漫林池. 奇樹異草, 靡不具植. 屋徘徊重屬, 間以修廊, 行之移晷, 不能遍也. 袁廣漢後得罪誅, 沒入官, 其園鳥獸草木, 皆移植於上苑中矣.

* 이 고사는 《태평광기》 권236 〈사치·원광한〉에 실려 있다.

탐(貪)

〈치생(治生)〉 부(附)

35-23(0911) 배길의 고모부

배길고부(裵佶姑夫)

출《국사보》

　당(唐)나라의 배길이 일찍이 다음과 같은 이야기를 했다. 그가 어렸을 때 그의 고모부는 조정의 관리였으며 훌륭한 명망이 있었다. 한번은 배길이 고모부의 집에 갔을 때, 마침 고모부가 퇴조해서 깊이 탄식하며 말했다.

　"최조(崔照)는 대체 어떤 사람이기에 사람들이 입을 모아 칭찬하는가? 분명 뇌물을 주었을 것이다. 이러니 어찌 세상이 어지럽지 않겠는가?"

　그의 말이 끝나기도 전에 문지기가 아뢰었다.

　"수주(壽州)의 최 사군(崔使君 : 최조)이 뵙고자 기다립니다."

　고모부는 화를 내어 문지기를 꾸짖으면서 그를 채찍질하려고 했다. 한참이 지나서 고모부는 관대(冠帶)를 착용하고 억지로 그를 만났는데, 잠시 후 아주 급하게 차를 내오라고 명하더니 또 술과 음식을 차리라고 명했고 또 밥까지 준비하게 했다. 그러자 배길의 고모가 말했다.

　"어째서 전에는 거만하다가 나중에는 공손하십니까?"

　배길이 문으로 들어가자 고모부는 생색내는 기색을 띠면

서 배길에게 손을 내저으며 말했다.

"학당에 가서 쉬도록 해라."

배길이 아직 계단을 내려가기도 전에 고모부는 품속에서 종이 한 장을 꺼냈는데, 그에게 관시(官絁)[126] 1000필을 주겠다고 적혀 있었다. 미 : 이런 사람이 바로 예전에 훌륭한 명망을 지닌 자였다니, 아!

唐裴佶常話. 少時姑夫爲朝官, 有雅望. 佶至宅, 會其退朝, 深嘆曰 : "崔照何人, 衆口稱美? 必行賄也. 如此安得不亂?" 言未訖, 門者報曰 : "壽州崔使君候謁." 姑夫怒, 呵門者, 將鞭之. 良久, 束帶强見, 須臾, 命茶甚急, 又命酒饌, 又命飱爲飯. 佶姑曰 : "前何倨而後恭?" 及入門, 有德色, 揮佶曰 : "憩學中." 佶未下階, 出懷中一紙, 乃贈官絁千匹. 眉 : 此乃昔日有雅望者也, 吁!

* 이 고사는 《태평광기》 권243 〈탐 · 배길〉에 실려 있다.

126) 관시(官絁) : 본래는 관에서 보유한 비단인 관주(官綢)를 가리키는데, 당시에 화폐로 유통할 수 있었다.

35-24(0912) 엄승기

엄승기(嚴升期)

출《조야첨재》

당(唐)나라의 낙주사창(洛州司倉) 엄승기는 시어사(侍御史)를 대리해 강남을 순찰했다. 그는 본디 쇠고기를 좋아했기에, 그가 가는 주현(州縣)마다 아주 많은 소를 잡았다. 크고 작은 일을 막론하고 그에게 금을 바치기만 하면 해결되었으므로, 그 때문에 도처에서 금은의 값이 치솟았다. 그래서 강남 사람들은 그를 "금우어사(金牛御史)"라고 불렀다.

唐洛州司倉嚴升期攝侍御史, 於江南巡察. 性嗜牛肉, 所至州縣, 烹宰極多. 事無大小, 入金則弭, 凡到處金銀爲之涌貴. 故江南人呼爲"金牛御史".

* 이 고사는《태평광기》권243〈탐·엄승기〉에 실려 있다.

35-25(0913) 하후표지

하후표지(夏侯彪之)

출《조야첨재》

당(唐)나라의 익주(益州) 신창현령(新昌縣令) 하후표지가 처음 부임해 수레에서 내려 이정(里正)에게 물었다.

"계란은 1전(錢)에 몇 개나 하는가?"

이정이 말했다.

"세 개입니다."

그러자 하후표지는 1만 전을 주어 계란 3만 개를 사라고 하면서 이정에게 말했다.

"지금 당장 필요하지 않으니 일단 이 달걀을 암탉이 품도록 하게. 결국에는 3만 마리의 병아리가 되고 몇 달이 지나다 자랐을 때, 현리(縣吏)에게 그것을 팔게 하면 닭 한 마리에 30전이니 모두 90만 전을 벌겠군."

하후표지가 또 물었다.

"죽순은 1전에 몇 개나 하는가?"

이정이 말했다.

"다섯 개입니다."

그러자 하후표지는 또 1만 전을 가져와 그에게 주고 죽순 5만 개를 사라고 하면서 이정에게 말했다.

"나는 아직 죽순이 필요하지 않으니 일단 숲속에서 그것을 기르도록 하게. 가을에 이르러 대나무가 되면, 한 그루에 10전씩이니 50만 전이 되겠군."

하후표지의 탐욕스러움과 무도함이 모두 이와 같았다.

唐益州新昌縣令夏侯彪之初下車, 問里正曰 : "鷄卵一錢幾顆?" 曰 : "三顆." 彪之乃付十千錢, 令買三萬顆, 謂里正曰 : "今未便要, 且寄鷄母抱之. 遂成三萬頭鷄, 經數月長成, 令吏賣, 一頭三十錢, 得九十萬." 又問 : "竹筍一錢幾莖?" 曰 : "五莖." 又取十千付之, 買得五萬莖, 謂里正曰 : "吾未須筍, 且林中養之. 至秋竹成, 一莖十錢, 積成五十萬." 其貪鄙不道皆此類.

* 이 고사는 《태평광기》 권243 〈탐·하후표지〉에 실려 있다.

35-26(0914) 왕지음

왕지음(王志愔)

출《조야첨재》

당(唐)나라의 변주자사(汴州刺史) 왕지음은 아주 곱고 정갈한 음식만 먹었지만, 손님에게는 겨우 껍질만 벗겨 낸 조밥을 내놓았다. 어떤 상인이 하루에 300리를 가는 나귀 한 마리를 가지고 있었는데, 삼십천(三十千 : 3만) 전(錢)에도 팔지 않았다. 시장 사람이 그 가격을 불렀다.

"십사천(十四千 : 4만)[127] 전이오."

그러자 왕지음이 [시치미를 뚝 떼고] 말했다.

"4000전은 너무 적으니 1000전을 더 주겠네."

또 왕지음이 단사라(單絲羅 : 가는 견사로 짠 얇은 비단)를 사 오게 했는데 한 필에 3000전이었다. 왕지음이 물었다.

"[한 필을 짜는 데] 몇 냥(兩)의 견사가 필요한가?"

비단 장수가 대답했다.

"닷 냥입니다."

그러자 왕지음은 동복에게 견사 닷 냥을 가져오게 한 후

---

127) 십사천(十四千) : 4만. 본래는 '사십천(四十千 : 4만)'이라 해야 하는데, 4000의 10배라는 뜻으로 '십사천'이라 한 것이다.

에 1냥 당 10전의 공임을 더 쳐주었다.

唐汴州刺史王志愔, 飮食精細, 對賓下脫粟飯. 商客有一騾, 日行三百里, 曾三十千不賣. 市人報價云: "十四千." 愔曰: "四千太少, 更增一千." 又令買單絲羅, 匹至三千. 愔問: "用幾兩絲?" 對曰: "五兩." 愔令竪子取五兩絲來, 每兩別與十錢手功之直.

* 이 고사는《태평광기》권243〈탐・왕지음〉에 실려 있다.

35-27(0915) 장연상

장연상(張延賞)

출《유한고취》

 [당나라의] 장연상이 장차 판탁지사(判度支使)에 임명될 예정이었는데, 그는 어떤 큰 옥사(獄事)가 매우 억울하다는 사실을 알고 매번 분해서 주먹을 불끈 쥐었다. 장연상은 판탁지사에 임명되자 옥리를 불러 엄히 훈계하며 말했다.

 "이 옥사는 이미 오래되었으니 열흘 안에 종결짓도록 하라."

 다음 날 아침에 장연상이 사무를 보러 관청에 나갔는데, 다음과 같이 적힌 작은 첩자(帖子) 한 장이 책상 위에 있었다.

 "돈 3만 관(貫: 1관은 1000냥)을 드릴 터이니 이 옥사를 불문에 부쳐 주십시오."

 장 공(張公 : 장연상)은 화를 벌컥 내며 그 옥사를 더욱 다그쳤다. 그랬더니 다음 날 또 첩자 한 장이 보였다.

 "5만 관을 드리겠습니다."

 장 공은 더욱 화를 내며 이틀 안에 반드시 종결지으라고 명했다. 다음 날 아침에 책상 위에 또 첩자가 보였다.

 "10만 관을 드리겠습니다."

그러자 장 공은 마침내 그 옥사를 멈추고 불문에 부쳤다. 그의 자제가 기회를 보아 그 일에 대해 물었더니 장 공이 말했다.

"10만 관에 이르는 돈이라면 신과도 통할 수 있으니 되돌리지 못할 일이 없다. 나는 화가 미칠까 두려웠기에 어쩔 수 없이 그 돈을 받았느니라."

張延賞將判度支, 知一大獄頗寃, 每甚扼腕. 及判使, 召獄吏, 嚴誡之, 且曰:"此獄已久, 旬日須了." 明旦視事, 案上有一小帖子曰:"錢三萬貫, 乞不問此獄." 公大怒, 更趣之. 明日復見一帖子曰:"五萬貫." 公益怒, 令兩日須畢. 明旦案上復見帖子曰:"十萬貫." 公遂止不問. 子弟承間偵之, 公曰:"錢至十萬貫, 通神矣, 無不可回之事. 吾恐及禍, 不得不受也."

* 이 고사는《태평광기》권243〈탐·장연상〉에 실려 있다.

35-28(0916) 왕웅
왕웅(王熊)
출《조야첨재》

윤정의(尹正義)가 택주도독(澤州都督)으로 있을 때는 법 적용이 매우 공평했는데, 나중에 왕웅이 교체 부임해서 죄인을 잘못 처결하자 백성이 이런 노래를 불렀다.

"전에는 윤불자(尹佛子 : 윤정의)128)를 얻었는데, 후에는 왕나달(王癩獺 : 왕웅)129)을 얻었네. 사건을 판결할 때는 나귀가 오이를 씹는 듯하고, 사람을 부를 때는 소가 거품을 무는 듯하네. 돈을 보면 얼굴 가득 기뻐하지만, 돈꿰미가 없으면 처음부터 고함치네. 늘 굶주린 야차(夜叉)를 만나니, 백성은 감히 살 수가 없네."

尹正義爲澤州都督, 甚公平, 後王熊來替, 曲斷科罪, 百姓歌曰 : "前得尹佛子, 後得王癩獺. 判事驢咬瓜, 喚人牛嚼鐵[1]. 見錢滿面喜, 無鏹從頭喝. 常逢餓夜叉, 百姓不敢活."

* 이 고사는 《태평광기》 권260 〈치비 · 왕웅〉에 실려 있다.

128) 윤불자(尹佛子) : 윤정의가 보살처럼 자비롭다는 뜻이다.
129) 왕나달(王癩獺) : 왕웅이 수달처럼 사납다는 뜻이다.

1   철(鐵) : 금본《조야첨재(朝野僉載)》에는 "말(沫)"이라 되어 있는데, 문맥상 보다 타당하다.

35-29(0917) 정인개

정인개(鄭仁凱)

출《조야첨재》

정인개가 밀주자사(密州刺史)로 있을 때, 어린 노복이 신발에 구멍이 났다고 하자 정인개가 말했다.

"이 할아버지가 널 위해 신발을 마련해 주마."

잠시 후 문지기가 새 신발을 신고 왔는데, 정인개의 대청 앞 나무 위에 딱따구리[鴷] 미 : 열(鴷)은 탁목조(啄木鳥 : 딱따구리)다. 둥지가 있자, 정인개는 문지기에게 나무 위로 올라가서 그 새끼를 잡아 오라고 했다. 문지기가 신발을 벗고 나무에 오르자, 정인개는 어린 노복에게 그 신발을 신고 도망가라고 했으며, 문지기는 마침내 맨발로 가게 되었다. 정인개는 생색내는 기색을 띠었다.

鄭仁凱爲密州刺史, 有小奴告以履穿, 凱曰 : "阿翁爲汝經營鞋." 有頃, 門夫着新鞋者至, 凱廳前樹上有鴷 眉 : 鴷, 啄木鳥. 窠, 遣門夫上樹取其子. 門夫脫鞋而緣之, 凱令奴着鞋而去, 門夫竟至徒跣. 凱有德色.

* 이 고사는 《태평광기》 권165 〈인색 · 정인개〉에 실려 있다.

35-30(0918) 위공간

위공간(韋公幹)

출《투황잡록(投荒雜錄)》

경주수(瓊州守 : 경주자사) 위공간은 탐욕스럽고 게다가 혹독했다. 그는 양갓집 자녀를 잡아다가 노비로 삼아 개나 돼지를 부리듯이 했다. 그에게는 여종 400명이 있었는데, 전문적인 일을 하는 사람이 태반이었다. 꽃문양 비단을 짜는 사람, 뿔을 펴서 그릇을 만드는 사람, 금은을 녹여 불리는 사람, 진귀한 나무를 가공해 가구를 만드는 사람 등이 있어서 그의 집은 마치 시장 같았다. 날마다 또는 달마다 성과를 점검했기 때문에 그들은 일정을 맞추지 못할까 봐 걱정했다. 위공간은 이전에 애주자사(愛州刺史)로 있었는데, 애주 경내에 마원(馬援)130)의 구리 기둥이 있었다. 위공간은 그 기둥을 쓰러뜨리고 녹여서 호상(胡商)에게 팔려고 했다. 그곳 사람들은 그것이 복파장군(伏波將軍 : 마원)이 주조한 것인 줄은 모르고 그저 신성한 물건이라고만 여겨 울며 말했다.

---

130) 마원(馬援) : 동한의 장군으로, 광무제(光武帝) 때 복파장군(伏波將軍)에 임명되어 교지(交趾)를 정벌하고 구리 기둥을 세워 전공(戰功)을 기록했다.

"사군(使君)께서 기어이 이것을 훼손하신다면 저희들은 바다 신에게 죽임을 당할 것입니다!"

위공간이 들어주지 않자 백성이 도호(都護) 한약(韓約)에게 달려가서 호소했더니, 한약이 서찰을 보내 그를 질책하자 그제야 그만두었다. 위공간이 경주를 다스리게 되었을 때 그곳에는 오문목(烏文木)[131]과 거타목(呿陀木)[132]이 많았는데, 모두 진기한 나무였다. 위공간은 목공을 시켜 연해 지역에서 이 나무를 찾아 베어 오도록 했는데, 그중에는 날짜를 제대로 지키지 못해 도끼로 스스로 목숨을 끊는 자도 생겼다. 1년 후에 위공간은 한약의 사위가 그의 직임을 대신하게 되자, 큰 배 두 척을 준비하라고 명해 한 척에는 오문목으로 만든 그릇과 은을 싣게 하고, 다른 한 척에는 거타목으로 만든 그릇과 금을 싣게 해서 바다를 건너 동쪽으로 갔으며, 또한 건장한 병졸에게 배를 호위하게 했다. 그러나 광주(廣州)에 도착할 즈음에 나무가 단단한 데다가 금과 은 또한 무거웠기 때문에 몇백 리 못 미쳐서 배 두 척이 모두 전복되었는데, 그 값이 몇억만 금이었는지 알 수 없었다.

---

131) 오문목(烏文木) : 검은빛에 무늬가 있는 나무로 오목(烏木)이라고도 한다. 재질이 견고하고 아름다워서 고급 그릇을 만드는 데 사용한다.

132) 거타목(呿陀木) : 경주(瓊州) 일대에서 자라는 기이한 나무.

瓊州守韋公幹者, 貪而且酷. 掠良家子爲臧獲, 如驅犬豕. 有女奴四百人, 執業者太半. 有織花縑文紗者, 有伸角爲器者, 有熔鍛金銀者, 有攻珍木爲什具者, 其家如市. 日考月課, 唯恐不程. 公幹前爲愛州刺史, 境有馬援銅柱. 公幹推熔, 貨與賈胡. 土人不知伏波所鑄, 且謂神物, 哭曰: "使君果壞是, 吾屬爲海神所殺矣!" 公幹不聽, 百姓奔訴於都護韓約, 約遺書責辱之, 乃止. 旣牧瓊, 多烏文・呿陛, 皆奇木也. 公幹驅木工沿海探伐, 至有不中程以斤自刃者. 前[1]一歲, 公幹以韓約婿受代, 命二大舟, 一實烏文器雜以銀, 一實呿陛器雜以金, 浮海東去, 且令健卒護行. 將抵廣, 木旣堅, 金且重, 未數百里, 二舟俱覆, 不知幾萬萬也.

* 이 고사는 《태평광기》 권269 〈혹포・정인개〉에 실려 있다.

1 전(前) : 문맥상 "후(後)"의 오기로 보인다.

35-31(0919) 용창예

용창예(龍昌裔)

출《계신록(稽神錄)》

[오대 후당(後唐) 명종(明宗) 천성(天成) 3년] 무자년(戊子年, 928)에 큰 가뭄이 들었는데, 여릉(廬陵) 사람 용창예가 수천 곡(斛)의 쌀을 가지고 있다가 내다 팔려고 했더니 얼마 되지 않아 쌀값이 조금 떨어졌다. 그러자 용창예는 글을 지어 신강(神岡)의 사당에서 빌면서 한 달 더 비가 오지 않게 해 달라고 기도했다. 미 : [명나라 만력(萬曆) 무자년(1588) 오군(吳郡)에 큰 가뭄이 들었을 때에도 이런 일이 있었다. 그는 기도를 마치고 돌아가던 길에 정자에서 쉬었는데, 갑자기 먹구름 한 조각이 사당 뒤쪽에서 나오더니 잠시 후에 천둥이 치며 큰비가 쏟아졌다. 용창예는 정자 밖에서 벼락을 맞고 죽었다. 관아에서 그의 시체를 검사하면서 두건을 벗기자 상투 안에서 글을 적은 종이 한 장이 나왔는데, 바로 그가 사당에서 기도할 때 읽었던 글이었다. 용창예의 손자가 동자거(童子擧)에 응시하려고 했는데, 마을 사람들이 용창예의 일을 알리는 바람에 그는 해송(解送 : 향시의 급제자를 추천하는 일)되지 못했다.

戊子歲旱, 廬陵人龍昌裔有米數千斛糶, 未旣而米價稍賤.

昌裔乃爲文, 禱神岡廟, 祈更一月不雨. 眉: 萬曆戊子年, 吳郡大旱, 亦有此事. 祀訖, 還至路, 憩亭中, 俄有黑雲一片, 自廟後出, 頃之, 雷雨大至. 昌裔震死於亭外. 官司檢視之, 脫巾, 於髻中得一紙書, 則禱廟之文也. 昌裔有孫, 將應童子擧, 鄕人以其事訴之, 不獲送.

* 이 고사는 《태평광기》 권243 〈탐·용창예〉에 실려 있다.

35-32(0920) 안중패

안중패(安重霸)

출《북몽쇄언》

[오대십국] 촉(蜀 : 전촉)나라의 간주자사(簡州刺史) 안중패는 만족함이 없이 재물을 탐했다. 간주의 백성 중에 등씨(鄧氏) 성을 가진 기름 장수가 있었는데, 그는 바둑을 잘 두었고 집안도 넉넉했다. 어느 날 안중패가 그를 불러서 바둑을 두었는데, 안중패는 그에게 서서 기다리라고 하면서 자기가 한 수 둘 때마다 서북쪽 창가로 물러가 서 있으라고 했다. 안중패는 자기가 둘 수가 생각날 때까지 기다렸다가 그를 들어오게 했는데, 이러다 보니 하루 종일 겨우 열몇 수밖에 두지 못했다. 등생(鄧生 : 기름 장수)은 서 있는 것이 피곤한 데다가 배까지 고파서 거의 버틸 수 없을 지경이었다. 안중패가 다음 날 또 그를 부르자, 어떤 사람이 등생에게 넌지시 알려 주었다.

"그 사군(使君)은 뇌물을 좋아해서 그러는 것이지 본래 바둑을 두고자 하는 것이 아니니, 어찌하여 그에게 뇌물을 바치고 물러나길 청하지 않소?"

등생은 그의 말이 맞는다고 생각해서 안중패에게 백은(白銀) 세 덩이를 바치고 고생을 면할 수 있었다. 미 : 이러한 바둑 두기는 바둑의 도를 크게 해치는 것이다.

蜀簡州刺史安重霸, 瀆貨無厭. 州民有油客者, 姓鄧, 能棋, 其家亦贍. 重霸召對敵, 祇令立侍, 每落一子, 俾其退立於西北牖下. 俟我算路, 乃始進之. 終日僅下十數子而已. 鄧生倦立且饑, 殆不可堪. 次日又召, 或諷鄧生曰: "此侯好賂, 本不爲棋, 何不獻賂求退?" 鄧生然之, 獻中金三錠, 獲免. 眉: 如此棋品, 大傷道.

* 이 고사는 《태평광기》 권243 〈탐·안중패〉에 실려 있다.

35-33(0921) 장건쇠

장건쇠(張虔釗)

출《북몽쇄언》

장건쇠가 창주(滄州)를 진수할 때 큰 가뭄이 들어서 백성이 기근에 시달리자, 관청의 곳간을 열어 백성을 구휼했다. 이 일이 알려지자 황상은 그를 매우 칭찬하며 상을 내렸다. 그런데 나중에 가을걷이를 할 때 그는 구휼해 주었던 곡식의 곱절을 징수했다. 그는 늘 말했다.

"내 언행이 서로 어긋난다는 것을 스스로 알고 있지만, 매번 재물을 보면 스스로를 억제할 수가 없다."

張虔釗鎭滄州, 亢旱民饑, 乃發廩賑之. 事聞, 上甚嘉奬. 他日秋成, 倍斗徵斂. 常言 : "自覺言行相違, 然每見財, 不能自止."

* 이 고사는 《태평광기》 권243 〈탐·장건쇠〉에 실려 있다.

35-34(0922) 영남의 군목

영남군목(嶺南郡牧)

출《영남이물지(嶺南異物志)》

영남의 토끼. 일찍이 어떤 영남의 군목이 토끼의 가죽을 얻어 장인에게 그 털로 붓을 만들게 했는데, 장인이 술에 취해 그것을 잃어버렸다. 장인은 너무 두려워서 자신의 수염을 깎아 붓을 만들었는데 매우 훌륭했다. 이에 군목이 또 만들라고 하자 장인은 못한다고 했다. 군목이 그 이유를 따져 묻자 장인은 사실대로 대답했다. 군목은 마침내 명을 내려 집집마다 사람 수염을 바치게 했는데, 혹 바칠 수 없으면 그에 해당하는 돈을 내게 했다.

嶺南兔. 嘗有郡牧得其皮, 使工人削筆, 醉失之. 大懼, 因剪己鬚爲筆, 甚善. 更使爲之, 工者辭焉. 詰其由, 因實對. 遂下令, 戶輸人鬚, 或不能致, 輒責其直.

* 이 고사는 《태평광기》 권209 〈서(書)·영남토(嶺南兔)〉에 실려 있다.

치생(治生) 부(附)

35-35(0923) 배명례

배명례(裵明禮)

출《어사대기》

　　배명례는 하동(河東) 사람으로 생계를 잘 꾸려 나갔다. 그는 세간에 버려지는 물건들을 거두어서 모아 두었다가 내다 팔았는데, 이렇게 해서 많은 재산을 모았다. 또 금광문(金光門) 밖에 있는 불모지를 사들였는데, 기와와 돌이 많아서 값나가는 땅이 아니었다. 그는 그 땅의 가장자리에 나무막대를 세우고 거기에 광주리를 매달아 놓고서 [그 땅에 있는 기와나 돌로] 그것을 맞히는 사람에게는 돈을 주었다. 1000명에 겨우 한두 명만이 맞히다 보니 열흘도 되기 전에 땅에 있던 기와와 돌이 모두 치워졌다. 그러자 그 땅을 양치는 사람에게 맡겨서 땅에 양의 똥이 쌓였다. 그는 미리 여러 가지 과일 씨를 모아 두었다가 검은 소로 그 땅을 갈면서 씨를 뿌렸다. 1년 남짓 지나서 과일이 무성하게 자라나자 연달아 수레로 내다 팔아 다시 엄청난 돈을 벌어들였다. 그다음에 그는 훌륭한 저택을 짓고 집 주위에 벌통을 설치해 양봉(養蜂)을 했다. 그는 접시꽃과 여러 가지 꽃나무를 널리 심었는데, 벌이 꽃가루를 모아서 벌통에 꿀이 많이 모였다. 생계를 꾸려 나가는 묘책이 일마다 대부분 기발해서 이루 헤아릴 수 없을 정도였다. 그는 [당나라] 정관(貞觀) 연간(627~649)에 여러 벼슬을 거쳐 태상경(太常卿)에 올랐다.

裵明禮, 河東人, 善於理生. 收人間所棄物, 積而鬻之, 以此家産巨萬. 又於金光門外市不毛地, 多瓦礫, 非善價者. 乃於地際竪標, 懸以筐, 中者輒酬以錢, 十百僅一二中, 未洽浹, 地中瓦礫盡矣. 乃舍諸牧羊者, 糞旣積. 預聚雜果核, 具黎牛以耕之. 歲餘滋茂, 連車而鬻, 所收復致巨萬. 乃繕甲第, 周院置蜂房, 以營蜜. 廣栽蜀葵・雜花果, 蜂採花逸而蜜豊矣. 營生之妙, 觸類多奇, 不可勝數. 貞觀中, 累遷太常卿.

* 이 고사는 《태평광기》 권243 〈치생・배명례〉에 실려 있다.

35-36(0924) 두예

두예(杜乂)

출《건손자》

 부풍(扶風) 사람 두예는 열세 살이었는데, 그의 고모들은 조정 대대로 황제의 인척이었다. 그의 백부는 공부상서(工部尙書)였으며, 가회방(嘉會坊)에 가묘(家廟)가 있었다. [두예의 외숙인] 장경립(張敬立)이 안주(安州)에서 임기를 마치고 돌아오면서 안주의 토산품인 비단신 10여 켤레를 가져와서 조카들에게 나눠 주었는데, 모두들 앞다퉈 가져갔지만 두예 혼자만 가져가지 않았다. 잠시 후에 남은 한 켤레는 약간 컸는데, 두예는 재배하고 그것을 받았다. 두예는 마침내 그것을 시장에 내다 팔아 500전을 벌어 은밀히 저축해 두었다. 또 몰래 대장간에서 작은 가래 두 개를 만들어 그 날을 날카롭게 갈아 두었다. 5월 초에 장안(長安)에는 유협(楡莢)[133]이 온 사방에 날리는데, 두예는 그것을 1곡(斛) 남짓 쓸어 모았다. 그러고는 백부를 찾아가서 가묘를 빌려 공부하고 싶다고 하자 백부가 허락해 주었다. 두예는 밤이면 몰

---

133) 유협(楡莢) : 느릅나무의 잎이 나기 전에 가지 사이에 달리는 꼬투리로, 동전처럼 생겼다고 해서 유전(楡錢)이라고도 한다.

래 포의사(褒義寺) 법안 상인(法安上人)의 처소에서 머물고 낮에는 가묘로 갔다. 그는 가래 두 개로 공터를 일구었는데, 너비 5촌에 깊이 5촌인 45개의 고랑을 20여 보(步) 길이로 판 다음에 물을 길어다 고랑을 적시고 그 안에 유협을 뿌렸다. 얼마 후에 여름비가 내리자 유협에서 모두 싹이 자랐다. 가을 무렵이 되자 1척 남짓한 크기의 무성한 느릅나무 묘목이 천만 그루도 넘었다. 다음 해에 느릅나무 묘목은 3척 남짓한 크기로 자라났다. 두예는 마침내 함께 붙어 자라는 묘목들을 도끼로 베어 내서 서로 3촌씩 떨어지게 했으며, 가지가 무성하고 곧은 것들을 골라서 모두 그대로 남겨 두었다. 베어 낸 것들을 둥글게 묶었더니 100여 단이 되었다. 가을이 되어 비가 계속해서 내리고 날씨가 쌀쌀해지자 나무 한 단에 10여 전을 받고 팔았다. 그다음 해에 두예는 이전에 느릅나무가 자라던 고랑에 물을 주었다. 가을이 되자 느릅나무 중에 이미 둘레가 계란만큼 굵은 것도 있었다. 두예는 또 그중에서 가지가 무성하고 곧은 것을 골라 도끼로 베어 내서 다시 200여 단을 얻었는데, 그때에는 판매 수익이 이전의 몇 배에 달했다. 5년 뒤에 드디어 느릅나무 중에서 큰 것을 골라 서까래를 만들었는데, 겨우 1000여 개만 팔았는데도 3만~4만여 전을 벌었다. 가묘에 있는 곧고 큰 목재만 하더라도 1000여 개가 넘었으며 모두 수레를 만드는 데 쓸 만한 것들이었는데, 그때 두예는 이미 100여 관(貫 : 1관은 1000냥)의 돈을 번 상태였다. 두예는 촉(蜀)에서 나는 청마포(靑麻布)를 사서 사람을 고용해 작은 자루를 만들게 했으며, 또 내향현(內鄕縣)에서 새 삼신 수백 켤레를 사 두었다. 두예는 가묘를 떠나지 않고 머물면서, 장안(長安)의 여러 동네의 아이들과 금오(金吾 : 도성의 치안을 담당하던 무관) 집안의 아이들에게 매일 떡 세 개와 돈 15문(文)을 지급하고 자루 하나씩을 주고는, 겨울이 되자 그 자루에 홰나무 열매를 주워 담아 바치게 했다. 한 달 남짓 지나자 홰나무 열매가 수레 두 대를 가득 채웠다. 미 : 마음속의 계산이 도공[陶公 : 도주공(陶朱公), 즉 범여(范蠡)]보다 몇 배나 되니, 도공은 밑천이 있었지만 두예는 밑천이 없었다. 또 아이들에게 해진 삼신을 주워 오게 했는데, 헌 삼신 세 켤레를 가져오면 새 삼신 한 켤레로 바꿔 주었다. 원근에서 그 사실을 알고 해진 삼신을 가져오는 사람이 구름처럼 모여들었다. 이렇게 해서 며칠 만에 1000여 켤레를 모았다. 그런 후에 느릅나무 목재 중에서 수레바퀴를 만들기에 적당한 것을 팔았는데, 그때 또 100여 관을 벌었다. 또 하루 일꾼을 고용해서 숭현방(崇賢坊)의 서문(西門)에 있는 시냇물에서 해진 삼신을 씻게 해서 햇볕에 바짝 말린 다음 가묘 안에 보관해 두었다. 또 동네 문밖에 무더기로 버려진 깨진 기와를 사들여서 일꾼을 시켜 시냇물에서 진흙 찌꺼기를 씻어 내게 한 다음에 그것을 수레로 실어다가 가묘 안에 쌓아 두었다. 그런 후에 석취대(石嘴碓 : 돌 디딜방아) 다섯 대와 좌대(剉碓 : 작두) 석 대를 설치하고, 서시(西市)에서 검푸른 기름 물감 몇 섬을 구입했다. 그는 요리사를 고용해 불 때는 일을 맡게 하고, 하루 일꾼을 널리 모집해서 해진 삼신을 잘게 썰고 깨진 기와를 빻아 성긴 베로 거른 다음에 홰나무 열매와 검푸른 기름 물감을 섞게 했다. 또 일꾼들에게 밤낮으로 그것을 문드러지도록 찧어서 절구에서 숙성한 후에 꺼내게 했다. 그러고는 공인(工人)에게 손으로 그것을 빚어 3척 이하의 길이에 둘레가 3촌인 둥근 막대기 모양으로 만들게 해서 만여 개를 얻었는데, 그것을 "법촉(法燭)"이라 불렀다. [당나라] 건중(建中) 연간(780~783) 초 6월에 도성에 큰비가 내려서 [땔나무가 귀해지자] 골목에는 수레바퀴조차 없었다. 그러자 두예는 그 법촉을 꺼내서 하나에 100문씩 받고 팔았다. 그것으로 불을 때면 보통 땔나무보다 화력이 갑절로 좋았으므로 두예는 또 엄청난 이익을 얻었다. 이전에 서시의 칭항(秤行 : 저울 가게 골목) 남쪽에 10여 무(畝)에 이르는 움푹 팬 웅덩이가 있었는데, 그것을 가리켜 "소해지(小海池)"라고 불렀다. 그것은 기정(旗亭 : 주루)의 안쪽에 있었으며 온갖 쓰레기들이 모여 있는 곳이었다. 두예가 그 땅을 사겠다고 하자 땅 주인은 영문을 몰랐는데, 두예는 3만 전을 땅값으로 치렀다. 두예는 땅을 사들인 후에 그 가운데에 막대기를 세우고 거기에 깃발을 매달았으며, 웅덩이를 빙 둘러서 예닐곱 개의 가게를 열고 전병과 경단을 만들었다. 또 아이들을 불러서 기와와 자갈을 던져 막대기에 매달린 깃발을 맞히게 했는데, 맞힌 사람은 전병과 경단을 먹을 수 있었다. 한 달도 지나지 않아서 두 거리의 아이들이 다투어 몰려들었고, 그들이 던진 기와와 자갈이 이미 웅덩이에 가득 찼다. 마침내 그는 땅을 측량하고 가게 20칸을 만들었는데, 그곳은 목이 좋았던 터라 날마다 수천 전의 이익을 얻었다. 그 가게는 지금도 남아 있는데 "두가점(竇家店)"이라고 부른다.

扶風竇乂年十三, 諸姑累朝國戚. 其伯工部尚書, 於嘉會坊有廟院. 張敬立任安州歸, 安州土出絲履, 敬立賚十數緉, 散諸甥姪, 咸競取之, 乂獨不取. 俄而所剩之一緉, 又稍大, 乂再拜而受之. 遂於市鬻之, 得錢半斤[1], 密貯之. 潛於鍛爐作二枝小鍤, 利其刃. 五月初, 長安盛飛榆莢, 乂掃聚得斛餘. 遂往詣伯所, 借廟院習業, 伯父從之. 乂夜則潛寄褒義寺法安上人院止, 晝則往廟中. 以二鍤開隙地, 廣五寸, 深五寸, 共四十五條, 皆長二十餘步, 汲水漬之, 布榆莢於其中. 尋遇夏雨, 盡皆滋長. 比及秋, 森然已及尺餘, 千萬餘株矣. 及明年, 已長三尺餘, 乂遂持斧伐其並者, 相去各三寸, 又選其條枝稠直者悉留之. 所斫下者作圍束之, 得百餘束. 遇秋陰霖, 每束鬻値十餘錢. 又明年, 汲水於舊榆溝中. 至秋, 榆已有大者如鷄卵. 更選其稠直者, 以斧去之, 又得二百餘束, 此時鬻利數倍矣. 後五年, 遂取大者作屋椽, 僅千餘莖鬻之, 得三四萬餘錢. 其端大之材在廟院者, 不啻千餘, 皆堪作車乘之用, 此時生涯已有百餘. 遂買蜀靑麻布, 顧人作小袋子, 又買內鄉新麻鞋數百輛. 不離廟中, 長安諸坊小兒及金吾家小兒等, 日給餅三枚, 錢十五文, 付與袋子一口, 至冬, 拾槐子實其內, 納焉. 月餘, 槐子已積兩車矣. 眉:心計處更倍於陶公, 陶公有因, 此無因. 又令小兒拾破麻鞋, 每三輛, 以新麻鞋一輛換之. 遠近知之, 送破麻鞋者雲集, 數日, 獲千餘輛. 然後鬻楡材中車輪者, 此時又得百餘千. 僱日傭人, 於宗[2]賢西門水澗洗其破麻鞋, 曝乾, 貯廟院中. 又坊門外買諸堆棄碎瓦子, 令工人於流水澗洗其泥滓, 車載積於廟中. 然後置石嘴碓五具, 剗碓三具, 西市買油靛數石. 僱庖人執爨, 廣召日傭人, 令剗其破麻鞋, 粉其碎瓦, 以疏布篩之, 合槐子・油靛. 令役人日夜加工爛擣, 從臼中熟出. 命工人幷手團握, 例長三尺已下, 圓徑三寸, 垛之得萬餘條, 號爲"法燭". 建中初, 六月, 京城大雨, 巷無車輪. 又乃取此法燭鬻之, 每條百文. 將燃炊爨, 與薪功倍, 又獲無窮之利. 先是西市秤行之南, 有十餘畝坳下潛汙之地, 目曰"小海池". 爲旗亭之內, 衆穢所聚. 又遂求買之, 其主不測, 又酬錢三萬. 旣獲之, 於其中立標, 懸幡子, 遶池設六七鋪, 制造煎餠乃團子. 召小兒擲瓦礫, 擊其幡標, 中者以煎餠・團子啖. 不逾月, 兩街小兒競往, 所擲瓦已滿池矣. 遂經度, 造店二十間, 當其要害, 日獲利數千. 店今存焉, 號爲"竇家店".

* 이 고사는 《태평광기》 권243 〈치생・두예〉에 실려 있다.

1 근(斤) : 《태평광기》 명초본에는 "천(千)"이라 되어 있는데, 문맥상 타당하다.

2 종(宗) : 조선간본 《태평광기상절(太平廣記詳節)》에는 "숭(崇)"이라 되어 있는데 타당하다.

인(吝)

35-37(0925) 심준

심준(沈峻)

출《소림(笑林)》

[삼국 시대] 오(吳)나라 심준(沈峻)은 자가 숙산(叔山)으로, 명성은 있었으나 성품이 인색했다. 장온(張溫)이 촉(蜀)나라에 사신으로 가면서 심준과 작별을 나누었는데, 심준이 집 안으로 들어간 지 한참 뒤에 나와서 장온에게 말했다.

"전부터 베 한 단(端)[134]을 골라서 그대를 전송하려고 했는데 거친 베가 없구려."

장온은 그가 속마음을 숨기지 않음을 좋게 여겼다. 또 한 번은 태호(太湖)의 언덕을 지나가다가 시종에게 소금물을 가져오라고 했는데, 이윽고 너무 많다고 탓하면서 도로 가져가서 덜라고 명했다. 잠시 후에 스스로 부끄러워하면서 말했다.

"이게 내 천성이야!"

---

134) 단(端) : 베나 비단의 길이를 재는 단위. 일반적으로 비단은 '필(匹)'로 세고 베는 '단'으로 세는데, 비단은 4장(丈)이 한 필이고 베는 6장이 한 단이다. 일설에는 2장이 한 단이고 2단이 한 필이라고도 한다.

吳沈峻, 字叔山, 有名譽而性儉吝. 張溫使蜀, 與峻別, 峻入內良久, 出語溫曰:"向欲擇一端布送卿, 而無粗者." 溫嘉其無隱. 又嘗經太湖岸上, 使從者取鹽水. 已而恨多, 敕令還減之. 尋亦自愧曰:"此吾天性也!"

* 이 고사는《태평광기》권165〈인색(吝嗇)·심준〉에 실려 있다.

35-38(0926) 이숭

이숭(李崇)

출《낙양가람기(洛陽伽藍記)》

[위진 남북조] 후위(後魏 : 북위) 고양왕(高陽王) 원옹(元雍)은 자신을 후하게 봉양했는데, 한 끼 식사에 반드시 수만 전을 썼다. 진류후(陳留候) 이숭이 사람들에게 말했다.

"고양왕의 한 끼 식사는 내 1000일 식사에 맞먹는다."

이숭은 상서령의동삼사(尙書令儀同三司)를 지내면서 부유함이 천하를 기울일 정도였고 동복이 1000명이나 되었지만, 성품이 인색해서 거친 옷에 거친 밥을 먹었으며 식사 때는 항상 고기는 없고 그저 구여(韭茹 : 데친 부추)와 구저(韭菹 : 절인 부추)뿐이었다. 이숭 집안의 식객인 이원우(李元祐)가 사람들에게 말했다.

"이 영공(李令公 : 이숭)은 한 끼 식사에 18가지 음식을 먹습니다."

사람들이 그 까닭을 묻자 이원우가 말했다.

"9가 둘이니 18이지요!"[135]

---

[135] 구가 둘이니 십팔이지요 : 부추를 뜻하는 '구(韭)'가 '구(九)'와 음이 같기 때문에 이렇게 말한 것이다.

이 말을 들은 사람들이 크게 웃었다.

後魏高陽王雍, 性奢豪, 厚自奉養, 一食必數萬錢. 陳留侯李崇謂人曰 : "高陽一食, 敵我千日." 崇爲尙書令儀同三司, 亦富傾天下, 僮僕千人. 而性儉吝, 惡衣粗食, 食常無肉, 止有韭茹韭菹. 崇家客李元祐語人云 : "李令公一食十八種." 人問其故, 元祐曰 : "二韭十八!" 聞者大笑.

* 이 고사는 《태평광기》 권165 〈인색 · 이숭〉에 실려 있다.

35-39(0927) 하후처신 등

하후처신등(夏侯處信等)

출《조야첨재》

당(唐)나라의 하후처신이 형주장사(荊州長史)로 있을 때 어떤 손님이 그의 집에 들렀는데, 하후처신이 노복에게 밥을 지으라고 명하자 노복이 귓속말로 말했다.

"면을 얼마나 반죽할까요?"

하후처신이 말했다.

"두 사람이니 두 되면 된다."

얼마 후에 손님이 일이 있다고 하면서 떠나자, 하후처신이 노복을 급히 불렀더니 노복이 말했다.

"이미 반죽을 다 했습니다."

하후처신이 손가락을 튕기며 말했다.

"너무 낭비했군!"

그러고는 한참 있다가 말했다.

"모두 구워서 떡을 만들어 놓으면 내가 퇴청한 뒤에 먹겠다."

하후처신은 또 작은 병에 식초 한 되를 넣어 두고 자기만 먹었고, 가족들은 한 방울도 입에 댈 수 없었다. 노복이 말했다.

"식초가 다 떨어졌습니다."

그러자 하후처신은 식초병을 손바닥 위에서 털더니 남은 몇 방울을 입으로 빨아 먹었다. 그는 시장에서 물건을 살 때면 반드시 자신의 손을 거쳐 값을 치렀다.

광주(廣州) 녹사참군(錄事參軍) 유경(柳慶)은 방 안에서 혼자 지내면서 그릇과 음식물을 모두 침실 안에 가져다 놓았다. 노복 중에 몰래 소금 한 줌을 꺼내 간 자가 있었는데, 유경은 그 노복을 피가 날 때까지 채찍질했다.

하후표(夏侯彪)가 한번은 여름철에 손님을 전송하느라 문을 나간 사이에 노복이 저민 고기 한 점을 훔쳐 먹었는데, 하후표가 돌아와서 이를 알아차리고 대노해 곧장 파리를 잡아 노복에게 먹여 고기를 게워 내게 했다.

唐夏侯處信爲荊州長史, 有賓過之, 處信命僕作食, 僕附耳語曰: "溲幾許麵?" 信曰: "兩人二升卽可矣." 頃之, 賓以事告去, 信遽呼僕, 僕曰: "已溲訖." 信鳴指曰: "大異¹事!" 良久乃曰: "可總燔作餠, 吾公退食之." 信又嘗以一小甁貯醯一升自食, 家人不沾餘瀝. 僕云: "醋盡." 信取甁合於掌上, 餘數滴, 因以口吸之. 凡市易, 必經手乃授直.
廣州錄事參軍柳慶, 獨居一室, 器用食物, 並致臥內. 奴有私取鹽一撮者, 慶鞭之見血.
夏侯彪, 夏月嘗送客出門, 奴盜食臠肉, 彪還覺之, 大怒, 乃捉蠅與食, 令嘔出之.

* 이 고사는 《태평광기》 권165 〈인색・하후처신〉, 〈유경(柳慶)〉, 〈하

후표(夏侯彪)〉에 실려 있다.

1   이(異) : 《태평광기》 명초본에는 "비(費)"라 되어 있는데, 문맥상 보다 타당하다.

35-40(0928) 유숭귀

유숭귀(劉崇龜)

출《북몽쇄언》

유숭귀는 청렴함과 검소함을 자임했으며 그것으로 세상의 평판이 자자했다. 한번은 그가 동료를 불러 식사하면서 고매[苦蕒 : 고채(苦菜)]와 보리떡을 먹었는데, 한 조정 관리가 그의 거짓된 행동을 알고 어린 하인에게 몰래 물었다.

"복야(僕射 : 유숭귀)께서 아침에 무슨 음식을 드셨느냐?"

그러자 하인이 사실대로 대답했다.

"삶은 고기를 드셨습니다."

조정에서는 그 이야기를 듣고 유숭귀를 비웃었다. 유숭귀가 번방(番方)을 진수하게 되었을 때 도성의 가난한 친지가 그의 도움을 기다렸는데, 유숭귀는 단지 〈여지도(荔枝圖)〉를 그리고 직접 부(賦)를 지어서 그에게 보냈다. 후에 유숭귀는 영표(嶺表 : 영남)에서 죽었는데, 장례를 치르려고 고향으로 돌아가다가 저궁(渚宮)을 지날 때, 그의 집안사람이 바다 진주와 비취를 시장에 내다 팔았기에 당시 사람들이 그를 비루하게 여겼다.

劉崇龜以淸儉自居, 甚招物論. 嘗召同列餐, 苦蕒¹饆饠, 朝士知其矯, 乃潛問小蒼頭曰 : "僕射晨餐何物?" 蒼頭實對 : "食潑生." 朝中聞而哂之. 及鎭番方, 京國親知貧乏者, 俟其濡救, 但畫〈荔枝圖〉, 自作賦以遺之. 後卒於嶺表, 歸葬經渚宮, 家人鬻海珍珠翠於市, 爲當時所鄙.

* 이 고사는 《태평광기》 권238 〈궤사(詭詐)·유숭귀〉에 실려 있다.
1 세(貰) : 《태평광기》와 《북몽쇄언》 권3에는 "매(賣)"라 되어 있는데, 문맥상 타당하다.

35-41(0929) 왕악

왕악(王鍔)

출《국사보》

왕악은 여러 차례 큰 진(鎭)을 다스리면서 재물과 보화를 쌓았다. 이전부터 알고 있던 어떤 빈객이 그에게 모은 재물로 사람들을 구제해야 한다는 도리를 깨우쳐 주었다. 며칠 뒤에 빈객이 다시 왕악을 만났더니 왕악이 말했다.

"이전의 가르침을 따라 진실로 공의 말씀대로 재물을 이미 크게 나누어 주었습니다."

빈객이 재물을 나눠 준 사람의 이름을 묻자 왕악이 말했다.

"아들들에게 각각 만 관(貫)씩 주었고 사위들에게 각각 1000관씩 주었습니다." 미 : 지금 사람 중에 자식이 없는 자는 대부분 인색하니, 단지 줄 만한 사람이 없기 때문이다.

王鍔累任大鎭, 財貨成積. 有舊客, 諭以積而能散之義. 後數日, 復見鍔, 鍔曰 : "前所見戒, 誠如公言, 已大散矣." 客請問其名, 鍔曰 : "諸男各與萬貫, 女婿各與千貫矣." 眉 : 今人無子者多吝, 祇爲無可與者.

* 이 고사는 《태평광기》 권165 〈인색·왕악〉에 실려 있다.

35-42(0930) 배거

배거(裵璩)

출《북몽쇄언》

 사도(司徒) 배거는 성품이 매우 인색했다. 그가 강서염찰사(江西廉察使)를 지낼 때 온갖 기물과 그림 병풍들은 모두 새로 만든 것이었는데, 이를 모두 빈집에 쌓아 두고 한 번도 사용한 적이 없었다. 매번 연회가 있을 때면 그는 조정 관리의 집에서 빌려다 썼다.

裵司徒璩, 性靳嗇. 廉問江西日, 凡什器圖障, 皆新其制, 閑屋貯之, 未嘗施用. 每有宴會, 卽於朝士家借之.

* 이 고사는《태평광기》권165〈인색・배거〉에 실려 있다.

35-43(0931) 귀등

귀등(歸登)

출《북몽쇄언》

　　상서(尙書) 귀등은 성품이 매우 인색했다. 그는 항상 양의 넓적다리를 구워서 조금씩 잘라 먹고 나머지는 봉해 두었다. 하루는 귀등의 부인이 실수로 봉해 둔 부분을 잘라 먹었는데, 귀등은 자신이 원래 봉해 둔 부분이 보이지 않자 부인에게 크게 화를 냈다. 이로 인해 그의 부인은 죽을 때까지 고기를 먹지 못했다. 귀등은 목욕할 때마다 반드시 좌우 사람들을 물리쳤는데, 어떤 사람이 밖에서 엿보았더니 그는 바로 커다란 거북이었다. 미 : 거북은 천성이 지극히 인색하기 때문에 한사코 머리를 내놓지 않는다.

歸登尙書, 性甚吝嗇. 常爛一羊脾, 旋割旋噉, 封其殘者. 一日, 登妻誤於封處割食, 登不見元封, 大怒其內. 由是沒身不食肉. 登每浴, 必屛左右, 或有自外窺之, 乃巨龜也. 眉 : 龜性至吝, 故不甚出頭耳.

* 이 고사는 《태평광기》 권165 〈인색 · 귀등〉에 실려 있다.

태평광기초 7

엮은이 풍몽룡
옮긴이 김장환
펴낸이 박영률

초판 1쇄 펴낸날 2024년 11월 28일

커뮤니케이션북스(주)
출판등록 제313-2007-000166호(2007년 8월 17일)
02880 서울시 성북구 성북로 5-11
전화 (02) 7474 001, 팩스 (02) 736 5047
commbooks@commbooks.com
www.commbooks.com

ⓒ 김장환, 2024

지식을만드는지식은
커뮤니케이션북스(주)의 고전 출판 브랜드입니다.
이 책은 저작권자와 계약해 발행했으므로, 본사의 서면 허락 없이는
어떠한 형태나 수단으로도 이 책의 내용을 이용할 수 없습니다.

ISBN 979-11-7307-019-8 94820
979-11-7307-000-6 94820 (세트)

책값은 뒤표지에 있습니다.